LA THÉORIE QUANTITATIVE DE LA DÉMENCE

Dans *Le Livre des morts de Londres-Nord*, un homme rencontre sa mère décédée, dans un endroit où elle n'allait jamais de son vivant, et il apprend qu'après leur mort, les trépassés ne font que déménager dans un autre quartier de la ville. Un ethnologue nous invite *À la découverte des Ur-Bororos*, une tribu d'Amazonie qu'il étudie depuis des années, pour finir par se rendre compte que cette peuplade est sans intérêt aucun, et que les Ur-Bororos se considèrent eux-mêmes comme les gens les plus ennuyeux du monde.

Quant aux nouvelles *Monocelullaire* et *Service 9*, elles nous transportent dans l'univers de la folie. Et c'est dans les couloirs d'un hôpital psychiatrique où les membres des familles de soignants finissent par échouer, devenus fous à lier à leur tour, que l'on rencontre le médecin-chef du département psychiatrique Busner. Ce dernier est à l'occasion expert psychiatre auprès des tribunaux (dans la nouvelle intitulée *Attendre*), et il nous dévoile sa *Théorie quantitative de la démence*, selon laquelle les soins prodigués pour résoudre la démence produisent un système de vases communiquants. Les désordres mentaux traités d'un côté resurgiraient immanquablement dans un autre secteur de la société. Selon lui, par exemple, « si vous diminuez le nombre d'anorexiques dans la classe sociale 2, vous augmentez nécessairement le nombre de consommateurs de Valium dans la classe 4 »…

Avec un humour acide, et sous l'apparence du plus grand sérieux, Will Self dépeint un monde inquiétant et loufoque, dans lequel les principaux traits de notre société et de la psyché humaine sont savamment mis en scène.

Will Self est, selon Martin Amis, le résultat d'un croisement entre « un J.-G. Ballard maniaque et un David Lodge dépressif ». Il s'est imposé en quelques livres – Vice-Versa, Mon idée du plaisir *et* Les Grands Singes *– comme l'un des auteurs les plus marquants de la nouvelle fiction anglaise.*

Will Self

LA THÉORIE QUANTITATIVE DE LA DÉMENCE

Avec cinq autres propositions à l'appui

NOUVELLES

Traduit de l'anglais par Francis Kerline

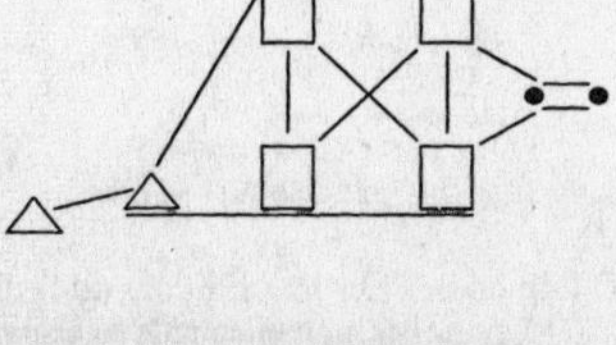

Éditions de l'Olivier

TEXTE INTÉGRAL

TITRE ORIGINAL
The Quantity Theory of Insanity
ÉDITEUR ORIGINAL
Bloomsbury Publishing, Ltd., 1991

ISBN 2-02-049750-6
(ISBN 2-87929-083-X, 1re édition)

www.seuil.com

Pour K.S.A.S.,
qui sait quelle vérité plus étrange
se cache derrière ces fictions.

Tu peux voyager aussi loin que tu veux dans ce monde, tu occuperas toujours le même volume d'espace.

DICTON UR-BORORO TRADITIONNEL.

Le Livre des morts de Londres-Nord

Je suppose que mon affliction après la mort de ma mère a pris une forme assez conventionnelle. Sur le coup, je fus ébranlé. Sa maladie finale fut d'une rapidité miséricordieuse, mais atroce. Le cancer fusa dans son corps comme s'il eût craint d'arriver en retard à un rendez-vous important avec d'autres affections prospères.

J'avais toujours pensé que ma mère me survivrait. Je me voyais bien dans la peau d'un célibataire castré portant cardigan et végétant encore au domicile maternel à l'âge de quarante ans, or il ne devait pas en être ainsi. Si la mort de maman fut en quelque manière un soulagement, elle s'accompagna cependant de bizarreries hallucinatoires. La semaine de son agonie à l'hôpital, je devins le jouet de sensations étranges : je me sentais personnellement visé par certains coups de vent et, au volant de ma voiture, j'avais l'impression que ce n'était pas moi qui avançais mais la route qui se rembobinait sous mes roues, comme si j'eusse été monté sur quelque gigantesque élément de décor.

La nuit de sa mort, j'étais à l'hôpital avec mon frère. Nous la veillions à tour de rôle ; pendant que l'un somnolait dans un vestibule au fond du service, l'autre restait assis à côté d'elle. Elle avait une respiration stertoreuse. Sa chair jaunissait et jaunissait. Je me rendais bien compte qu'elle n'avait plus sa tête. Le cancer – à ce que m'avait dit le chef de clinique – avait essaimé de la colonne vertébrale au cerveau à travers le liquide céphalo-rachidien. Je visualisais la chose comme un nuage de pus noir sous son crâne. Sa conscience de soi, sa sensibilité, son identité, ce que vous voudrez, était acculée, repoussée par le nuage dans un espace confiné où elle palpitait par intermittence avec autant d'humanité qu'une montre digitale.

D'une minute à l'autre elle était morte. Une grosse infirmière arriva au trot pour nous prévenir. Nous nous étions endormis dans le vestibule, mon frère et moi, pelotonnés entre ses murs plastifiés. « Je crois qu'elle s'en est allée », dit-elle. Et j'imaginai ma mère se carapatant dans Gower Street, nue et toute fripée.

Quand nous regagnâmes la chambre, on lui faisait la toilette. Je n'avais jamais bien compris ce que ça signifiait ; maintenant je voyais : c'est le moment où le corps, le cadavre, commence son devenir-lavette. La chair fatiguée était toute raplatie, comme essorée par un grand rouleau de vent. Et elle – c'est-à-dire maman – changeait de couleur à vue d'œil, passait du vieil ivoire au jaune clair. Pour une raison mystérieuse, l'infirmière lui avait peigné les cheveux en arrière. Ils s'étalaient en éventail autour de sa tête sur l'oreiller, et de ses tempes partaient deux éclairs gris. On lui avait aussi retiré son dentier, et la vue de l'ensemble – maman avec ses joues renfoncées et son visage sculpté, couchée dans la petite chambre parmi les entrelacs tubulaires d'une technologie de maintenance vitale – évoquait pour moi une reine extraterrestre, en majesté sur un palanquin high-tech, dans quelque feuilleton de SF des années 30 à la *Buck Rogers*.

Il régnait dans la pièce une grande effervescence, qui persista jusqu'à ce qu'un médecin d'extraction chinoise – une longue chose jaune, scindée à la racine – cherchât à tâtons sous sa chemise de nuit en coton un battement de cœur inexistant. Les trois poils noirs de son menton asiate vibrèrent. Il la déclara morte. L'effervescence retomba. Je crus voir son âme s'envoler dans la lumière orangée du centre de Londres. Il était environ 3 heures du matin.

Quand j'ai commencé à accepter le fait que maman avait vraiment disparu, je suis entré dans une période d'intense dépression. J'avais le sentiment d'avoir perdu un adversaire. Quelqu'un à qui me mesurer. Ma plus grande fan et ma plus sévère critique, et avec ça une grande discoureuse que j'apprenais seulement à connaître en tant que personne – départi des préjugés affectifs qui tendent à amidonner les relations entre parents et enfants.

Après la déprime vinrent les rêves. Nuit après nuit je rencontrais ma mère dans des situations étranges. Elle m'apparaissait dans des dîners en ville (sans être invitée) ou tapie derrière un casier dans le bureau où je travaillais, ou encore dans les transports en commun, accrochée, sinistre, à une poignée. Dans ces rêves, elle assumait sa condition de morte avec beaucoup d'honnêteté, elle ne cherchait pas à se déguiser en vivante ; au contraire, sa personnalité amortissait le contrecoup de la mort à la façon dont elle avait encaissé les coups bas de la vie : deux mariages ratés et un assortiment de rejetons qui, l'un dans l'autre, l'avaient plutôt déçue.

Quand je m'essayais aux remontrances, quand je lui faisais remarquer que, d'après ses propres critères (c'était une matérialiste athée convaincue), elle eût dû être en train de se décomposer gentiment quelque part, elle posait sur moi un regard las et me disait, avec une mine de déterrée caractéristique : « Bon, je suis morte et je ne veux pas m'allonger, et puis après ? Pas de quoi en faire une histoire. »

Il y avait un peu de quoi, tout de même. Aussi loin qu'il m'en souvienne, maman avait toujours été viscéralement opposée à l'idée d'une vie après la mort, opposition qui prenait généralement la forme d'une diatribe généralisée contre tous les tralalas dont la société entourait la mort. Elle méprisait particulièrement les entreprises de pompes funèbres. Pour elle ce n'était qu'une manière d'extorquer de l'argent à des gens éplorés qui eussent mieux fait de regarder à la dépense.

Un ou deux ans avant sa mort, elle m'avait demandé de lui arranger, dans la mesure du possible, un enterrement « en kit ». Apparemment, la coopérative proposait une formule qui permettait de réduire les frais à deux cent cinquante livres. L'ennui, c'était qu'il fallait assembler soi-même le cercueil et je n'ai jamais eu la moindre disposition pour les travaux manuels. À l'école, il m'avait fallu deux ans pour fabriquer un enrouleur en acrylique. Et encore il partait en quenouille.

Donc, après le décès, nous organisâmes les choses conventionnellement, mais sans tralalas. Son cadavre fut brûlé au Golders Green Crematorium, où je me rendis seul avec mon frère aîné – sachant que maman eût désapprouvé la foule. Assis dans la chapelle, nous contemplions le cercueil « bas de gamme » quand l'un des croque-morts survint dans l'allée au pas de canard, nous fit signe de nous lever puis s'effaça sur le côté, en se grattant le derrière sans discrétion, soit par inadvertance, soit qu'il nous considérât comme des quantités négligeables. Des moteurs électriques ronronnèrent, et maman fut propulsée vers ce qui, à tout égard et en tout état de cause, était sa dernière demeure.

Environ une semaine plus tard, en fouillant une fois de plus dans les paperasses maternelles, je trouvai une réclame de journal sur les enterrements en kit. Je la jetai avec un sentiment de culpabilité. Je trouvai aussi un relevé de compte attestant que maman avait placé trois cent soixante-dix livres dans une société appelée L'Écologique du bâtiment. Je téléphonai à ladite société et un certain M. Hunt confirma la chose. Maman était propriétaire d'un septième d'une yourte mongole traditionnelle, sise, allez savoir pourquoi, dans un champ du côté de Wincanton. Je dis à M. Hunt de garder le septième ; ça me semblait être un mémorial convenable.

Entre-temps les rêves continuaient. Et maman trouvait le moyen d'y être aussi embarrassante que de son vivant, quoique pour des raisons entièrement différentes. La mort lui avait donné un franc-parler et une causticité que j'avais tendance à m'attribuer à moi-même plutôt qu'à elle. Dans les dîners de ces rêves elle me faisait constamment des apartés pour critiquer la prétention ou le mauvais goût des convives, et toujours d'une voix forte et affectée qui, je m'empresse de le dire, restait inaudible pour les personnes visées. À la fin, je n'essayais même plus de la faire taire en lui opposant l'argument de sa propre extinction ; c'était inutile. Maman avait depuis longtemps cessé d'être réceptive à la logique. Je pense que cela avait quelque chose à voir avec mon père, un homme qui se sert de la dialectique comme les Japonais se servaient des pointes de bambou sur leurs prisonniers pendant la guerre.

Environ six mois après la mort de maman, la fréquence des rêves diminua et ils finirent par s'éteindre totalement, pour être remplacés pendant un temps par une période oppressante au cours de laquelle je croyais constamment reconnaître maman dans les gens qui passaient dans la rue. Je marchais par exemple dans le West End ou la City et là, tout à coup, généralement sur le trottoir d'en face, je la voyais trimarder en faisant du lèche-vitrine. Je savais que c'était elle à cause de ses habits. Elle avait toujours aimé s'attifer de pantalons amples empruntés à des hippopotames ou de robes africaines qui eussent logé à l'aise toute une troupe de scouts, et s'encombrer d'une collection de sacs, en plastique ou en toile, qui pendaient à son bras, bourrés de littérature moderne, de victuailles et de mouchoirs en papier.

Et puis, invariablement, à mesure que j'approchais, la ressemblance s'évaporait. Non seulement ce n'était pas maman, mais la possibilité même d'une méprise était absurde. Cette femme sans âge n'avait rien de commun avec maman, elle était fade et ordinaire. Pas du tout le genre à dire d'un jeune gandin qu'il « n'avait pas de couilles » ou d'une mijaurée qu'elle « chiait des chocolats glacés ». Pourtant, chaque fois que la réalité de sa mort s'imposait de nouveau à moi, c'était comme une découverte, comme si le fait d'être sans nouvelles d'elle depuis six mois n'était imputable qu'à son emploi du temps « absolument impossible ».

Quand je cessai de voir de fausses mamans dans la rue, je me dis que j'avais enfin accepté sa mort. Je pensais encore à elle de temps en temps, tantôt avec tristesse, tantôt avec joie, mais son absence ne me rongeait plus comme un rat un fil électrique. J'avais tourné la page. Cependant, de même que Marcel après la disparition d'Albertine, j'avais parfois le sentiment que, si la disparition de maman m'était désormais moins insupportable, c'était parce que j'étais devenu quelqu'un d'autre. J'avais changé. Je n'étais plus homme à avoir une mère telle que maman. C'était la mère d'un d'autre. L'eussé-je rencontrée dans un dîner en ville avec toute sa conscience qu'elle ne m'eût probablement pas reconnu. Ma mère était morte.

Tout cela eut pour effet d'accentuer le caractère déconcertant des événements qui se produisirent au cours de l'hiver. Je descendais Crouch Hill en direction de Crouch End par un mardi après-midi lugubre et bruineux. Il était autour de 3 heures. J'avais eu envie de prendre une demi-journée de congé pour aller rendre visite à un ami. Et, soudain, je vis maman de l'autre côté de la rue. Elle portait une espèce de veste longue en tweed bleuâtre, un pantalon en toile noir, un sac de livres Barnes & Noble, un grand sac à main et un sac à provisions de chez Waitrose. Elle avait un badge de la Campagne pour le désarmement nucléaire sur le revers et contemplait le monde avec une expression familière du genre « il va y avoir des pleurs avant d'aller au lit ».

Dès le premier coup d'œil, la vision que j'eus d'elle fut si claire et nette, sa présence si tangible que je ne doutai pas un instant du témoignage de mes sens. En la regardant, j'éprouvai trois sortes d'émotions : de l'affection, de l'embarras et encore de l'embarras à un degré plus critique. Ce fut sûrement ce mélange de sentiments bizarrement ordinaire qui noya la terreur et l'ébahissement qu'éprouverait n'importe qui en voyant sa défunte mère remonter Crouch Hill.

Je traversai la rue pour aller à sa rencontre. Elle me repéra à six ou sept mètres de distance. Juste avant qu'un sourire familier de bienvenue n'éclairât ses traits, je remarquai une petite moue amusée de collégienne – familière aussi, elle signifiait : « Je t'ai eu. » Nous nous embrassâmes sur les deux joues. Maman me regarda de la tête aux pieds pour voir dans quel état de forme j'abordais mon combat contre la vie, puis elle désigna d'un geste la vitrine qui avait retenu son attention. « Tu as vu le prix qu'ils demandent pour cette merde ? Faut croire qu'il y a des acheteurs. » Son accent était le même, résolument atlantique, et elle avait toujours le même dentier artistement jauni et déconstruit. C'était maman.

‹ Maman, dis-je, qu'est-ce que tu fais à Crouch End ?

Tu ne mets jamais les pieds à Crouch End, sauf pour emmener le chat chez le vétérinaire, tu détestes Crouch End.

– Eh bien, maintenant j'habite ici, répondit-elle, imperturbable. C'est pas mal, c'est embêtant de ne pas pouvoir prendre le métro, mais il y a des bus assez régulièrement. Il y a aussi quelques jolis magasins sur la promenade et on vient d'ouvrir un vrai *delicatessen*. Tu veux du halva ? » Et, retrouvant le sourire, elle me colla sous le nez un morceau de halva tout écrasé et tout collant, à moitié mangé mais encore dans son emballage en papier doré.

« Mais enfin, maman, qu'est-ce que tu fais à Crouch End ? Tu es morte. »

Là, elle se formalisa : « Bien sûr que je suis morte, andouille, qu'est-ce que tu crois que je fais depuis dix mois ? Une croisière dans les Caraïbes ?

– Qu'est-ce que j'en sais ? Je croyais qu'on t'avait vue pour la dernière fois au Golders Green Crematorium, je n'aurais jamais imaginé te revoir à Crouch End un mardi après-midi. » Elle me sidérait, elle avait l'air sincèrement étonnée du désarroi que me causait sa résurrection.

« Non mais dis donc, ce serait plutôt à moi de te demander ce que tu fais à Crouch End. Tu n'es pas au travail ?

– J'ai pris mon après-midi. C'est le calme plat au bureau. Je passe mon temps à reclasser à gauche les dossiers de droite, et inversement, pour trouver une occupation.

– Holà, jeune homme, tu m'as l'air de filer un mauvais coton. Tu as une bonne place, là-bas. Qu'est-ce que tu t'imagines ? Tu veux toujours commencer en haut de l'échelle, mais tu dois apprendre à gravir les échelons de la vie.

– De la vie, maman ? Excuse-moi, mais je crois qu'on

s'écarte du sujet. Dis-moi plutôt quel effet ça fait d'être morte ! Tu aurais tout de même pu nous prévenir que tu avais refait ta vie à Crouch End. Tu aurais pu appeler… »

Sans se démonter, maman consulta sa montre, une camelote Timex semblable à la dernière que j'avais vue à son poignet. « Il se fait tard, il faut que j'aille à mon cours. Si tu veux des informations sur la vie après la mort, viens me voir demain. J'habite au 24, avenue Rosemount, à l'entresol, on prendra le thé, je te ferai des cookies. » Là-dessus, elle me gratifia d'une bise de pure forme comme elle avait toujours fait quand elle était pressée et repartit à l'ascension de Crouch Hill, en me laissant planté comme deux ronds de flan.

Ce qui me déphasait le plus, ce n'était pas que maman eût une vie après la mort, c'était qu'elle prît la chose avec autant de légèreté. Ça et cette lubie d'habiter Crouch End. Maman avait toujours eu une conception affreusement snob de la topographie londonienne ; certains faubourgs – comme Crouch End, justement – étaient proscrits sans appel dans son système de valeurs. La révélation de l'existence d'une vie après la mort me paraissait d'une importance relativement secondaire en regard de ce changement d'attitude radical.

Sans doute eussé-je dû m'ouvrir à quelqu'un de cette rencontre. Mais à qui ? Un psy m'aurait dépêché illico à l'asile, en pension complète et sous sédatifs. Et plus je me serais récrié que l'expérience avait été réelle, plus j'aurais convaincu mes interlocuteurs que j'étais victime de bouffées délirantes carabinées.

Comme je n'avais aucune envie de servir de chair à canon psychiatrique, je filai directement chez mon ami, avec qui je passai un après-midi très épanouissant à jouer au Trivial Pursuit. Et cependant… si tout cela était vrai ? Il me fallait en apprendre davantage sur la résurrection de maman, elle qui avait toujours été si catégorique sur le devenir des gens après leur mort : « Ils pourrissent, c'est tout. On les range dans une caisse et ils pourrissent. Toutes leurs bondieuseries, c'est de la foutaise. » Non, décidément, je ne la laisserais pas s'en tirer comme ça. Quitte à mettre entre parenthèses la question du miraculeux, je voulais absolument voir maman en rabattre sur ces histoires de vie post-mortem et, pour donner le change, je passai les quelque trente-six heures suivantes le plus naturellement du monde. C'était un exercice d'autopersuasion magique. Je voulais croire que, si j'affectais une indifférence nonchalante, maman m'attendrait avec des cookies, avenue Rosemount, alors que si je disais quoi que ce fût à quiconque les dieux pourraient en prendre ombrage et l'escamoter.

L'avenue Rosemount était l'une de ces rues typiques des hauteurs banlieusardes de Londres, avec une chaussée dangereusement bombée comme le dos d'une baleine macadamisée et des maisons victoriennes à pignons, aux toitures en tuile rouge, qui semblaient maçonnées dans de la morve solidifiée. L'appellation d'avenue était probablement une allusion aux huit malheureux platanes alignés de chaque côté et taillés avec un sadisme qui les faisait ressembler à des jambes amputées retournées. Debout sur la voussure de la chaussée, j'eus un frisson. Qu'est-ce qui provoquait en moi ces images macabres ? Était-ce la perspective de ma seconde entrevue avec une morte ? Était-ce un signe de déséquilibre ? Après introspection, je conclus par la négative. En vérité, quand on les regarde assez longtemps, les rues des faubourgs finissent toujours par faire naître une sensation morbide – par montrer le crâne sous la peau. La camarde guette toujours derrière l'Abribus. On aperçoit sa robe jusqu'à hauteur de genou ; au-dessus, elle est cachée par l'indicateur de la ligne.

Vu de la rue, l'entresol du 24 faisait plutôt minable ; il fallait descendre dans la cour du soubassement pour apercevoir quelque chose par les fenêtres. Avant que j'aie pu y jeter un œil, maman apparut, un filtre à thé dans une main. « Tu vas rester planté là tout l'après-midi ? L'eau bout. » La mort n'avait en rien tempéré son impatience. Elle était toujours animée d'une sorte de nervosité, d'énergie irrépressible ; en d'autres temps, plus actifs, plus physiques, elle eût probablement dressé des chevaux sauvages ou mené des razzias avec les bédouins.

En entrant, je remarquai qu'elle avait apposé son nom sous la sonnette. Je ne sais pourquoi, cela me choqua. Il me semblait que l'incognito eût été préférable. Parce que, tout de même, c'était un peu sulfureux de s'afficher vivante après sa mort. Si les journaux du dimanche le découvraient ? Ça pouvait être très embarrassant. Je le lui dis. « Pourquoi avoir gardé ton nom, maman ? Tu ne crois pas que tu ferais mieux d'en changer, si tu dois continuer à vivre à Londres ? Les administrateurs de la mort n'ont pas peur de la publicité ? »

Elle soupira. Je l'exaspérais. « Voyons ! Il n'y a pas d'"administrateurs de la mort". Quand tu meurs, tu emménages dans un autre quartier de Londres, et c'est tout. Point, à la ligne.

– Alors, à Golders Green, c'était du cinéma ? Tu n'étais pas dans le cercueil ?

– Bon, je dois reconnaître qu'il y a un peu de flou de ce côté-là. Je suis passée sans transition de l'hôpital – où je n'étais vraiment pas dans mon assiette, permets-moi de te le dire – à Crouch End pour visiter cet appartement avec des agents immobiliers.

– Des agents immobiliers ! Des agents immobiliers morts ?

– Ah oui, ça, ils étaient morts. On fonctionne en autarcie, un peu comme une commune libre. »

Les révélations eschatologiques de maman commençaient à me faire tourner la tête et je m'étais affalé sur un divan. Mon nouvel angle de vue m'incita à mieux observer les lieux. C'était la première fois que je voyais un bien immobilier élyséen. Ce qui me frappa d'emblée fut que la dernière demeure de maman, s'il s'agissait de cela, présentait des similitudes remarquables avec l'appartement qu'elle avait occupé pendant les dix dernières années de sa vie.

Il y avait la même grande pièce avec des divans et des chaises éparses, une kitchenette sur le côté et, au fond, une grande porte à double battant qui ouvrait sur la chambre. Par une autre porte, au bout de la pièce, j'aperçus deux portes-fenêtres donnant sur un petit jardin coquet. L'appartement était garni à l'avenant, il y avait des posters et des tableaux sans suite sur les murs, et des livres en pagaille, certains sur des étagères, d'autres empilés sur des tables. Un jeu d'épreuves à demi corrigées traînait sur le bras d'un fauteuil.

La principale différence était que, à la place des photographies de mes frères et de moi qui autrefois encombraient toutes les surfaces disponibles, soit dans des cadres, soit dans des cubes en plastique, il y avait maintenant tout un appareil de souvenirs qui m'étaient complètement étrangers. Des photos de gens que je n'avais jamais vus. De jeunes hommes un peu mielleux à mon goût. D'autres plus âgés. Un couple souriant et guilleret – des Chypriotes, me sembla-t-il – dans un cadre en argent tarabiscoté. Je piochai une carte postale que quelqu'un avait envoyée à maman de Madère – pourquoi de Madère ? – et ne reconnus ni l'alerte écriture féminine, ni le mâle gribouillis des salutations et de la signature.

Bien que secoué, j'accusai le coup en silence. J'étais sûr que, si je la brusquais, maman ne me dirait rien de substantiel sur l'au-delà.

La bouilloire chantait. Maman remplit la théière, la posa sur un plateau avec des tasses, du sucre, du lait, une assiette de cookies au chocolat – mes préférés – et apporta le tout sur la table basse devant moi. Elle me servit une tasse et m'offrit un cookie. Un ange passa. Pendant que je mastiquais, maman retourna dans la kitchenette, ouvrit une boîte d'aliments pour chats et fit entrer deux chatons noirs par la porte du jardin.

« Je vois que tu as de nouveaux chats.

– Hm hm, lui c'est Tillie et elle Margaret. »

En regardant les chats se faufiler en tapinois entre les meubles, j'eus l'impression fugace de les avoir déjà vus quelque part… Et si maman était réellement une sorcière, comme l'avait toujours prétendu mon père ?

Je me mis à feuilleter les livres. Ce n'étaient pas ceux de sa bibliothèque de mortelle – c'était moi qui les avais – mais ils étaient de la même veine : des classiques Virago, beaucoup de Henry James et de Proust dans différentes éditions, une pléiade de romans en tout genre, des livres de cuisine et de jardinage. Maintenant je ne cachais plus que je cherchais quelque chose, un indice. Je ne voulais pas me l'avouer, mais maman réussissait à m'énerver autant morte que vivante.

Sur la table du téléphone, je vis un carnet d'adresses ouvert, que je parcourus distraitement. Là encore, les noms ressemblaient à ceux d'autrefois mais appartenaient à des gens totalement différents, probablement ceux des photos, ceux qui lui envoyaient des cartes postales. Maman avait toujours lié facilement connaissance. Non qu'elle fût particulièrement sociable, mais il émanait de sa personne une sorte de sincérité presque palpable, comme une bonne odeur de pain chaud s'échappant d'une valve percée dans son front. À mon avis, c'était une grave erreur d'interprétation. S'il y avait eu un Bureau de vérification de la publicité personnelle, maman eût été la cible de plaintes innombrables.

Des annuaires téléphoniques étaient entassés sous la table – des annuaires téléphoniques et un autre livre, en forme d'annuaire mais qui ne semblait pas en être. Je me baissai pour l'extirper. Eh bien si, pourtant, c'était effectivement un annuaire, avec en intitulé : *Le Livre des morts de Londres-Nord*, et en dessous : *A-Z*. La brochure était en bristol jaune, comme tous les annuaires, et illustrée d'un dessin vaguement artistique – ici, le cimetière de Kensal Green. Je me mis à le feuilleter.

« Allons bon, il n'y a pas cinq minutes que tu es là et déjà tu veux téléphoner, dit maman en revenant de la kitchenette.

– Qu'est-ce que c'est que ça, maman ? demandai-je en montrant l'annuaire.

– Oh ça ? Bah, disons que c'est un genre de texte religieux, répondit-elle avec un pouffement exaspérant.

– Maman, tu ne crois pas qu'il serait temps de me parler franchement ? »

Nous nous assîmes à la table (même mélaminé, même nappe bleue à fleurs) avec *Le Livre des morts de Londres-Nord* entre nous.

« Eh bien, c'est comme ça, commença-t-elle. Quand tu meurs, tu vas vivre dans un autre secteur de Londres. Et c'est tout.

– Comment ça, “c'est tout” ? » Cette façon radicalement nouvelle d'envisager la mort entraînait à mes yeux toute sorte de paradoxes impossibles à résoudre, même si j'étais assis au milieu de l'un d'eux. « Comment ça, c'est tout ? Qui attribue le secteur ? Comment se fait-il que personne n'en ait jamais entendu parler ? Comment se fait-il que personne ne remarque tous les morts qui prennent le métro ? Qui paie les factures ? Et cet annuaire ? Ne me dis pas qu'il contient les noms de tous les gens qui sont morts dans Londres-Nord, il n'est pas assez gros. Et ces agents immobiliers morts, là, ils travaillent pour qui ? Un Agent suprême ? Et pourquoi Crouch End ? Tu détestes Crouch End.

– Ç'aurait pu être pire, il y a des morts qui vivent à Wanstead.

– Et ceux qui habitaient à Wanstead de leur vivant ?

– Ils vont ailleurs, à East Finchley, à Grays Thurrock, un peu partout.

– Maman, veux-tu bien répondre à mes questions, oui ou non ?

– Je vais nous servir une autre tasse de thé, mon chéri. »

Je finis par lui tirer les vers du nez. Voici à peu près comment ça se passe : quand vous mourez, vous êtes transféré dans une autre partie de Londres où vous reprenez grosso modo le même genre de vie qu'avant votre mort. Il y a une ribambelle de morts dans Londres et un certain nombre d'entreprises mortes. Quand vous êtes mort depuis quelques années, on vous invite à vous établir en province.

La communauté morte a une administration propre et place ses ressortissants dans la plupart des grandes sociétés et des grands corps de l'État. Il existe des services autonomes pour les morts, mais en général ils fonctionnent parallèlement à leurs homologues « vivants ». Les morts ont presque tous un emploi, parfois dans des compagnies vivantes. Ainsi maman, par exemple, travaillait pour une maison d'édition vivante.

« D'accord, jusque-là j'arrive à te suivre, mais tu ne m'as toujours pas expliqué pourquoi personne n'est au courant. Maintenant que je le sais, je pourrais aller le crier sur les toits. Je pourrais vendre la nouvelle aux tabloïds. » Tout cela me laissait songeur et, penché sur la table, l'esprit ailleurs, j'avalais cookie sur cookie avec de grandes lampées de thé. Je ne remarquai même pas que les chatons étaient en train de boulotter mes lacets. Quant à maman, elle restait imperturbable.

« Ce qu'il y a de drôle, vois-tu, c'est que les gens croisent rarement des morts qu'ils connaissent. Ça te montre à quel point cette ville est vaste et anonyme. Et même quand il leur arrive de rencontrer des amis ou des parents morts, on dirait qu'ils ont peur de le raconter.

– Mais, maman, toi qui as toujours eu un esprit curieux, toi qui as toujours pensé que tu pourrirais quand tu serais morte, ne me dis pas que tu n'as pas cherché à savoir ce qui se tramait en coulisse. Qui tire les ficelles ? C'est le Grand Architecte ?

– Est-ce que je sais, moi ! Je travaille, je vais à mon cours, je donne à manger aux chats, je vois des amis, je voyage. Je ne suis pas une intellectuelle comme toi et quand bien même, en y réfléchissant, je trouve ça tout à fait dans l'ordre des choses. Si j'avais voulu essayer de visualiser l'au-delà, j'aurais eu beau me creuser la cervelle, je serais arrivée au mieux à une pâle version du Crouch End véritable où je vis en ce moment.

– Quel cours ? »

Elle désigna l'annuaire d'un geste. « Les gens qui tiennent l'annuaire donnent régulièrement des cours d'initiation pour les nouveaux morts. Ils leur montrent les pages bleues du début et leur expliquent les différents moyens mis à leur disposition pour se débrouiller dans la mort.

– J'imagine que les nouveaux doivent être drôlement traumatisés. » J'ai dû dire ça avec un enthousiasme un peu déplacé. C'est que j'essayais encore de trouver des failles dans la nécro-utopie faubourienne de maman.

« Oh non, pas du tout ! Mets-toi à leur place, pense aux grands malades qui ont souffert, pense aux solitaires, c'est un immense soulagement pour eux de découvrir que, au lieu de s'éteindre, ils sont affectés à Winchmore Hill ou Kenton. Les cours ne sont là que pour mettre l'accent sur le caractère réel de la situation. Tu n'imagines pas comme c'est rassurant d'être assis sur une chaise en plastique dans une salle de catéchisme froide en lisant un annuaire et en regardant un jeune boutonneux s'échiner à tracer des schémas sur un tableau blanc avec un marqueur qui grince.

– Je vois ce que tu veux dire, mais ça ne te ressemble pas. Tu as toujours été une contestataire, une bagarreuse, ce n'est pas dans ton caractère d'être aussi résignée. Tu n'as donc pas envie de connaître le fin mot de l'histoire ? Comment ça se passe dans les autres villes ? C'est pareil ? Si tous les morts quittent la capitale au bout d'un certain temps, il doit y avoir une surpopulation de zombies dans les provinces. Il y a mille questions sans réponse. Toi qui as toujours détesté les groupes, voilà que tu te laisses embringuer, endoctriner dans une religion visiblement régie par des employés morts de British Telecom. Pourquoi ? Pour l'amour de Dieu, pourquoi ?

– Ouais, ça paraît louche, hein ? La mort a dû me ramollir. »

Nous papotâmes encore un peu. Maman m'interrogea sur ma vie sexuelle et ma situation bancaire. Elle m'interrogea aussi sur la famille, me fit savoir qu'elle tenait mes deux frères pour des fous et certains pédérastes de notre connaissance pour de « gentils garçons ». Je la retrouvais bien là et ça me rassura. Elle me laissa regarder de plus près le *Livre des morts de Londres-Nord*. Ce n'était franchement pas exaltant ; aucune prophétie, aucun commandement, rien que des faits. Les pages d'introduction se limitaient à des informations concrètes, telles que : « Votre identité (morte) doit résister aux enquêtes officielles. Des fonctionnaires morts sont en poste dans la plupart des grandes administrations pour tenir à jour l'état civil des personnes décédées. En cas de problème, de quelque nature que ce soit, appelez l'un des bureaux d'assistance aux citoyens morts répertoriés ci-après. » Et ainsi de suite.

D'une certaine manière, cette lecture me calma et je cessai d'importuner maman avec mes questions. Au bout d'une heure, elle m'annonça qu'elle allait à une réception donnée par un de ses amis. Est-ce que ça me disait de l'accompagner ? « Franchement, maman, je crois avoir mieux à faire que des mondanités avec des morts, répondis-je aussitôt et aussitôt je le regrettai. Excuse-moi, maman.

– Il n'y a pas de mal, mon fils », dit-elle avec le sourire. Ça ne lui ressemblait pas du tout. Cette absence de colère me plongea dans un profond malaise. Quand elle me reconduisit à la porte, une petite lune blafarde s'élevait au-dessus de la butte d'Ally Pally. Je mis le cap sur Stroud Green Road, la tête bourdonnante de pensées étranges et de craintes.

Ma nuit fut agitée. Je remuais dans mon lit comme un marsouin. Mon duvet était trempé de sueur. J'étais comme prisonnier de la paume moite d'un géant… Maman ! Je me réveillai en sursaut. Les chiffres *3.22 a.m.* clignotaient en rouge sur mon réveil. Je m'assis sur le bord du lit, le front dans les mains, en nage. Et je compris pourquoi je faisais ces cauchemars. Je voulais trahir maman. Ce n'était pas par un désir de saper les bases du statu quo métaphysique ou d'ouvrir les yeux des gens sur la réalité de leur vie, ou même de tirer la sonnette d'alarme contre l'Être suprême. C'était beaucoup plus égoïste : c'était une blessure d'orgueil. Maman aurait pu me faire signe au lieu de me laisser accablé de chagrin pendant qu'elle faisait du shopping à Crouch End. Elle aurait pu s'arranger avec un médium pour monter un numéro de magie, une séance de spiritisme, je ne sais pas, ou simplement m'écrire une lettre, me téléphoner. J'aurais compris. Mais là, non, je n'allais pas me laisser manipuler par elle depuis la tombe. J'étais décidé à dénoncer publiquement le traquenard.

Mais vint le lendemain et, debout sur un quai de métro, en contemplant le bord d'un gobelet en plastique froissé comme pour y chercher la révélation, je commençai à flancher. Je restai prostré toute la matinée sur mon bureau – ce qui ne me changeait pas beaucoup – puis, à l'heure du déjeuner, j'allai m'asseoir hagard dans un café.

Quand je revins au bureau, le téléphone sonna. C'était maman.

« J'appelais juste comme ça, pour savoir comment tu vas.

– Je vais bien, maman.

– J'ai téléphoné pendant ton absence, c'est une fille qui m'a répondu. Elle t'a transmis le message ?

– Non, maman.

– Je le lui ai pourtant bien spécifié, elle l'a noté par écrit. Ils sont tous bouchés ou quoi, dans ton bureau ?

– Non, maman. Elle aura oublié. »

Maman soupira. À ses yeux, les messages téléphoniques négligés avaient toujours représenté l'acmé de la décadence babylonienne. « Alors, qu'est-ce que tu deviens ?

– Je travaille, maman.

– Tu m'as l'air bien ronchon aujourd'hui. Qu'est-ce qui t'arrive, tu n'as pas dormi ?

– Non, je n'ai pas dormi. J'ai trouvé la journée d'hier un peu éprouvante.

– Tu t'y feras, mon petit. Passe me voir ce soir, je te présenterai Christos, c'est un ami, un Chypriote grec. C'est un grossiste en fruits et légumes, mais il écrit à ses moments perdus. Il te plaira.

– Ouais, je crois avoir vu sa photo chez toi hier. Il est mort, maman ?

– Bien sûr qu'il est mort. Je t'attends pour 8 heures. Je ferai la cuisine. Et apporte quelques chemises, tu pourras les repasser ici. »

Elle raccrocha.

Ray, qui travaille au bureau en face du mien, me regardait de travers quand je reposai le combiné.

« Tu te sens bien ? dit-il. J'ai cru t'entendre dire "maman" au téléphone, à l'instant. »

J'étais pris de court, sans voix. Comment me sortir de ce pétrin ? « Non… ah, non, non… je ne disais pas "maman", je disais… "Momo", un type qu'on appelle Momo, un vieux copain. »

Ray ne parut pas convaincu. Nous étions collègues depuis assez longtemps déjà et il était à peu près au courant de tout ce qui me concernait, mais que pouvais-je répondre ? Je ne pouvais pas lui dire qui c'était *vraiment*. Je n'aurais jamais survécu à la honte d'avoir une mère qui m'appelle au bureau.

Service 9

« Ha ha ha haha… Hou u nou, au loin, au loin chante une sirène sous un soleil de soie », hululait un débile mental sur un banc public au sommet de la butte. En contrebas, la pelouse du parc descendait jusqu'à l'allée de jogging. Au-delà, serré entre les maisons, l'hôpital se dressait comme une ziggourat vivante sur un champ de ruines.

Le débile avait les cheveux grossièrement tondus, portait un anorak bleu à capuche, un pantalon en velours côtelé bouffant au cul, et chantait en se balançant. Je lorgnai sa figure au passage : elle était assortie au banc sur lequel il était assis, triste échantillon de mobilier municipal à l'abandon, et, malgré un bel ensoleillement matinal, semblait recevoir un crachin permanent.

Ce débile-là n'était pas de mon ressort. Il était, en quelque sorte, hors catalogue. En refusant l'occasion qui m'était ici offerte de me vautrer dans la nauséabonde guimauve de l'apitoiement, je relevais un défi professionnel. Si je voulais rencontrer quelque succès dans mon nouvel emploi, je devais apprendre à me claquemurer dans une sorte d'invulnérabilité émotionnelle. Car je venais d'être affecté au Service 9 en qualité d'arto-thérapeute, dans le cadre d'un contrat à durée indéterminée commençant ce matin. Ma destination était l'immeuble massif de quinze étages planté devant moi dans le fatras urbanistique de Camden Town.

À mesure que je descendais la pente, la diminution de l'altitude correspondait à une augmentation symétrique de la densité de l'air. La fraîche atmosphère de Parliament Hill cédait le pas à la torpeur cotonneuse et polluée des rez-de-chaussée londoniens en été. Déjà, à 8 heures 45, les routes autour de Gospel Oak étaient encombrées de tôles cracheuses de fumée enchâssant des chauffeurs en bras de chemise.

Je voyais l'hôpital apparaître et disparaître au gré de mes zigzags dans les rues. Son immensité même en faisait un point de mire problématique. Sur tel trottoir, l'horizon le soustrayait complètement au regard et j'en venais à croire qu'il n'avait jamais existé ; puis, quand je tournais le coin, voilà son flanc qui surgissait comme l'arrière-train gris-bleu d'une énorme baleine, repoussant d'un coup de queue paresseux les rayonnages bétonnés des immeubles voisins.

Je marchais, je marchais et, plus j'avançais, plus le bâtiment semblait reculer. D'imposants balcons enserraient ses pans inclinés, telles des étagères en béton grosses comme des rampes de chargement d'avions-cargos. La façade était dissimulée derrière un croisillon de passerelles en tout genre qui s'élevait comme un gribouillage jusqu'au troisième étage. Au pied du monstre, un méli-mélo de constructions auxiliaires se blottissait au creux de ses grandes ailes préhensiles : des infirmeries, des parkings, des générateurs hauts de deux étages logés dans de gigantesques cubes bardés de déflecteurs en forme de store vénitien, et de fantomatiques incinérateurs aux murs et aux cheminées entachés de noirceurs douteuses.

Après une dernière bifurcation, je débouchai impromptu devant une rampe qui menait tout droit à l'entrée principale. Si, lors de mes deux précédentes visites, l'hôpital m'avait fait l'effet d'une ruche d'abeilles ouvrières en pleine agitation diurne, mon sentiment fut un peu différent ce matin : les cellules photo-électriques étant débranchées, c'étaient de vulgaires cartons de lait orange qui maintenaient les portes ouvertes. Je me frayai un chemin dans le long vestibule bas de plafond, entre la boutique encore chemisée de son rideau de fer et un archipel de chaises groupées par deux selon un schéma apparemment aléatoire, succinctement habillées du même revêtement bleu que le sol. L'éclairage était assuré par des néons, dont les lueurs vacillantes parachevaient l'aspect sépulcral de l'ensemble. L'impression dominante était celle d'un lieu de transit, d'un terminal d'aéroport pour mourants. Il était impossible de différencier les malades des clochards qui avaient suinté des rues pour empiler leurs carcasses défraîchies sur les chaises en plastique. La masse stérilisée de l'hôpital les réduisait tous au même état de parasites débraillés. De temps en temps, on voyait passer en coup de vent une infirmière, un médecin ou un aide-soignant dont la mise et l'uniforme affichaient clairement l'appartenance à une communauté séparée, génétiquement distincte.

Dans le couloir vitré conduisant aux ascenseurs, il y avait une exposition de peinture – signée non par les patients, mais par un obscur disciple d'une école paysagiste oubliée. Les bleus et les verts chichiteux censés représenter des collines et des vallons devenaient des luisances sans relief derrière le verre où se reflétait la morne architecture du centre de l'hôpital : un atrium encombré d'un éboulis de galets servant de support à des bacs en ciment hérissés d'arborescences cachectiques.

Je partageai l'ascenseur, jusqu'au neuvième étage, avec un jeune homme silencieux, en vert, lacé à la hanche et sous la gorge. Ses tempes cendrées et rainurées, avec leurs veines palpitantes, provoquèrent en moi une réaction allergique, une sorte de haut-le-cœur accompagné de prurit. Je me mis aussitôt à me gratter les paumes – et eusse volontiers fait l'abandon de mes chaussures pour me gratter le dessous des pieds – mais, bien que la démangeaison se répandît dans tout mon corps comme un essaim de guêpes, j'étais incapable de détacher mes yeux de ce tube gonflé de sang à fleur de peau.

Arrivé au neuvième, le blondinet se redressa, soupira et disparut dans un couloir avec un haussement d'épaules typique du genre humain.

J'avais déjà visité le Service, quoique brièvement, sous la conduite du Dr Busner, à l'issue de mon entretien d'embauche. Ce qui m'avait frappé alors et me frappa de nouveau fut la différence olfactive entre le Service 9 et le reste de l'hôpital. Tandis qu'ailleurs l'air semblait infuser à travers un filtre – inodore en surface mais imprégné en profondeur d'un souvenir composite de sachets de thé pressurés entre des pouces et des cuillers en styrène, pêle-mêle avec la grande famille des désinfectants javellisés et quelques tribus disparues de sacs plastique –, dans le Service 9, en revanche, l'air avait une réelle qualité, qui vous arrivait en pleine face comme une bourre de coton imbibé du chloroforme douceâtre de l'absolue tristesse.

On accédait à l'aire centrale du Service, un espace oblong faisant office de réception et de foyer, par un petit couloir au sortir de l'ascenseur. Juste en entrant, vous aviez le guichet vitré de l'infirmerie ; à droite, une salle à manger avec une rangée de fenêtres donnant sur la ville ; à gauche, les portes de divers bureaux et cabinets de consultation ; et, droit devant, un autre petit couloir menant aux deux dortoirs.

On avait tout essayé pour donner au Service 9 l'apparence d'un lieu d'accueil ordinaire pour le traitement des maladies mentales. Çà et là dans le foyer, il y avait des tableaux d'affichage festonnés de notices en tout genre

– petites annonces, invitations à des représentations théâtrales données par des membres du personnel, coupures de journaux, dessins et caricatures exécutés par des patients – et, sur différentes tables de la salle à manger, on pouvait voir d'informes sculptures en glaise, déposées là comme des crottes psychotiques – vraisemblablement les produits des séances d'arto-thérapie de mon prédécesseur. Il y avait aussi un grand éparpillement de sièges – le modèle court sur pattes, en skaï, qu'on ne trouve que dans les institutions publiques – et partout où se posait l'œil, parsemés de la salle à manger à l'infirmerie, des cendriers, en veux-tu en voilà – sur pied, en verre, en spirale d'argile bancale ou ornés de marques de bières célèbres –, tous débordants de mégots.

Il existe deux types d'institutions qui se distinguent des autres sur la question du tabagisme. Alors que partout ailleurs vous vous heurtez à des tirs de barrage, à des ultimatums sous forme d'impérieux traits rouges rayant votre cigarette sur des panonceaux, dans les services psychiatriques et les commissariats de police, au contraire, on vous crie carrément, par toute sorte de signes : « Fumez ! Fumez ! Ça ne nous dérange pas, nous comprenons, nous aimons fumer ! » Le Service 9 ne faisait pas exception à cette règle. Bien que vide à cette heure (les patients n'avaient pas de raison de se lever, ils ne se retournaient pas dans leur lit à 8 heures pile en marmonnant : « Hou là là ! faut que je me lève en vitesse pour ma piqûre de thorazine… »), les âcres effluves de l'agitation nocturne y tournoyaient encore.

Je suivis donc le petit couloir jusqu'au guichet des infirmières. Un jeune homme était assis derrière le bureau, complètement absorbé dans un livre de poche corné. Il portait un sweat-shirt et un Levis noirs ; ses pieds embaskettés, juchés sur l'étagère encombrée de classeurs et de stylos-billes, repoussaient le reste de sa personne vers l'arrière, en position instable sur deux roulettes de sa chaise pivotante. Il se balançait doucement d'un côté à l'autre, et son corps reproduisait inconsciemment les brèves oscillations de ses yeux sur la page.

Je raclai un peu mes semelles sur le linoléum pour l'avertir qu'il n'était plus seul. « Bonjour. »

Il leva les yeux avec un sourire. « Ouaip, que puis-je pour vous ?

– Je suis Misha Gurney, le nouvel arto-thérapeute, je commence aujourd'hui et le Dr Busner m'a demandé de venir de bonne heure pour m'imprégner de l'atmosphère.

– Ah, eh bien, salut, Misha Gurney. Moi, c'est Tom. »

Tom délogea ses pieds de l'étagère et me tendit la main. C'était une fine main blanche, avec une ossature saillante au poignet et de longs doigts en spatule, légère et sèche au contact, mais d'une poigne franche. Sa voix avait la bonhomie artificielle d'un paterfamilias hollywoodien et contrastait curieusement avec la beauté de son visage : une peau de santal et des yeux violets. Sous ses vêtements noirs moulants, son corps avait une façon épicène et ondulatoire de se mouvoir.

« Bah, pour l'heure, y a pas grand-chose à voir. Zack n'est même pas encore arrivé. Il doit être à peine levé, reprit-il en roulant ses jolis yeux dans leurs douces orbites parfumées comme pour mimer les ébrouements matutinaux du psychiatre. Un petit thé ?

– C'est pas de refus.

– Vous l'aimez comment ?

– Nature, sans sucre. »

Je suivis Tom dans le couloir qui menait aux bureaux du personnel et aux cabinets de consultation. Il y avait une petite cuisine en retrait, d'un côté. Tom alluma les néons qui, après un clignotement hésitant, déversèrent une lumière crue, et s'affaira en faisant crisser ses baskets sur le lino pendant que j'examinais les notices soigneusement scotchées sur les portes des placards.

« Vous faites quoi, ici, Tom ? dis-je au bout d'un moment.

– Oh, je suis un patient.

– Je suppose que vous n'êtes pas interné de force, alors. »

Il rit. « Ah non, bien sûr que non, je suis… comment dire ? attaché volontaire. Soldat de première classe, courage exemplaire, toujours en première ligne sur le front des maladies mentales, répondit-il avec une ironie moqueuse, mais sans démence, sans la fatale agressivité du vrai schizo-discours.

– Vous n'avez pas l'air trop dérangé.

– Non, en effet, c'est pour ça qu'ils me laissent aller à peu près où je veux et faire plus ou moins ce qui me plaît quand je suis dans le Service. Voyez-vous, je suis un oiseau rare. » Sa bouche sculptée s'incurva vers le bas aux commissures. « Les médicaments sont réellement efficaces avec moi. Ça ne plaît pas à Zack, mais c'est la vérité. Tant que je les prends régulièrement, je vais bien. Mais, dès qu'ils me laissent sortir, voyez, j'ai tendance à les oublier et, ça y est, ça recommence.

– Qu'est-ce qui recommence ?

– Oh ben, les crises, les délires, l'hypermanie, enfin, le topo habituel, quoi. Je me promène avec la Bible et j'essaie d'organiser des séminaires d'exégèse spontanés dans la rue. Mais vous connaissez tout ça, je suis sûr, vous avez dû voir des tas de louftingues.

– Pourtant… vous m'excuserez, mais… il y a quelque chose qui m'échappe. Si vous êtes sous l'effet d'un médicament, vous…

– Je sais, je devrais être un peu assommé, un peu ramollo sur les bords, un peu tête en l'air, c'est ça ? Comme je vous l'ai dit, je suis une exception, un cas à part, une preuve éclatante de l'efficacité des produits Hoffman La Roche. Zack n'apprécie pas du tout. »

La bouilloire siffla et Tom versa l'eau dans deux gobelets, au fond desquels nous trempâmes des sachets de thé de réclame que nous touillâmes consciencieusement avec des bâtonnets en plastique, puis nous regagnâmes le foyer. Tom m'invita à regarder par les fenêtres. Les niveaux inférieurs de l'hôpital s'étalaient en terrasses en dessous de nous. Du neuvième étage, on pouvait se faire une idée plus précise de la forme générale du bâtiment : une espèce de barre à section trapézoïdale, avec des pans inclinés plutôt raides qui montaient en escalier. Nos fenêtres surplombaient un large balcon où erraient des silhouettes en tenue de circonstance, blouses vertes et chemises de nuit à rayures bleues, enrubannées de sparadrap. Elles dérivaient en valses lentes jusqu'au parapet, se balançaient sur les orteils et les talons ou vacillaient de droite et de gauche, puis revenaient et disparaissaient à nouveau sous nos pieds.

« Les "longue durée", m'expliqua Tom en savourant l'expression avec une bruyante gorgée de thé. Ils sont une bonne soixantaine, là-dedans. Ah, c'est une autre paire de manches. Pas des clients pour votre terre glaise et votre papier gommé. Dans le lot, il y a un type énorme qui s'est amusé à boire de l'eau de Javel, un jour. Ils ont remplacé son œsophage par un tronçon de son intestin. Quand la nuit est tranquille, on peut l'entendre péter par la bouche. Ça fait drôle, je vous assure, Misha. »

Je gardai le silence, il n'y avait rien à dire. Derrière moi, le Service s'éveillait peu à peu. La journée commençait. Bruits de pas. Salutations brèves. Une fille de salle, émergeant de l'ascenseur, entreprit de laver le sol avec une consciencieuse inefficacité, derrière un seau en zinc qu'elle repoussait progressivement à coups de semelle de gomme. Nous buvions notre thé debout, en regardant, par-delà le balcon des longue durée, le Heath qui s'élevait, verdoyant mamelon, sous le soleil, telle une lointaine arcadie entr'aperçue au bout d'un long corridor d'ombre. Avec un petit effort d'imagination, j'arrivais presque à discerner le banc public que j'avais vu quarante minutes plus tôt, surmonté d'une forme bleue : le débile tonsuré qui se balançait toujours, et toujours en liberté.

Soudain l'ascenseur catapulta un quinquagénaire rondouillard, au front découpé en V par des cheveux gris acier coiffés en arrière : Zack Busner. Il portait un cartable rebondi, fermé par deux lanières – présentement débouclées en raison d'un excès de contenu : trop de dossiers, trop d'instruments, trop de journaux et deux sandwiches à la crème de gruyère encore emballés. Busner affectionnait les costumes rayés en lin ou en popeline, les chemises à col ouvert et les chaussures hors norme : en l'occurrence, des écrase-merdes noirs de sergent de ville, à bout ferré. Me repérant près de la fenêtre au côté de Tom, il me fit signe de le suivre dans son cabinet, d'un geste bref et évasif. Je jetai mon gobelet dans une poubelle, pris congé de Tom et emboîtai le pas du mandarin.

« Eh bien, Misha, je vois que vous vous êtes déjà fait un ami », dit-il avec un sourire mi-figue mi-raisin en me désignant le fauteuil en face de son bureau. Nous nous assîmes. Son cabinet était minuscule, à peine plus grand qu'un cagibi, et pratiquement vide hormis quelques cahiers et quatre œuvres d'art. Les psychiatres aiment bien humaniser leur décor avec ce genre d'objets. Ils pensent que même les pires rossignols prouvent au monde extérieur qu'ils ont un « bon fond ». Les œuvres de Busner étaient particulièrement voyantes : quatre bas-reliefs en argile, un sur chaque mur, rectangulaires, couleur terre, non vernis, probables reliquats d'un miniséisme, représentant à première vue des topographies imaginaires.

« Oui, il est assez sociable. Quel est son problème ?

– À vrai dire, Tom est un cas très intéressant », répondit Busner sans le moindre soupçon d'ironie, en farfouillant sur son bureau. Il semblait chercher une pipe. « Il est sujet à ce que j'appellerai une psychose mimétique...

– Ce qui signifie ?

– Ce qui signifie littéralement qu'il mime les symptômes de toute sorte d'autres maladies mentales, du moins celles qui répondent à une pathologie définie : schizophrénie, dépression chronique, hypermanie, psychose dépressive. L'ennui avec Tom, c'est que ses imitations ou, devrais-je dire, les différentes incarnations de sa maladie, sont complètement ratées. Il reproduit soigneusement tous les détails connus des comportements aberrants, mais avec un singulier manque de conviction. Il a un jeu trop convenu, on n'y croit pas du tout. Votre père aurait trouvé ça passablement fascinant.

– Ma foi, sans avoir une compétence professionnelle comparable, j'ai été passablement fasciné moi-même. Il incarne quel personnage en ce moment ?

– À vous de me le dire.

– Eh bien, je dirais qu'il joue le rôle du "patient bien informé initiant un arto-thérapeute naïf à l'enfer hospitalier".

– Et vous le trouvez comment ?

– Euh, maintenant que vous m'y faites penser, pas très convaincant. »

Abandonnant ses recherches pipales, si c'était bien une pipe qu'il cherchait, Busner se tourna de trois quarts devant la fenêtre, ce qui me permit d'apprécier son profil à contre-jour. À la vérité, ses contours étaient assez érodés et contredisaient l'impression d'énergie mal contenue qu'il s'efforçait de donner de lui-même. Il me parlait en enroulant et déroulant une langue de cravate en tricot brun, qui pendait négligemment à son cou. Dans l'ensemble, il m'évoquait une espèce de grenouille géante.

Derrière lui, les lumières et les ombres alternaient à une vitesse irréelle sur la façade en arrière-plan. Je ne voyais pas les nuages, je ne voyais que leurs reflets intermittents sur le granulé gris du crépi grêlé d'encoches.

L'hôpital était grand. Vraiment grand. Avec ses lumières clignotantes, ses conduits éructants et ses antennes enchevêtrées, sa masse énorme semblait s'intégrer au paysage céleste, et le lent glissement des cumulus pouvait donner l'illusion qu'il se mouvait sur un immense vaisseau spatial vers quelque port lointain ou quelque autre hôpital plus grand encore qui l'avalerait tout entier. C'était une étonnante superposition de rectangles qui, vus d'où j'étais, pouvaient aussi bien être des entassements de briques de verre que des fenêtres à petits carreaux hautes de deux étages. La rue était trop basse pour me donner une idée de l'échelle. Je n'avais pour seuls indices que l'hôpital lui-même et les ombres portées des nuages.

Busner avait cessé de tripoter sa cravate pour s'en prendre maintenant à un cendrier, une sorte de colimaçon en terre cuite grossièrement façonné et enduit d'une sécrétion biliaire jaunâtre, qu'il palpait de son index boudiné en disant : « J'aimerais que vous ne me quittiez pas d'une semelle ce matin, Misha. Si vous voulez vous impliquer sérieusement dans ce que nous essayons de faire ici, vous devez vous familiariser au plus vite avec le fonctionnement du Service : comment nous évaluons les patients, comment nous les cataloguons, comment nous décidons d'un traitement. Ainsi, vous aurez tout l'après-midi pour prendre le pouls, si j'ose dire, de vos premiers patients.

– Ça marche.

– Par ailleurs, nous avons une réunion de travail à midi, qui sera pour vous une excellente occasion de faire connaissance avec vos nouveaux collègues et d'apprécier le rôle de chacun dans l'organigramme. »

Busner reposa brusquement l'étron de terre cuite et se leva. Je dus m'écarter pour lui permettre de contourner son bureau et d'atteindre la porte. Tout médecin-chef du département psychiatrique qu'il était, Busner n'avait pas plus d'espace qu'un garçon de course. Nous regagnâmes le foyer par le petit couloir. Entre-temps, les nuages s'étaient dissipés et le soleil brillait derrière les fenêtres de la salle à manger. Des patients s'avançaient d'un pas traînant, en rang d'oignons devant l'infirmerie, pour recevoir leurs médicaments du matin.

Ils étaient comme des habits vides maintenus à la verticale par l'électricité statique. Derrière les panneaux en verre coulissants du guichet, deux jeunes gens assuraient la distribution. L'un consultait une fiche, l'autre piochait les comprimés et gélules ad hoc dans un plateau en plastique compartimenté et les tendait au premier de la file avec un gobelet d'eau en papier, en forme de cône, conçu comme un best-seller, en ce sens qu'il était impossible de le reposer avant de l'avoir fini.

« Pas idéal, mais nécessaire, dit Busner en désignant la file d'un mouvement circulaire de la main. Nous devons leur donner des médicaments. Pourquoi ? Parce que, sans ça, ils seraient trop agités pour nous parler et, s'ils ne nous parlent pas, nous ne pouvons pas déterminer leur trouble. Mais, d'un autre côté, une fois qu'ils ont pris leurs médicaments, ils sont souvent trop déphasés pour nous dire quoi que ce soit d'intéressant. On se mord la queue. »

Busner traversa la file pour gagner la salle à manger, en marmonnant au passage quelques bonjours à son troupeau. Nous nous assîmes devant une table où une jeune femme en blouse blanche élimée sirotait un Nescafé boueux. Busner fit les présentations.

« Jane… Misha Gurney. Misha… Jane Bowen. Jane est chef de clinique. Misha est ici pour mettre au point une nouvelle thérapie par les arts. Révolutionnaire. Son père était un ami à moi, vous savez, un ami proche. »

Jane Bowen me tendit la main avec un nonchaloir révélateur de son absolu désintérêt pour ma personne ou mes origines familiales mais, sans doute pour montrer qu'elle avait l'esprit ouvert et un naturel agréable, elle me gratifia d'un sourire de bienvenue. Je l'étudiai rapidement du regard. Jane Bowen était svelte, avec un corps tout en concavités – joues creuses, yeux renfoncés, salières anguleuses –, un corps inexistant, en fait : sous sa blouse lâche, ses seins semblaient eux aussi concaves. Ses cheveux étaient tirés en arrière et terminés par une longue tresse, serrée dans un anneau de cuir tribal. Sa lèvre supérieure saillait vers son gobelet en plastique. Les poignets effilochés de son pull-chaussette dépassaient des poignets effilochés de sa blouse en coton. Ses poches étaient bourrées. Elles débordaient de stylos, de thermomètres, de seringues, de montres, de stéthoscopes, de paquets de tabac et de boîtes d'allumettes. Les revers de sa blouse étaient festonnés de badges, des badges faits main, des badges politiques et des badges à l'effigie de personnages de dessins animés : Roadrunner, Tweetypie, Bugs Bunny et Scoubidou.

« Eh bien, Misha, pensez-vous que votre participation à la vie créative du Service nous aidera à sortir des sentiers battus ? demanda-t-elle avec un geste vers une table voisine, où des espèces de coupelles bancales en terre glaise se soutenaient mutuellement comme des rotariens ivres.

– Bah, si les patients veulent faire des cendriers en terre glaise, qu'ils fassent des cendriers en terre glaise, répondis-je après avoir allumé une cigarette, en la lorgnant à travers la fumée.

– Évidemment, ils pourraient aussi essayer de résoudre l'Énigme. »

Je ne l'avais pas remarqué en m'asseyant, mais je voyais maintenant qu'elle manipulait les quatre pièces d'un modèle portable de *L'Énigme* sur la table en mélaminé. Ses doigts étaient rongés jusqu'au vif et au-delà. Busner rougit et bougea sur sa chaise.

« Rrr...oumpf ! Des restes de... liquidations de stock, voyez, je... euh, je les ai rachetés en solde. De toute façon, je crois toujours à leur efficacité et les patients ont l'air d'aimer ça. »

Busner avait été le concepteur, et le prôneur, de *L'Énigme* au début des années 70. C'était l'un de ces jeux de stimulation psychologique qui avaient connu une vogue éphémère. Busner lui-même s'était forgé une petite réputation de psychologue médiatique, en attaquant systématiquement les mœurs de la société conventionnelle. *L'Énigme* était la résultante de ce système et des travaux qu'il menait alors dans sa révolutionnaire Concept House de Willesden. Son rôle dans l'élaboration de la Théorie quantitative date également de cette époque.

Busner avait été une figure récurrente des écrans télévisuels de mon enfance, soit comme intervieweur, soit comme interviewé, soit comme commentateur d'une interview rediffusée ou encore comme invité dans l'une de ces émissions de débat qui exhibaient des bavards ventrus engoncés dans d'inconfortables sièges ovoïdes en acier devant un décor en toile peinte. Les apparitions médiatiques de Busner s'étaient réduites à mesure que sa panse avait pris du volume. Si l'on se souvenait de lui aujourd'hui, c'était en tant qu'inventeur de *L'Énigme* – et cela surtout parce que la brève popularité de cet « outil introspectif » avait répandu dans les chaumières des millions de carrés en acrylique qu'on retrouvait à l'occasion dans des endroits idiosyncratiques de la maison parmi des Smarties, des pièces de Lego ou des épingles à cheveux. C'en était même devenu proverbial : « J'ai résolu l'Énigme », était une expression toute faite pour dire qu'on avait trouvé quelque chose sous le tapis, entre les lattes du plancher ou derrière un radiateur. Mais le but du jeu en soi – à savoir ce qu'il fallait faire avec les quatre carrés aux couleurs pastel que contenait le coffret – était complètement oublié.

« Excusez-moi, Zack, je ne voulais pas me moquer, dit Jane Bowen en posant la main, avec une tendresse surprenante, sur la manche en popeline de Busner.

– Il n'y a pas de mal, je le mérite encore, même après toutes ces années. Le plus drôle, c'est que j'ai vraiment cru à *L'Énigme*. N'importe qui, d'ailleurs, pourrait dire un cynique, croirait à une invention qui vous rapporte suffisamment de royalties pour acheter une maison avec quatre chambres dans Redington Road.

– Même les psys ont besoin d'un toit, commenta Jane Bowen (commentaire qui provoqua chez les deux collègues un sourire en coin – peut-être trop souriant et certainement trop en coin).

– Eh, que voulez-vous, on ne peut pas plaire à tout le monde », dit Busner. Encore une expression toute faite. C'était son leitmotiv dans les émissions de débat – qu'il prononçait toujours en accentuant le mot « plaire » d'un petit *falsetto* –, une phrase type qui, comme *L'Énigme*, avait survécu à sa propre popularité. La dernière fois que je l'avais entendue, c'était dans un jeu télévisé, une de ces émissions où l'on aligne des « célébrités » dans des stalles cubiques. C'était au déclin de sa gloire médiatique, quand il en était réduit à ce genre de prestation. Au moment où il débitait sa tirade magique, la joueuse en face de lui avait appuyé sur le bouton-poussoir et avait gagné, si je me rappelle bien, un lot de meubles de jardin. On était loin de l'esprit de la psychologie radicale. Si

Busner réutilisait cette phrase maintenant, c'était visiblement avec une intention ironique, mais pas seulement : on y décelait aussi une pointe de fierté nostalgique.

« Venez, accompagnez-moi, je vais faire ma tournée », me dit-il en plaquant sa paume sur mon épaule. Nous adressâmes un signe de tête à Jane Bowen, qui nous avait déjà oubliés et entamait une conversation avec une infirmière. Busner casa son cartable derrière le guichet d'accueil, après en avoir péniblement extrait une tablette à clip et quelques feuilles vierges, et nous déambulâmes côte à côte dans le petit couloir qui menait aux dortoirs. Comme aucun de nous ne voulait précéder l'autre, les gens qui arrivaient en sens inverse étaient obligés de s'aplatir contre les murs pour nous contourner. Nous étions comme un couple d'adolescents – craignant désespérément une rupture de contact pouvant faire croire à de l'indifférence.

Les dortoirs étaient divisés en travées – quatre lits par travée et quatre travées par dortoir. Chaque travée avait à peu près la taille d'une chambre moyenne, les lits étant disposés de manière à offrir le maximum d'espace à leurs occupants pour préserver au mieux leur intimité. Certains patients avaient collé des photos et des posters sur les murs avec du ruban adhésif, d'autres avaient garni les étagères de bimbeloterie, d'autres enfin n'avaient rien fait du tout et gisaient immobiles sur leur couche, comme des ascètes ou des prisonniers.

Chaque fois que nous nous arrêtions devant un patient, Busner me faisait part de ses commentaires. Le premier que nous vîmes était un homme d'une trentaine d'années, aux yeux protubérants. Il portait un costume Burton défraîchi, lustré aux genoux et aux coudes. Il était assis sur une chaise de repos à côté de son lit et regardait droit devant lui. Ses cheveux, séparés par une raie au milieu très tranchée, tombaient sur ses épaules. Ses yeux n'étaient pas seulement protubérants, ils étaient à moitié sortis de leurs orbites et ressemblaient à des balles de ping-pong avec des points noirs peints en guise de pupilles.

« Clive est sujet à des crises de maniaquerie obsessionnelle, n'est-ce pas, Clive ?

– Tout d'abord bonjour, Dr Busner.

– Comment allez-vous, Clive ?

– Bien, merci, docteur.

– Pas de problèmes avec vos médicaments ? Vous nous quittez bientôt, n'est-ce pas ?

– La réponse à votre première question est non. La réponse à la deuxième est oui.

– Clive aime que tout procède par ordre, n'est-ce pas, Clive ? »

Sur le moment, je crus que Busner était sarcastique. En fait, comme je le compris plus tard, il n'en était rien. C'était de la sollicitude. Il savait que Clive tenait à faire valoir sa méthodologie et il lui en donnait l'occasion.

« Vous observez très fixement le mur en face de vous, Clive. Voudriez-vous dire pourquoi à Misha ? »

Je suivis son regard ; il contemplait un poster montrant deux chatons ébouriffés accrochés à l'anse d'un panier en osier. En dessous, un slogan en lettres rondes proclamait : « La Foi n'est la Foi que lorsqu'on n'a plus rien d'autre à quoi s'accrocher. »

« Le chaton est puissant, dit Clive avec un sourire énigmatique en pointant un ongle endeuillé. Ce chaton tient entre ses pattes l'équilibre, l'œuf de la création et davantage. » S'étant exprimé, il se renferma dans un silence hermétique. Nous le laissâmes.

Bien que les patients ne fussent guère plus d'une trentaine dans tout le Service, ils ne se différenciaient pas par leurs individualités mais par leurs appartenances à des groupes distincts. La zone d'activité de Busner formait une excroissance en L qui s'avançait jusque dans le centre même de la ville, rappelant ainsi symboliquement que l'hôpital puisait sa substance dans toutes les couches de la société. Mais, dans le Service 9, la démence agissait comme un grand égalisateur. On dit que les réfugiés n'ont pas de classe sociale. Les Anglais sont tellement dépendants des classes que, lorsque deux Anglais se rencontrent, ils se livrent d'instinct à un calcul mental ultra-rapide pour se jauger. La moindre trace d'accent, le moindre détail vestimentaire, la moindre particularité de langage sont analysés pour produire la formule finale qui fixera les coordonnées permettant de situer le personnage et de déterminer l'Attitude. Or les patients du Service 9 s'étaient écartés de ce principe, on ne pouvait pas les jauger de cette façon. Je les divisai donc mentalement selon les groupes suivants : les acariâtres, les drogués, les mélancoliques, les schizos et les maniaques. Les quatre premiers groupes étaient à peu près également répartis, mais le cinquième prédominait nettement. Il y avait une flopée de maniaques dans le Service 9, et par maniaque je n'entends pas fou furieux, monstre assoiffé de sang, mais plutôt son lointain cousin herbivore, plus fou que furieux et plus frappé que frappeur.

Ainsi que Tom l'avait déjà montré, les hypermaniaques sont des conférenciers : des professeurs extramuraux, improvisés, qui, tels des Wittgenstein de plus en plus fluctuants et syncopés, s'adressent au monde en général sur la base d'un syllabus mêlant kabbale, astrologie, tarot, numérologie et études bibliques (principalement axées sur les Révélations). Ce sont des fous tristes, qui se savent malades et connaissent des périodes de conformisme mais qui, quoi qu'ils fassent, ont toujours un petit vélo dans la tête.

« L'arto-thérapie est très populaire ici, Misha, me dit Busner dans le vestibule séparant les deux sections. Nous n'arrivons pas à occuper suffisamment les patients. Le matin, ils ont leur traitement mais, l'après-midi, vous êtes leur seule distraction. Parfois on organise une sortie ou on autorise un proche à les emmener sur le Heath mais, autrement, ils sont consignés ici dans une hébétude oisive. »

Nous passâmes dans le dortoir des femmes. Au premier abord, les choses y étaient différentes. Dans le dortoir des hommes, nous avions parlé à quelques individus isolés, reclus dans leurs travées respectives. Mais ces dames étaient beaucoup plus sociables. Elles bavardaient, allongées sur leurs lits ou assises autour de tables en Formica regroupées au centre.

Un squelette à la longue chevelure luxuriante se balançait sur un lit dans la travée de droite. Un cathéter d'une dimension obscène saillait de son bras en forme de bâton de sucette. Busner me conduisit auprès d'elle.

« Hilary n'aime pas tellement manger. Enfin, ce n'est pas vraiment le fait de manger en soi qui lui déplaît, ce sont surtout les effets secondaires nutritionnels de l'alimentation qui la gênent. Hilary, je vous présente Misha Gurney, notre nouvel arto-thérapeute. »

Hilary cessa de se balancer et m'adressa un sourire franc par-dessous une frange de cheveux châtains soigneusement peignés.

« Hello. J'ai hâte d'être cet après-midi. J'aime peindre, j'aime l'aquarelle. Voici quelques-unes de mes œuvres. » Elle désigna le mur au-dessus du lit derrière elle, où un carré d'environ trente centimètres de côté était émaillé de minuscules aquarelles, d'une précision méticuleuse – tous des portraits, apparemment de jeunes femmes. Busner s'éloignait déjà, mais je restai pour examiner les tableaux de plus près. Il y avait quelque chose de fanatique dans le souci apporté au détail des cheveux et du maquillage, presque jusqu'au grotesque. Je m'assis à côté d'Hilary. Comme elle tournait la tête pour me faire face, son cou incliné laissait transparaître des torsades de tendons et de vaisseaux sanguins sous sa peau de papier lipidofugé.

« C'est très réussi, dis-je. Qui sont ces femmes ?

– Mes amies. Je les peins d'après des photos.

– C'est extrêmement détaillé. Comment faites-vous ?

– Oh, j'ai des crayons et des pinceaux spéciaux. Je vous montrerai. »

Je laissai là Hilary pour rejoindre Busner, assis devant l'une des tables de l'aire centrale du dortoir.

« Hilary vous a parlé de ses amies ?

– Oui…

– Hilary n'a pas d'amies. Elle découpe des photos de mannequins dans des publicités de magazines et peint par-dessus. Elle est une habituée de ce Service depuis trois ans. Elle vient et elle repart. Chaque fois qu'elle arrive, elle est telle que vous la voyez maintenant, cadavérique, et dans un véritable état de démence, parce que les acides aminés ont été pompés de son cerveau. On commence par la mettre sous perfusion, puis on la transfère en diététique, où on la fait manger sous surveillance dans le cadre d'un système de punition/récompense pendant que Jane Bowen la soumet à une psychothérapie intensive. Jane est experte dans les troubles de l'alimentation. Après six ou huit semaines, Hilary retrouve un poids convenable et mange normalement. Elle nous quitte et nous pouvons prévoir son retour pratiquement au jour près : quatre mois plus tard.

– Je croyais que les anorexiques et les boulimiques finissaient généralement par s'en sortir.

– C'est vrai en partie, mais il y a toujours un noyau dur, et qui a tendance à augmenter en ce moment. Ces anorexiques chroniques sont différentes, elles sont placides, résignées et apparemment démotivées. Les “temporaires” sont volontaires, obstinées et fortement névrosées, mais les “noyaux durs”, comme Hilary, peuvent paraître presque irréprochables psychologiquement. Certaines ont même des relations sociales ou amoureuses assez stables. Elles sont incapables d'expliquer ce qui leur prend, c'est comme une fatalité imposée de l'extérieur. »

J'aurais dû prêter davantage d'attention aux propos de Busner, mais je n'arrivais pas à me concentrer. D'abord, c'était une situation nouvelle pour moi : jusqu'alors, je n'avais jamais passé plus de quelques minutes d'affilée dans un service psychiatrique. Je savais en gros à quoi m'attendre, mais la morbidité de l'atmosphère commençait à me peser. La section des femmes avait quelque chose de cloacal. Aucune des patientes ne semblait se soucier de s'habiller proprement ; elles étaient fagotées n'importe comment, moitié chemise de nuit, moitié vêtement de jour, avec une préférence marquée pour les cotonnades. C'était le règne du moite, ça sentait le flocon d'avoine, la soupe, le réfectoire – une indéfinissable odeur de renfermé.

Je pouvais ignorer le débile tonsuré du Heath mais, dans le Service 9, j'étais pris au piège. Et ces gens ne faisaient pas semblant. Ce n'étaient pas des névrosés de salon, des bohèmes excentriques. Ici, c'était du sérieux. Du vrai déséquilibre, de la vraie aliénation, de la vraie tristesse, qui jaillissaient comme un flot de sang intarissable d'une artère sectionnée. Ça me prenait aux tripes. Je tâtai mon front : il était sec comme du papier de verre.

Busner m'avait abandonné pour s'entretenir avec une infirmière pneumatique. Les infirmières du Service n'avaient pas d'uniforme défini : elles portaient toutes des tenues de type médical, mais variées – des tuniques et des blouses en tout genre, avec des badges et des montres agrafées sur la poitrine. Celle-ci avait une Ingersoll d'homme attachée au revers de sa veste par une épingle de nourrice, des boucles blondes de bébé, des lèvres boursouflées et cette complexion crémeuse, légèrement spongieuse, qui caractérise les forcenées du coït. Ravalant ma nausée, je me forçai à écouter ce qu'ils disaient.

« Alors emmenez-la chez l'opticien, Mimi, si elle doit y aller.

– Oh oui, elle doit y aller, elle ne voit pas à un mètre devant elle. On ne peut pas lui demander d'accepter la réalité si elle ne la voit pas. »

La voluptueuse Mimi était juchée sur un coin de la table. Debout derrière elle, une petite femme d'une trentaine d'années, avec le front hydrocéphale et le dôme crânien oblique des enfants intelligents, braquait sur moi des yeux d'aveugle.

« Avec les médicaments qu'elle prend, Rachel ne devrait pas sortir.

– Mais, Zack, c'est à dix minutes à pied, pas plus. Donnez-lui une chance.

– Bon, d'accord..

– Allez, venez, Rachel, mettez votre manteau. »

Rachel s'éclipsa dans l'une des travées et Mimi se souleva de son coin de table en me lançant une œillade langoureuse.

« Venez, Misha, il va y avoir une admission, je veux que vous y assistiez. Je vous laisse à la réception. Anthony Valuam viendra vous chercher pour vous conduire aux urgences. »

Nous regagnâmes le foyer. Tom, mon ami du début de matinée, était de retour dans l'infirmerie, où il avait repris la lecture de son Penguin corné. Busner m'aiguillonna vers lui d'une discrète poussée dans le creux du dos puis, d'un signe de l'index, appela un jeune scrofuleux en costume de coutil râpé, qui fumait dans un coin, et disparut avec lui dans son cabinet. Tom posa son livre et se tourna vers moi en conspirateur.

« Le bon docteur vous a fait faire la visite ?

– Nous avons fait le tour du Service, en effet.

– Vous commencez à piger le topo ?

– Qu'est-ce que vous voulez dire ?

– Eh bien, à qui vous a-t-il présenté ? Non, ne répondez pas, laissez-moi deviner. Vous avez parlé à Clive et puis vous avez vu rapidement quelques autres patients avant de finir par une inspection des aquarelles d'Hilary.

– Euh... oui.

– Et Zack a prononcé sa phrase type ?

– Oui, pendant que nous parlions avec Jane Bowen.

– Je m'en doutais. Il est tellement prévisible. C'est l'aspect vraiment thérapeutique de cet endroit, l'invariable régularité du Dr Busner. Et maintenant, quel est votre programme ?

– Je dois descendre aux urgences pour assister à une admission avec un certain Dr Valuam.

– Tony, ouais. Un psy comme je les aime. Très différent du Dr B. Plus pratique, plus chimique. »

Une porte, que je n'avais pas encore remarquée, s'ouvrit à droite de l'infirmerie. Un homme de courte taille en sortit, la referma très soigneusement avec une clef qu'il tira d'un énorme trousseau de geôlier, et se tourna face à moi. C'était un drôle de petit bonhomme. Une couronne de cheveux blonds vaporeux dissimulait maladroitement un début de calvitie – qui n'en était peut-être pas à son début, en fait, on avait plutôt l'impression qu'il avait gardé son crâne de nouveau-né, impression d'ailleurs renforcée par le bleu aqueux de ses yeux et la mollesse de son nez et de son menton apparemment dépourvus d'os. Il portait un costume raide en synthétique bleu, à la mode des années 70, et des chaussures en vinyle.

« Vous devez être Misha Gurney. Je suis Anthony Valuam. » Sa poignée de main était rotative et caoutchouteuse (j'eus la sensation de serrer une manique de laboratoire), mais il avait une voix basse et mélodieuse qui contrastait étrangement avec sa tête de fœtus. Ma surprise ne parut pas l'étonner ; il devait y être habitué. Tandis que nous marchions vers l'ascenseur, Valuam se lança dans un laïus introductif.

« C'est très inhabituel de faire admettre un patient en urgence à cette heure de la journée. En principe, ce sont des médecins qui nous les envoient, mais nous connaissons ce jeune homme et il y a d'excellentes raisons pour qu'il soit traité au Service 9.

– Lesquelles ?

– Je ne veux pas faire de mystères, mais… vous verrez. »

Valuam n'en dit pas plus. Nous attendîmes l'ascenseur, qui arriva, s'ouvrit, se referma et commença sa descente. Le service des urgences était situé au premier sous-sol. L'ascenseur s'arrêta à tous les étages pour charger et décharger des passagers.

Les architectes, les décorateurs et les coloristes chargés de la conception de l'hôpital n'avaient pas éludé les difficultés. Ils s'étaient vraiment creusé les méninges pour rendre habitable à l'échelle humaine cette immense structure labyrinthique. Par exemple, les revêtements de mur et de sol différaient légèrement d'un niveau à l'autre, ainsi que la forme des cache-néons, les corniches en béton, les grilles d'aération et les coloris : en virologie un bleu ciel vraiment céleste, en urologie un vert pétant mais non pisseux, en chirurgie et cardiologie un rose bonbon, et ainsi de suite. Même les patients et leurs brancardiers changeaient de couleur selon les étages. Les éclopés, qu'on transférait de service en service sur des chariots en acier ou des chaises roulantes aussi lourdes que des engins de guerre, avaient l'air de sortir d'un bain de teinture, tout bariolés de maladie sur le visage et les mains.

Les brancardiers, dont le point fort n'était pas la délicatesse, semblaient prendre l'ascenseur pour un monte-charge : ils vous transbahutaient le cacochyme comme un sac d'oignons espagnols de cinquante kilos, puis se campaient dans un coin et surplombaient leur cargaison vivante d'un œil mauvais, les tempes palpitantes de santé insolente. De temps en temps on assistait à des erreurs d'aiguillage : le brancardier s'était trompé d'ascenseur (on s'en apercevait quand la porte s'ouvrait, en voyant que la couleur de l'étage ne correspondait pas à celle du malade), ressortait la civière en faisant la grimace, et la perspective d'une nouvelle attente au purgatoire décomposait encore un peu plus son chargement périssable.

Nous atteignîmes le sous-sol. Valuam tourna à gauche en sortant de l'ascenseur et me guida dans le couloir. Ici, la couleur dominante était le beige. La susurration persistante était plus forte qu'au neuvième et s'accompagnait d'un ronronnement de générateur. L'ambiance industrielle était accentuée par un alignement d'équipements divers le long des parois, barres d'acier, rouages caoutchoutés, cylindres plastifiés et autres ganglions de branchements électriques dont l'utilité était difficile à cerner.

Des traces de roues sales rayaient le carrelage beige. Après une série de portes aux inscriptions sibyllines – « Placard Hal-G », « Rés. Service », « Entretien » – que nous franchîmes à la volée, le couloir se subdivisait en un dédale de passages cloisonnés, dans lesquels Valuam louvoya avec une totale assurance. Nous pénétrâmes alors dans un espace beaucoup plus vaste, mais toujours aussi bas de plafond, avec, de part et d'autre, des cabines capitonnées drapées de rideaux en plastique (beige, comme de juste). Au-dessus de nous, les plafonniers jacassaient à une cadence supersonique. Nous croisâmes des travailleurs voûtés – des mineurs de fonds de pension s'échinant à extraire le filon malade au moyen d'une machinerie lourde sous la direction de contremaîtres plus grands, reconnaissables à leurs blouses blanches, qu'ils portaient comme des déguisements. Valuam tourna à droite, puis à gauche, puis encore à gauche. Dans cette lumière surnaturelle, les silhouettes qui se tordaient de douleur dans les cabines que nous longions me faisaient un effet terrifiant. En pensant à toutes ces chairs déchirées et découpées, à ces tissus et à ces os broyés, je me sentais oppressé comme par un tampon d'ouate électrisée plaqué sur ma bouche et mon nez.

Enfin Valuam parvint à la bonne cabine. Il ouvrit le rideau : au fond de l'espace oblong, un jeune gars de vingt ou vingt et un ans, recroquevillé sur un siège en plastique ; à gauche, une femme superbement conservée, appuyée contre la table d'auscultation ; à droite, une table roulante en aluminium, avec des mouchoirs en papier, un plat en forme de haricot contenant des abaisseurs de langue et une boîte de seringues jetables.

Valuam écarta de son pied bleu une poubelle d'un jaune écœurant, tira une autre chaise en plastique et serra la main de la femme, qui murmura : « Anthony. » Il s'assit en face du jeune homme et sortit le dossier qu'il avait calé sous son bras. Oublié sur le seuil, je me sentais empoté et observais la scène comme un intrus malveillant. On m'ignorait superbement.

« Bonjour, Simon », dit Valuam.

Simon tira un fil de laine de la manche de son pull-over, puis le lâcha et le regarda se rétracter en spirale. Il portait un très beau pull-over, fait d'une vingtaine d'empiècements irréguliers dans des tons beige, gris et noir. Il tira de nouveau sur le fil, puis se mit à agacer une petite peau ensanglantée qui se détachait de son doigt rongé.

« Simon et moi, nous avons pensé que ça lui ferait du bien de passer quelque temps chez vous dans le Service,

Anthony. » La femme décroisa les jambes et se hissa sur la table d'auscultation. Une boucle de ses cheveux acier pointait vers le garçon, qui se trouvait être son pauvre fils. Elle ouvrit son sac à main d'une chiquenaude et en sortit un tube de bonbons à la menthe, qu'elle braqua sur moi.

« Polo ?

– Euh… merci. »

J'en pris un. Elle sourit vaguement et en prit un aussi.

« Qu'est-ce que tu en dis, Simon ? demanda Valuam de sa voix de basse, plein de sollicitude, en inclinant sa tête de fœtus.

– Ça me va. »

Simon titillait la peau rebelle du bout d'un doigt et commençait à se balancer d'avant en arrière.

Valuam consulta son dossier. « Hmm… mm… » Pendant qu'il feuilletait ses notes, j'échangeai des regards périphériques avec la femme aux cheveux acier. Elle était du dernier chic. Son cou et ses poignets étaient cerclés de plaquettes d'argent chaînées. Ses vêtements étaient un assortiment de poils de vigogne et de lapin, et la soie de ses bas si pure qu'ils sentaient encore le mûrier. Je m'étonnais que l'internement volontaire de Simon la laissât si indifférente. Authentique insouciance ? Mécanisme de défense ? Quelque chose de plus sinistre ?

« Voyons voir, tu es sorti en octobre dernier, Simon, dit Valuam qui avait trouvé le document idoine, puis tu es allé à l'institut Galston. Comment ça s'est passé, là-bas ?

– Oh, ça allait, je pense. J'ai fait des trucs pas mal, j'ai travaillé à mes compositions. Ça m'a plu. »

Simon avait délaissé son bout de peau et parlait avec une certaine animation, en regardant Valuam. Sa figure verte, gondolée par l'habitude de pleurer, faisait penser à un écran de télé déficient dont les couleurs bavent sur les bords.

« Mais tu sens que tu craques de nouveau, c'est ça ?

– Ouais, je crois. J'en ai marre de vivre avec cette grognasse. » La mère de Simon grimaça. « Elle me met tout le temps la pression. Fais ci, fais ça. Pas étonnant que je commence à débloquer.

– Je vois. Et, débloquer, ça veut dire arrêter tes médicaments, arrêter d'aller à Galston et arrêter ta thérapie pour finir dans cet état. »

Simon était retombé dans sa torpeur avant la fin de la phrase de Valuam. Le bout de peau accaparait à nouveau son attention et nous n'avions plus sous les yeux que le sommet de sa tête hirsute.

Valuam soupira. Il cocha quelques cases sur sa feuille et se tourna vers la femme. « Bon, je crois qu'on ferait bien de le garder quelques semaines, alors.

– Je suis contente que vous voyiez les choses comme ça, Anthony. » Elle se laissa glisser à bas de la table dans un bruissement de laine et de soie, et lissa sa jupe. « Eh bien, au revoir, Simon. Je passerai te voir ce week-end.

– Salut m'man, ne te fais pas de bile. »

Simon ne leva pas les yeux. Il avait trouvé un antiseptique et tamponnait son doigt sanglant avec de petits mouvements circulaires. Sa mère sourit distraitement à Valuam, dont le goût vestimentaire parut soudain l'accabler, et je me rangeai de côté pour la laisser sortir. Elle m'adressa un petit signe de tête, puis disparut en froufroutant.

Valuam se leva et repoussa la chaise contre le mur.

« J'ai quelqu'un à voir ici, Misha, vous voulez bien conduire Simon au Service ?

– C'est-à-dire que… euh, je ne suis pas sûr de retrouver mon chemin.

– Oh, ne vous en faites pas pour ça, Simon connaît mieux la disposition de l'hôpital que celle de son esprit. »

Étais-je censé sourire de cette ironie morbide ? À son attitude un peu gauche, je vis que Valuam ne plaisantait pas. Quant à Simon, il n'avait apparemment rien remarqué.

Je suivis son pull-over abstrait dans les méandres du service des urgences. Avant même d'avoir atteint le couloir, j'étais complètement déboussolé, alors que Simon n'hésitait jamais, fonçait bille en tête à longues enjambées. Nous marchions comme un couple qui se dispute : par moments, il me distançait d'une vingtaine de mètres et je devais presser le pas pour le rattraper. Au début, j'eus peur qu'il ne cherchât à me fausser compagnie mais, à chaque bifurcation, il attendait le temps qu'il fallait pour me permettre de voir quelle direction il prenait.

Les couloirs que nous empruntions changeaient de nature. Les machines alignées le long des parois avaient une apparence plus fonctionnelle : elles n'étaient plus chromées ou caoutchoutées mais peintes en noir, n'étaient plus électrifiées mais carburaient au fioul. Même les murs changeaient, perdaient leur teinte thérapeutique pour prendre la couleur du béton, comme le sol. Ici et là, il manquait un cache sur un tube au néon et bientôt tous furent dénudés.

Cette partie de l'hôpital était hors du monde médical, c'était un monde souterrain secret. De temps en temps, nous croisions des travailleurs en vêtements de protection (tabliers rembourrés, masques en plastique, bottes Wellington, épaulettes en cuir), qui nous regardaient passer avec indifférence, absorbés par leur tâche : entretenir le gémissement, attiser le chuintement, distribuer le hululement. Il était clair que Simon ne me conduisait pas au Service 9, il avait affaire ici. Je le rattrapai à un tournant.

« Où allons-nous, Simon ?

– Voir quelque chose, quelque chose qui vaut le coup d'œil. Je vous promets que vous ne le regretterez pas.

– Vous pouvez me dire ce que c'est ?

– Non, répondit-il par-dessus son épaule, sans s'arrêter. Venez, ce n'est plus très loin. »

Maintenant, les murs laissaient voir la maçonnerie à nu, avec, par endroits, d'anciennes fenêtres comblées. Je devinai où nous étions ; c'était ici que le nouvel hôpital avait été greffé sur son prédécesseur. On apercevait des traces de rails en fonte, semblables à des tiges de feuilles fossilisées. Je me sentais plus que jamais écrasé par la masse prodigieuse du bâtiment. L'air était imprégné d'humidité, des flaques et des ruissellements marbraient le sol. Enfin Simon s'arrêta devant une porte à double battant, une vieille porte de l'ancien hôpital, vitrée de petits carreaux sur la partie supérieure. Il la fit coulisser sur son rail grinçant.

Nous étions dans une sorte de serre, ronde, de sept ou huit mètres de diamètre, quatre ou cinq de haut, avec, en guise de plafond, une coupole en verre sale qui disparaissait dans la pénombre mais laissait filtrer le jour à travers ses voûtes ternies. On entendait tomber des gouttes d'eau. Au centre se trouvait une énorme machine conçue pour faire des choses aux gens, à en juger du moins par le lit incliné fixé à son flanc. Pour le reste, elle ressemblait à un microscope géant, dont le tube barrait à l'oblique le volume incertain de la salle afin de braquer l'objectif directement sur le lit. L'ensemble était enguirlandé de câbles hydrauliques et couvert d'une peinture crème, style cuisine, affadie et corrodée par le temps.

Nous ouvrions de grands yeux.

« Pas mal, hein ? » Sa voix était claire et sonore. Il ne boudait plus.

« Oui, oui, très impressionnant. À quoi ça servait ?

– Aucune idée. Une nuit, ils m'avaient oublié dans la salle des accidentés, alors je me suis baladé et j'ai découvert ça. Je crois que personne n'est venu ici depuis des années. C'est marrant, parce que c'est juste derrière l'AACM.

– L'AACM ? »

Simon m'entraîna vers la fenêtre poussiéreuse en face de la porte par laquelle nous étions entrés. Je fis le tour de la machine géante, en suivant la lisière du vaste socle métallique rivé au sol et en évitant soigneusement de buter contre les petits éléments tombés à terre. Je dis « petits » parce que c'étaient des boulons, des serre-joints et autres composants secondaires mais, vu la taille de l'engin, ils étaient assez gros pour vous entailler les tibias. Simon frottait vigoureusement le carreau de la fenêtre.

« Regardez, vous voyez ? » Il n'y avait ni ciel, ni paysage, mais une lumière venue je ne sais d'où éclairait une espèce de fortin caparaçonné de plaques de béton. Un genre de bunker. « C'est l'abri anti-catastrophe majeure. En cas d'attaque nucléaire, de tremblement de terre ou tout ça, c'est là qu'ils stockent le matériel utile.

– Comme quoi, par exemple ?

– Ça, je sais pas, on me l'a pas dit. Je sais seulement que c'est l'AACM parce que c'est écrit dessus. J'ai vu la pancarte. »

Nous restâmes un moment devant la fenêtre. La serre, la machine géante, le bunker… Tout cela éclairé par un jour sans provenance… L'atmosphère avait quelque chose d'étrange, de cette étrangeté qui vous saisit quand vous vous esquivez d'un endroit populeux – d'un parc grouillant pour vous réfugier dans un petit hallier – et que vous regardez derrière vous la vie qui continue, les enfants, les chiens.

Dans le Service, Busner s'activait. Il rassemblait tous les membres du personnel. Des chaises avaient été hâtivement disposées en cercle dans le foyer. Anthony Valuam et Jane Bowen étaient déjà assis et en grande discussion quand nous arrivâmes. Valuam ne s'inquiéta pas de savoir ce qui nous avait retenus. Quant à Simon, à peine avions-nous posé le pied au neuvième étage qu'il se reploya dans son attitude boudeuse de détraqué. Il se mêla à un groupe de derviches tourneurs et de trembloteurs, puis disparut de notre vue.

« Asseyez-vous, Misha, asseyez-vous donc. » Busner agita les cuisses de dinde emmaillotées de popeline qui lui servaient de bras. Je m'assis à côté de Mimi, l'infirmière voluptueuse de retour de chez l'opticien. Le reste du personnel, auxiliaire et médical, commença à s'agglutiner. Des filles de salle coiffées de fichus en nylon élastique papotaient allégrement avec des assistantes sociales armées de suppléments de journaux roulés. Les patients se désintéressaient complètement de notre assemblée – ce qui, à mes yeux, affirmait, si besoin était, leur exclusion du monde des bien-pensants.

Busner ouvrit la séance.

« Hum ! Bonjour tout le monde. Nous avons beaucoup de choses à régler aujourd'hui, alors ne traînons pas. Ne nous laissons pas déborder comme le mois dernier. Avant d'en venir au premier article à l'ordre du jour, j'aimerais vous présenter à tous un nouveau collaborateur, Misha Gurney. Certains d'entre vous ont sûrement entendu parler de son père, dit-il avec un rougissement sentimental, qui était un de mes contemporains et un ami cher. C'est donc un plaisir tout particulier pour moi de voir Misha nous rejoindre dans ce service en qualité de nouvel arto-thérapeute…

– Attendez de savoir ce qui est arrivé à l'ancien arto-thérapeute !… »

Avant que j'eusse le temps de pivoter sur ma chaise pour voir qui venait de chuchoter à mon oreille, Tom s'était éclipsé dans le couloir à pas feutrés.

À partir de là, la réunion se détériora pour tourner

autour des basses délibérations habituelles qui – si j'en juge par mon expérience – tendent à accompagner toutes les réunions corporatistes. On disserta sur les horaires de la pause thé, les tableaux de service et les modalités des visites. Mon attention vacilla, puis m'abandonna tout à fait. Je regardais par-dessus l'épaule d'une femme d'âge moyen chargée de la liaison entre l'hôpital et les services sociaux de la ville. À travers la double porte, entre elle et l'entrée des dortoirs, j'apercevais Clive. Il me regardait fixement, du moins me semblait-il ; ses grands yeux globuleux étaient incapables de regarder autrement qu'avec fixité. Il oscillait de droite et de gauche comme un métronome humain. En plissant les yeux, j'avais l'impression que sa curieuse coupe de cheveux était une pulsation rythmique de la joue de la femme d'âge moyen, et cette illusion d'optique m'hypnotisait.

Mimi me poussa du coude. « Faites attention, Misha ! »

Busner disait quelque chose dans ma direction. « Eh bien, Misha ? » fit-il.

Mimi murmura : « Il vous demande ce que vous avez l'intention de faire pendant votre séance d'arto-thérapie de cet après-midi.

– Hum… eh bien… euh, commençai-je piteusement, j'ai l'intention de euh… me présenter aux patients en leur faisant une démonstration de différentes techniques et de les inviter ensuite à me montrer leur propre travail pour que nous en discutions. »

Busner parut satisfait de ma réponse. Il se tourna vers Jane Bowen et lui chuchota quelque chose à l'oreille. Elle sourit et acquiesça en tapotant le bord de sa tablette avec un stylo-bille jaune.

Peu après, la réunion fut levée. J'attirai Mimi dans un coin.

« Merci pour ce que vous avez fait, vous m'avez sauvé la vie. J'étais complètement ailleurs.

– Ouais, c'est ridicule, hein ? Zack est comme la plupart des dictateurs démagogues, il pense que le fait de discuter librement de choses sans importance nous donnera le sentiment de jouer un rôle décisif dans la politique du Service.

– Il y a longtemps que vous travaillez ici ?

– Oh, ça ne date pas d'hier. Depuis que j'ai eu mon diplôme, en fait. Entre ce service et moi, il y a toujours eu quelque chose… comme si nous étions faits l'un pour l'autre. »

L'assistante sociale d'âge moyen s'approcha de nous. Mimi nous présenta, puis elles s'en allèrent toutes deux s'entretenir d'un patient. L'assistante sociale rougissait terriblement. Je compris plus tard seulement qu'elle s'était méprise sur mon regard et croyait que je lui avais fait de l'œil pendant toute la réunion.

J'emportai mes sandwiches sur le Heath et m'assis sur le banc à côté du débile. Il continua à marmonner et à se balancer, mais plus discrètement, probablement inhibé par ma présence. Je lui offris un sandwich. Il l'accepta et lui fit subir des choses hideuses.

Je détournai les yeux vers la ville. La provenance de la lumière avait été inversée. Désormais, la ziggourat était en plein soleil, tandis que le banc où je mastiquais du fromage avec le débile était plongé dans l'ombre. Tom m'avait dit qu'il avait personnellement baptisé l'hôpital Ministère de l'Amour ; et il était vrai que ce vaisseau fantôme voguant sur le treillage des rues avait quelque chose de futuriste, par son côté holding, et de passéiste à la fois, par son côté despotique.

Comme je regagnais la porte principale de l'hôpital, le vent soufflait sur la passerelle d'avion qui faisait office de rampe d'accès. Les patients aisés et leurs visiteurs atterrissaient en taxi, alors que leurs compagnons moins argentés luttaient contre la bourrasque qui fouettait les murs obliques – tels des sémaphores en mal de raquettes de ping-pong pour envoyer leurs signaux.

Au neuvième étage, je rencontrai Jane Bowen. Elle était juste devant l'ascenseur quand la porte s'ouvrit, à se griffouiller la bouche avec les mains.

« Eh bien, Misha, où étiez-vous ?

– Je suis allé manger mes sandwiches sur le Heath. J'aime bien prendre l'air dans la journée.

– N'en faites pas une habitude.

– Pourquoi ça ?

– Zack préfère que tout le monde déjeune ensemble à la cantine du Service…

– Vous voulez rire ?

– Ce n'est pas obligatoire, évidemment. Vous êtes libre de faire comme vous voulez. Mais Zack a ses raisons et il faut assister aux repas pour les comprendre. »

Le foyer était bondé de patients, qui gravitaient autour du comptoir de la salle à manger – plutôt un passe-plat agrandi, à dire vrai – puis dérivaient vers la file d'attente des médicaments. Busner était debout au centre, comme un arbitre des inélégances. Il avait enfilé une blouse blanche courte qui flottait sur ses hanches rondes. De profil, ses poches pleines à craquer bombaient sous sa bedaine saillante comme une coquille cache-sexe. Il agitait les bras autour de sa tête et faisait des voltes sur ses talons, le visage contordu par… quoi ? de la douleur ? de l'hilarité ? Impossible à dire.

Je fendis la foule pour m'approcher de lui.

« Ah, Misha, j'ai entortillé le cordon de mes lunettes dans ma cravate derrière mon dos. Vous pouvez regarder ? » Il me tourna le dos et je désentortillai la chose. « Ah, c'est mieux. » Il ajusta ses besicles sur l'arête rougie et ravinée de son nez. « Maintenant, je vois. Venez, allons inspecter votre matériel. » Il me conduisit à un placard au fond de la salle à manger, en face du passe-plat, et en ouvrit les portes. À l'intérieur, c'était un capharnaüm d'instruments divers et d'œuvres expérimentales plus ou moins achevées. « Gerry n'était pas très doué pour les commandes de matériel, dit Busner en écrasant des morceaux de fusain sous ses talons, mais vous trouverez là tout ce dont vous pourrez avoir besoin. Je ne devrais pas m'inquiéter, les laisser venir à vous d'eux-mêmes pour vous montrer ce qu'ils sont en train de faire… et essayer de créer un climat de confiance. »

Il posa sur mes épaules un bras affectueux qui me donna le haut-le-cœur. Il ne remarqua pas ma grimace et, côte à côte, nous contemplâmes une étagère encombrée de boîtes de pigments.

« Votre père aurait été fier de vous, Misha. Il aurait compris ce que vous faites. Vous savez, en un sens, j'ai le sentiment que ce service est un peu votre foyer, que c'est l'endroit qu'il vous faut, vous n'êtes pas d'accord ? » Je marmonnai une réponse vaguement négative. « Je suis heureux que vous soyez de mon avis. Venez me voir après la séance pour me raconter comment ça s'est passé. » Et il s'éloigna de moi en maculant le lino de traces de fusain. Je me retrouvai seul – mais pas pour longtemps.

Tom se matérialisa. À son côté se tenait un homme d'une trentaine d'années, de taille et de corpulence moyennes, ordinaire dans sa chemise de bûcheron et son jean mais extraordinaire par ses bras et sa contenance : des bras qui essayaient de s'échapper de son corps comme des membres mécaniques, longs et musculeux. Son visage évasé vers le bas se resserrait vers le haut sur une houppe verticale de cheveux bruns. L'ensemble donnait une impression de vitesse contenue.

« Voici Jim, dit Tom, il n'a pas la patience d'attendre, il veut commencer tout de suite.

– Ouais. Salut, je suis Jim. » Il me tendit un manchon. Je le serrai. Il le retira. « Vraiment, j'adore ces séances. Si je pouvais, je passerais tout mon temps à travailler mon œuvre, mais ils veulent pas. »

J'ouvris le placard en grand.

« C'est laquelle ?

– Celle-là. »

Il attrapa, sur la plus haute étagère, une espèce de sculpture en terre glaise qu'il enferma d'un geste protecteur dans ses longs bras et déposa sur l'une des tables rectangulaires mélaminées.

C'était une pièce de grande dimension, un bon mètre de long et la moitié de large. La base était une planche, sur laquelle Jim avait monté sa glaise. L'œuvre avait un réalisme naïf évoquant les émissions pour enfants où l'on voit des personnages animés vaquer dans des maquettes de villages. Elle représentait la courbe descendante d'un toboggan routier, que j'identifiai immédiatement comme le Marylebone Flyover. Jim avait soigneusement reproduit l'intersection des voies du toboggan avec Marylebone Road. On voyait descendre de minuscules autos en argile. L'une d'elles avait télescopé une petite camionnette japonaise de fruitier arrivant d'Edgware Road. Deux personnages miniatures gesticulaient au milieu de la route. L'œuvre s'interrompait juste avant l'intersection de Lisson Grove à l'est et avant le sommet du toboggan à l'ouest.

« C'est presque fini, dit Jim. Aujourd'hui, je vais la peindre et la vernir et après j'aimerais que vous vous arrangiez pour la faire cuire.

– Oh, certainement, aucun problème. Dites-moi, quelle est l'histoire racontée par cette sculpture ?

– C'est pas une sculpture, fit-il en soupirant entre ses dents avec une exaspération enfantine. C'est un autel. »

Il ramassa sa maquette et l'emporta sur une table près de la fenêtre. Tom pouffa.

« Jim a un complexe messianique. Il pense que l'Apocalypse ne viendra pas.

– Qu'est-ce que ça veut dire ?

– C'est un peu compliqué. L'Apocalypse viendra quand un nombre suffisant de personnes auront accepté l'idée qu'elle ne viendra pas.

– C'est stupide.

– C'est pas stupide du tout, monsieur Ducon, c'est toi qui es stupide, tête de nœud, pigé ? » La voix de Tom était passée de la douce moquerie à l'agressivité glaçante du malfrat subnormal. La transformation était saisissante, comme s'il eût été soudain possédé par un démon. Il s'en alla rejoindre son ami. J'oubliai l'insulte. Busner m'avait renseigné sur lui : il venait simplement de changer de rôle.

Dans la demi-heure qui suivit, la plupart des autres patients s'infiltrèrent goutte à goutte dans le foyer pour rejoindre leurs pairs qui s'affairaient déjà, mélangeant des pigments, tripotant de la glaise, découpant et collant des images de magazine. Leur tranquille industrie m'étonnait. Personne ne cherchait à perturber vraiment l'harmonie du groupe. Deux ou trois égarés jouaient les métronomes autour de l'aire de travail, se balançant d'un pied sur l'autre comme pour marquer la cadence.

Hilary, assise devant la fenêtre, peaufinait ses miniatures avec des pinceaux fins comme des cheveux. Elle avait posé son papier découpé sur un petit chevalet fait de bâtons de sucette. Chaque coup de pinceau envoyait une secousse dans le cathéter qui reliait son bras à un stand de perfusion mobile, où pendait un sac plastique contenant un liquide clair et un sédiment particulier. Au gré des secousses, on voyait ce sédiment rebondir dans le sac et ses particules en suspension étinceler dans le grand soleil qui embrasait les immenses fenêtres.

Simon vint me demander des ciseaux, de la colle et du

papier cartonné. Il prit un collage inachevé sur l'une des étagères du placard et s'assit près de moi. Le collage représentait la machine qu'il m'avait montrée ce matin, mais recréée à partir d'images d'objets domestiques découpées dans des revues en couleurs. Je m'approchai de lui et restai là un moment. Il leva sa tête de carotte sale, me sourit, me dit du coin de la bouche, d'un ton mi-blasé mi-blagueur : « Un travail à finir, resté en souffrance depuis la dernière fois... », et se repencha sur sa tâche.

Mon rôle se réduisait à fournir le matériel. Il me semblait que le moment n'était pas encore venu de commenter le travail des patients. Quand ils commenceraient à se sentir en confiance, ils me feraient part spontanément de leurs propres commentaires. Une calme atmosphère de concentration planait sur les têtes penchées. J'allai me poster devant la fenêtre et me mis à écouter les bruits sourds de l'activité hospitalière. Le bourdonnement lointain des générateurs, le claquement des pas et des portes, le ferraillement des chariots. Sur le balcon d'en dessous, deux longue durée en tenue bleue se battaient avec gaucherie. L'un plaquait l'autre contre le parapet. J'observai leur lutte mal coordonnée d'un œil absent. Le « O » que je contemplais était la bouche béante d'un petit vieux. Au moment où, sortant de ma rêverie, je me dis que je devais intervenir, un infirmier apparut et les sépara, traînant le plus jeune à l'écart, hors de ma vue, sous mes pieds.

Je tournai les talons et m'assis à une table occupée par un homme aux cheveux bouclés, la tête blottie au creux de son bras comme un écolier qui s'ennuie. Il faisait quelque chose avec son autre bras, mais je ne voyais pas quoi. Nous restâmes face à face pendant une dizaine de minutes. Il ne se passa rien. Autour de nous, les artistes au travail augmentaient la touffeur de l'après-midi en allumant cigarette sur cigarette.

« Psst... » C'était Tom. « Venez voir. » Il me fit signe de le rejoindre auprès de Jim. J'y allai. Ils travaillaient avec diligence sur l'autel. Jim peignait, Tom nettoyait les pinceaux et mélangeait les couleurs. Jim venait de barbouiller la chaussée de gris-bleu et s'attaquait maintenant aux lignes blanches. Tom prenait des poses, en maniant un ridicule lasso en ficelle et en donnant à sa voix les inflexions chuintantes de l'accent californien. Il jouait son rôle avec conviction. Mais il jouait faux.

« Ce type, là-bas, dit-il en désignant l'homme aux cheveux bouclés.

– Oui.

– C'est un coup fumant pour le Dr B.

– Comment ça ?

– Psychose cocaïno-induite. Authentique. Pur jus. Avant, il était comptable. Pas un petit junkie à la manque. Un coup fumant, je vous dis. C'est le Dr B. qui a fait le diagnostic, tous les autres services sont écœurés. Allez voir ce qu'il fait, vous serez scié. Et, en revenant, apportez-nous un autre gobelet d'eau, l'ami, OK ? »

Je fis ce qu'il me disait. En passant à côté de Lionel, le toxicomane, je me baissai pour ramasser un objet invisible et tenter d'apercevoir du coin de l'œil ce qu'il cachait au creux de son bras. Ce n'était rien. Il était occupé à classer sa propre collection d'objets invisibles sur son petit coin de table. Pendant que je le regardais, le dos courbé, il se tourna vers moi et m'adressa un sourire complice. Ses yeux s'attardèrent un peu trop longuement sur ma main mal fermée, dont les doigts reproduisaient les contours de mon objet invisible personnel. Je me redressai aussitôt et m'éloignai en direction de la kitchenette au bout du couloir.

À mi-chemin, sur la gauche, je remarquai une porte que je n'avais pas encore vue. Elle avait une vitre carrée à hauteur d'œil, une vraie invitation au voyeurisme. Je m'en approchai. La trame de fil de fer incrustée dans le verre donnait un côté emblématique à la scène qui s'offrit à mon regard. Une séquence de cinéma muet avec pour décor une pièce jaune brillamment éclairée. Un homme d'environ quarante ans, qui me parut familier, était assis sur l'une des ubiquistes chaises en plastique. Il portait d'amples vêtements noirs, et ses cheveux tirés en arrière, également noirs, dégageaient ses hautes tempes. Il était de profil, les jambes croisées, et écrivait sur une tablette en équilibre sur sa cuisse. Ses lèvres et son menton avaient cet aspect bouilli propre aux gens qui se rasent souvent. La pièce était visiblement destinée aux soins ; ça se voyait à son atmosphère caractéristique d'arrière-salle. Une reproduction de reproduction était accrochée au mur et un porte-revues vide, en grillage, traînait à l'abandon sur le linoléum – un pauvre linoléum scarifié par des brûlures de cigarettes. Dans un autre coin de la pièce, à la diagonale de l'homme en noir, je vis une silhouette accroupie. Je ne distinguais pas son visage mais, d'après les badges épinglés sur ses revers, qui faseyaient dans le courant d'émotions, je sus que c'était Jane Bowen.

Le reste de l'après-midi s'écoula dans le silence de la concentration. À 17 heures 40, je rassemblai le matériel artistique et rangeai les œuvres des patients dans le placard, avec ordre et méthode dans la mesure de mon possible. Il me fallut un certain temps pour arriver à un classement acceptable. La plupart des patients restèrent où ils étaient, prostrés sur les tables, peu pressés de partir, comme des conspirateurs de six ans persuadés que, tant qu'ils ne lèveraient pas les yeux, personne ne les verrait.

Je trouvai Busner dans son cabinet. Il contemplait le paysage sans perspective de l'autre côté de la fenêtre. Sur un angle lointain de l'hôpital, une cheminée, qui n'avait pas retenu mon attention jusqu'alors, vomissait une colonne de fumée blanche. Busner remarqua la direction de mon regard.

« Un train qui ne va nulle part, hein, Misha ?

– Pourquoi dites-vous ça ?

– Parce que c'est vrai. Nous sommes dans un enclos de transit, un purgatoire subventionné. Les gens viennent et attendent. Il ne s'y passe jamais grand-chose et leur état ne s'améliore pas vraiment. C'est comme si, une fois classifiés, ils étaient punaisés sur un carton géant. Et on pourrait en dire autant de nous, hein ? » Il frissonna, comme s'il eût devant les yeux un patient transpercé par une punaise géante. « Mais je me laisse aller, ne faites pas attention, Misha, c'est la fin d'une longue journée.

– Non, non, ce que vous dites m'intéresse. Les patients d'ici semblent réellement différents de ceux que j'ai rencontrés à Halliwick ou St Mary.

– Oh, vous trouvez ? En quel sens ? demanda-t-il en se tournant pour m'observer par-dessus ses lunettes.

– Eh bien, leur travail artistique. Il est différent… il est… comment dirais-je… artificiel, comme s'ils jouaient un rôle. Comme Tom, en somme.

– Intéressant, intéressant. Je ne prétendrai pas que nous ne l'avons jamais remarqué. Votre prédécesseur avait des vues très tranchées sur la question. C'était un psychologue, vous savez, très doué, qui s'est lancé dans l'arto-thérapie pour établir un rapport fonctionnel avec les patients, aussi éloigné que possible de la dialectique du traitement orthodoxe. Un jeune homme passionné. Les patients ont pu subir son influence dans l'orientation de leurs travaux. »

Busner se mit à farcir de paperasses son cartable, comme une énorme pita. « Je m'en vais, Misha. Je vous verrai demain matin, frais et dispos, j'espère. Ce serait bien si vous pouviez vous mettre à ranger sérieusement ce placard.

– Oui, oui, bien sûr. » Je me levai en raclant ma chaise et sortis. Dans le couloir, les néons gémissaient et soliloquaient. Le Service était calme et désert. Mais, comme je passais à côté d'un placard à linge, la porte s'ouvrit en grinçant, une main en émergea et me tira par la manche.

« Entre. Viens, n'aie pas peur. »

Je me faufilai dans l'étroit logement et la lourde porte se referma derrière moi. Il faisait noir, je me sentais claustré. Il y avait une puissante odeur d'amidon et de linge tiède. Je suffoquais. L'obscurité était totale. La main qui m'avait empoigné s'approcha de mon visage et tâta mes traits.

« C'est bien toi, fit la voix, ne dis rien, ça gâcherait tout. » C'était Mimi. Sa sueur capiteuse me parvint à travers la moiteur cotonneuse du réduit.

La main guida la mienne sur son sein, qui semblait vaste dans le noir. Je sentis le tissu de son soutien-gorge et, en dessous, la fronce érigée de son mamelon. Elle se colla contre moi. Ses chairs flasques et dégonflées avaient cet aspect double menton que prennent les rondeurs transformées en sacoches subcutanées par un régime amaigrissant. Son jean était entrouvert. Elle tira sur mon pantalon. Une main moite et froide agrippa mon pénis, le pressa contre elle et nous restâmes ainsi, sa main sur moi, la mienne sur elle. Puis elle se hissa sur une étagère ou une console et enfourna ma demi-érection. Mon pénis tâtonna dans le bâillement de son jean en frottant contre le bord dentelé et glacé de la fermeture à glissière. Il y avait plus de frénésie que d'érotisme dans cet accouplement déchirant. Je triturai son sein, arrachai les deux couches de nylon et plongeai en elle, sabre au clair. Elle couina, des effluves de sueur enflèrent mes narines, j'éjaculai presque instantanément et me retirai. Nous demeurâmes un long moment à panteler ensemble dans l'obscurité, puis je l'entendis rajuster ses vêtements.

« À demain. » Je sentis un léger effleurement sur mon front, un rai de lumière trancha l'obscurité du sol au plafond, la porte grinça et Mimi disparut. Je me rhabillai, sortis du placard et rentrai chez moi.

Ce fut seulement en émergeant de la bouche de métro et en attaquant la marche de dix minutes qui me séparait de mon domicile que je pris conscience de l'odeur du dehors. L'hôpital était devenu mon unique environnement olfactif. Les senteurs de troène, le long du trottoir humide, m'étaient soudain étrangères et me mettaient mal à l'aise.

À la maison, je fis bouillir une denrée quelconque en sachet et m'assis devant une assiette embourbée sous des chrysalides de riz. Des amis m'appelèrent pour me demander comment s'était passée ma première journée de travail. Comme le répondeur était branché, j'entendais leurs voix instruire à distance mon moi robotisé. Plus tard, couché dans mon lit, je contemplai distraitement mes diverses compositions accrochées aux murs, des choses bizarres, en tissu, pouvant évoquer des chauves-souris flétries ou des parapluies mal tendus. Les entretoises en bois et en métal filtraient la lumière au sodium, qui jetait des flaques orange sur l'oreiller. Je m'endormis.

Je rêvai que l'homme entr'aperçu dans le cabinet de consultation, celui qui prenait des notes devant Jane Bowen accroupie dans un coin, donnait une représentation. J'étais dans le public. Nous étions dans un très petit amphithéâtre. Il était fermé et sombre, mais les rangées de sièges, une cinquantaine en tout, étaient des bancs de pierre disposés sur des gradins herbeux en arc de cercle.

L'homme en noir se tenait au centre de la scène circulaire et manipulait une sorte d'appareil holographique, qui projetait en l'air une image de ma tête, à une hauteur d'un mètre cinquante environ. Bien que tridimensionnelle, l'image était très imparfaite, flottante et brouillée par de l'électricité. Dans le public, il y avait toutes les personnes à qui j'avais parlé dans le Service : Busner, Valuam, Mimi, Jane Bowen, Tom, Simon, Jim et Hilary. Clive se balançait dans l'allée centrale.

L'homme en noir se saisit d'un long bâton et le passa verticalement à travers ma tête holographique. C'était un tour minable parce qu'on voyait bien que l'hologramme n'était pas un objet solide, mais le public applaudit hypocritement, ce qui m'énerva au plus haut point. Je me mis à les invectiver, à leur crier qu'ils étaient des gogos, qu'ils n'y connaissaient rien, ne savaient pas de quoi la technologie était capable...

Au réveil, j'eus quelque mal à retrouver les rouleaux durcis de mes chaussettes. Quand je mis enfin la main dessus, il y avait quelque chose de rigide et de rectangulaire incrusté dans le repli salin de l'une d'elles. C'était une pièce de *L'Énigme*. Je ne savais pas comment elle avait atterri là, mais je murmurai aussitôt machinalement : « J'ai résolu l'Énigme... » Et soudain les événements survenus la veille dans le Service 9 me parurent tout à fait étranges. Sur le moment, je les avais acceptés sans me poser de questions, mais maintenant... Busner et son jeu, la concave Bowen, le fœtal Valuam, la mère insensible de Simon, Tom et sa manie mimétique, Mimi dans le placard à linge... Chacun de ces éléments était déjà déstabilisant en soi ; alors mis tous ensemble...

Je me ressaisis. Un service psychiatrique est toujours un test pour la capacité du thérapeute ; il faut pouvoir s'accommoder de cette contradiction fondamentale : témoigner de la sympathie tout en marquant ses distances. La journée avait été bizarre parce que je n'avais pas su marquer mes distances. À trop sympathiser avec les fous, on devient fou soi-même. Busner lui-même avait traversé une mauvaise passe après l'effondrement de son projet de Concept House au début des années 70, il avait commencé à gratter de la basse électrique dans des studios d'enregistrement, à réciter des vers de mirliton dans des interviews radiophoniques et à entreprendre diverses actions qu'on pouvait assimiler, peut-être audacieusement, à de la démence. J'eusse dû y prendre garde et m'attendre à succomber à mon tour aux mêmes pulsions sous son égide. Il me faudrait être plus attentif dorénavant.

Je fis un grand détour par le Heath et passai devant la sculpture de mon père. Je n'avais jamais compris pourquoi il avait offert cette œuvre à la municipalité. Il n'avait aucune affection particulière pour cette zone administrative et se fichait assez allégrement de l'éducation esthétique des masses, qui, au demeurant, ne fréquentaient guère les lieux. C'était le domaine réservé des riches, qui s'y égaillaient librement sous la protection de pimpants gardiens en costume brun.

C'est une grande sculpture, représentant deux demi-jambes en bronze, hautes de deux mètres cinquante et d'une circonférence de trois mètres chacune. Il n'y a ni pieds ni genoux. On ne voit pas les tendons, aucun poil ne dépasse, aucune veine n'est apparente. Il n'y a même pas les mollets, juste le devant des tibias. C'est typique de l'œuvre de mon père. Il a consacré toute sa vie active à rechercher les portions du corps qui, séparées de l'ensemble, deviennent abstraites. Avec ses tibias, je pense qu'il a atteint son zénith.

J'allai vers la colline d'où j'avais vu l'hôpital la veille au matin. Le débile était engoncé dans un protège-poubelle sous son banc domiciliaire, à l'abri de la lumière. Sa poitrine était jonchée d'une constellation de chiffons, qui me rappela le collage de Simon. Je regardai devant moi. Un nouvel effet d'optique avait changé l'apparence de l'hôpital. Il n'avait plus de perspective : une lumière plate en faisait un trapèze interposé entre une bande de ville et une bande de ciel.

La santé mentale a une odeur. Comment avais-je pu l'oublier ? Personne ne peut perdre la raison sous l'empire insidieux de l'institution nasale. C'est une odeur trop terre à terre. Les portes de l'ascenseur coulissèrent et l'ouate s'écrasa sur ma face. Tout était comme la veille. Tom était assis derrière le guichet des infirmières, et ses yeux violets se réglèrent sur moi dès que j'émergeai dans le petit couloir.

« Couleur codée, ce matin, hum ? » Son accent était un curieux mélange de prononciation désuète et d'intonations militaires. Je m'aperçus que j'étais vêtu d'un pull en V d'une couleur particulièrement bilieuse.

« Oh, je n'ai pas fait exprès.

– On fait jamais exprès, coco, on fait jamais exprès. »

Je passai mon chemin et me rendis directement au placard à matériel. J'ouvris en grand les deux battants de la haute porte, rassemblai les stylos-feutres et les rangeai à part. Puis je fis de même avec les crayons, les fusains, les pastels, les godets à aquarelle, les tubes de peinture ratatinés, les feuilles de papier à dessin et à gouache, les règles et les pinceaux encroûtés. Dans le bric-à-brac, quelques pains de glaise oubliés resurgirent comme une terre nourricière.

Bientôt arriva Tom. Il avait drapé ses épaules de papier toilette rose et fumait, avec une attention critique, une cigarette qu'il avait roulée lui-même. Un poing sur la hanche, il me regardait sans rien dire.

J'entrepris de ranger les œuvres elles-mêmes. Elles étaient entassées pêle-mêle, comme les ustensiles. La peau stratifiée d'un exercice en papier mâché avait été déchirée par la proue grossièrement sculptée d'un bateau en bois. Des feuilles de gros papier barbouillées de pigments mal séchés s'étaient agglutinées les unes aux autres et avaient fini par adhérer aux inévitables poteries en spirale. Je m'appliquai à les décoller délicatement. Je ne jetai que les plus abîmées et mis de l'ordre dans les autres.

Pendant mon travail, le foyer resta vide, à l'exception de Tom, qui paradait entre l'infirmerie et les fenêtres, le passe-plat et ma pomme, en trimbalant son accessoire de mode siphonnable et un second manteau de fumée. De temps en temps il s'arrêtait et se campait dans une attitude de baroudeur tellement ridicule que je faillis éclater de rire. Il revint juste au moment où j'attaquais les étagères supérieures.

« Ne fais pas ça, mon gars…

– Ne fais pas quoi ?

– Ne touche pas les œuvres du haut. »

Je tirai une chaise en plastique, grimpai dessus et compris alors que le haut du placard était aussi le haut de la gamme : le collage de Simon, les miniatures d'Hilary, la maquette de Jim et d'autres œuvres que je n'avais pas encore vues. L'une d'elles me frappa. C'était une composition abstraite, faite d'éléments de *L'Énigme*. Les carrés en acrylique rouges avaient été collés ensemble pour former une boîte avec, au sommet, une ouverture dans laquelle quatre autres éléments, fichés dans le rebord, se faisaient face deux à deux.

Après un temps de réaction un peu trop long, je pivotai sur mon perchoir en plastique et m'entendis prononcer cette phrase idiote : « Tiens, tiens, on dirait que c'est ici que les cadors rangent leurs affaires… »

Tom tirailla une jambe de mon pantalon. Je descendis et il m'entraîna dans un coin de la grande salle, à présent inondée de lumière, pour un conciliabule. Ma main était posée négligemment sur la grille d'aération.

« Tire-toi, Misha, dit-il.

– Pardon ?

– Tire-toi d'ici. C'est un bled pourri, ils sont tous pourris. Ça craint, je te dis, ils sont complètement cinglés, t'imagines pas à quel point. Ils sont plus fous que des malades mentaux. Les malades mentaux, c'est de la rigolade à côté de ces frappadingues.

– Que voulez-vous dire ? Expliquez-vous.

– Prends Simon, par exemple.

– Eh bien ?

– T'étais là quand Valuam l'a fait interner.

– Oui…

– Il faut combien de toubibs pour examiner un patient avant une admission ?

– En principe, deux.

– Et… ?

– Bon, d'accord, mais Simon est un habitué du Service, ce n'est pas pareil, je veux dire… on peut se permettre d'alléger les formalités. Ce n'est peut-être pas strictement réglementaire, mais ça me semble correct.

– Erreur. La mère de Simon magouille avec les pontes du Service… elle se démerde pour le faire interner chaque fois que ça l'arrange.

– Ah, si c'est le cas, en effet, c'est un peu louche.

– Un peu louche ! On est en plein délire, tu veux dire, c'est la panique à bord, mon pauvre vieux… » il serra son bras autour de ma taille « mais ça ne nous empêchera pas de nous aimer, Misha, on va baiser comme des bêtes… » Je m'écartai de lui. « Putain ! » Je me retournai et vis Jane Bowen, qui me regardait bizarrement.

Plus tard dans la matinée, j'entrepris de dessiner quelques planches de groupe. C'est une invention de mon cru. Ce sont de grandes feuilles sur lesquelles trois ou quatre personnes peuvent travailler en même temps. Je trace un motif de base et les membres du groupe peuvent broder dessus à leur guise, en utilisant les matériaux qui leur plaisent. Ils peuvent aussi dessiner à côté, s'ils préfèrent. C'est selon. Je m'appliquai à la tâche.

Deux patients, que je ne reconnus pas, conspiraient autour d'une table dans le foyer. Ils semblaient faire du troc. D'où j'étais, je ne pouvais pas entendre ce qu'ils disaient mais, de temps à autre, l'un des deux, une petite fouine avec une casquette de yachting, se penchait en arrière pour me lancer un regard mauvais. De la contrebande ? En réalité, j'étais à peu près convaincu que l'objet de leur marchandage était complètement dépourvu de signification.

Finalement je captai un murmure laissant penser qu'ils étaient arrivés à un marché et je les vis échanger des piles de pièces de *L'Énigme*. Les carrés en acrylique avaient été enfilés sur un bout de ficelle ou je ne sais quoi par un trou percé dans le coin de chaque élément. Les deux hommes avaient des colliers entièrement constitués d'éléments épars du passe-temps psychologique populaire.

Les planches de groupe me prirent toute la matinée. Plus personne ne faisait attention à moi. Il régnait une atmosphère délétère ; le Service agissait comme un compost sur les nouveaux arrivants. Au bout de deux heures, vous étiez enlisé et vous commenciez déjà à pourrir. Une journée avait suffi pour me couler.

Busner n'était pas là. Valuam et moi échangeâmes des salutations polies, dans la vacuité de la matinée. Il portait un fringant petit costume à carreaux, aujourd'hui, et marchait d'un pas encore plus mécanique, encore plus lamentablement autoritaire. Mais qu'est-ce que je fais au juste dans ce Service ? me demandai-je. Je n'ai pas besoin de cet argent et je ne suis pas convaincu que mes talents particuliers puissent être de quelque utilité pour les patients. Le cynisme de Busner avait considérablement ramolli le peu d'idéalisme qui me restait – et je me demande si c'était intentionnel de sa part.

Vers midi, une patiente d'âge moyen appelée Judith fit une crise dans le court couloir reliant le foyer à la section des femmes. Sur le coup, je crus qu'elle se disputait avec quelqu'un. Et c'était un peu ça, d'ailleurs, sauf que ce quelqu'un était elle-même et que la dispute dégénéra vite en hystérie. Elle eut aussi des vomissements. Mimi et une autre infirmière accoururent (tandis que je balançais entre l'envie de faire comme si je n'avais rien remarqué et le désir de montrer que j'étais capable de maîtriser la situation), calmèrent ses tremblements, la remirent sur ses pieds et l'emmenèrent. Détresse et vomi furent épongés dans le même mouvement.

Tout au long de la matinée, je m'employai à éviter Tom et Simon. Je ne souhaitais pas tellement voir Jim non plus. Je déjeunai seul dans la salle à manger, à l'écart du personnel. Je ne comprenais pas bien pourquoi on m'avait prié de prendre mes repas ici, vu qu'aucun des autres membres du Service n'était présent. Le bruit courut plus tard que c'était l'anniversaire de quelqu'un et qu'ils étaient tous allés boire un verre dans un pub de l'autre côté de la rue.

L'après-midi, je proposai aux patients qui se présentèrent d'essayer de faire quelque chose avec mes planches. Certains furent intéressés, les autres préférèrent s'en tenir à leurs projets personnels. À ma surprise, Clive se révéla un meneur d'hommes très efficace. Il enrégimenta trois dépressifs assez timides, leur colla des tubes de peinture dans les mains et leur fit tracer de grandes arabesques sur mes schémas quadrillés. Debout en retrait, il surveillait l'évolution de leurs entrelacs avec une intransigeance de caporal. En le regardant danser d'un pied sur l'autre, les mâchoires serrées, comme à son habitude, je me rappelai tout à coup qu'il était censé quitter le Service aujourd'hui. Je me demandais pourquoi il était encore là, mais ses yeux globuleux et ses coudes lustrés me dissuadèrent de lui poser la question.

Tom et Jim séchèrent la séance de l'après-midi. La maquette de toboggan resta sur son étagère. Simon s'activait sur son collage. Il avait cessé de s'intéresser à moi, lui aussi, pour reprendre son attitude boudeuse, caricaturale, d'adolescent tripoteur d'acné. Je m'inquiétais de l'absence de Mimi, avec une vague et malsaine nostalgie lubrique de collégien. Elle avait dû me prendre pour un mollasson ou un trouillard en voyant que je ne faisais rien pour secourir Judith.

L'après-midi touchait à sa fin et je me dirigeais vers l'ascenseur. Cette fois, ce fut la porte du placard à balais qui s'ouvrit en guise d'invite. Ses fesses palpitèrent et raclèrent contre un sac plastique de cristaux de soude. À nouveau, l'affaire fut expédiée avec une brièveté écœurante. Mais, cette fois, avant de me quitter, elle me fit avaler deux petites pilules vertes.

« Qu'est-ce que c'est ? dis-je.

– Parsteline. Des IMAO à base de tranylcypromine et de trifluopérazine. C'est déconseillé aux enfants.

– Pourquoi je devrais prendre ça ?

– Pour comprendre, bourrique. Après tout, du moment que tu n'es pas fou, ils ne peuvent pas avoir d'effet sur toi, hum ? » répondit-elle avec une insouciance teintée de moquerie. Qu'est-ce que je risquais ?

« Bof, puisque tu le dis, fis-je en les avalant.

– Évite le fromage et le chianti. Ça pourrait déclencher une mauvaise réaction. »

Elle se faufila dans l'entrebâillement de la porte. Le contour d'un sein, surligné par le nylon souillé et l'ourlet de coton, se découpa contre le chambranle et disparut.

La semaine s'écoula, monotone. Je continuai mes planches, j'avais l'impression de faire des progrès. Un nombre croissant de patients venaient aux séances d'artothérapie de l'après-midi et restaient pour s'essayer à l'exercice. Je commençais à bien m'entendre avec les plus calmes d'entre eux – ce qui était, certes, une évolution favorable, mais aussi un fil à la patte : Hilary me tenait parfois la jambe une heure durant pour m'entretenir de ses amies et de sa technique de reproduction. Même Lionel, le mystérieux comptable psychotique, insista pour s'asseoir à côté de moi le jeudi, afin de feuilleter en ma compagnie des catalogues sur papier glacé d'équipement de bureau. Chaque article était pour lui une révélation, et souvent d'ordre purement esthétique. « Regardez ça, dit-il en me montrant un meuble modulable en forme de champignon, ravissant, non ? » Ma seule réponse fut un grommellement d'assentiment.

Quant à Bowen et Valuam, ils se contentaient de m'adresser des murmures cordiaux en me croisant. Ils ne recherchaient jamais le contact et Busner restait absent. Je soupçonnais ses poulains de me battre froid à cause de mon père et des salades sentimentales qu'il avait proférées le jour de mon arrivée dans le Service mais, au fond, ça m'était égal. Pendant les repas, je bavardais avec les aides-soignantes et les infirmières.

Chaque soir, Mimi me coinçait dans un autre placard. Je ne savais jamais d'avance lequel ce serait, mais elle trouvait toujours le moyen de m'alpaguer dans la foulée lorsque j'avais fini de ranger mon matériel. Nos accouplements restaient expéditifs et stylisés. Elle éludait mes invitations informulées à plus d'intimité en me gavant de pilules vertes, que j'avalais docilement dans l'espoir qu'elles nous rapprocheraient. Le vendredi, après m'avoir administré ma dose quotidienne, elle m'en donna quatre de plus en me faisant promettre de les prendre pendant le week-end.

Le samedi soir, j'allai voir un film avec un ami, que j'avais l'habitude de retrouver une fois par mois environ. Comme de juste, nous passions toujours la moitié de notre temps à nous raconter ce que nous avions fait dans l'intervalle. Cette fois, je fus plus circonspect qu'à l'accoutumée. Il me semblait que les événements survenus à l'hôpital, notamment mes rapports avec Mimi, devaient rester confidentiels – non que j'en éprouvasse une quelconque culpabilité mais parce que, je ne sais pourquoi, ça me semblait hors sujet.

Et puis, j'étais préoccupé par les pilules vertes enchevêtrées dans la filoche du fond de ma poche. Tout en parlant, je les tâtais du doigt. Au toucher, elles paraissaient étrangement grosses, comme les objets qu'on titille avec la langue dans sa bouche.

Nous étions au cinéma. Je regardais distraitement le film quand, pour la première fois, je ressentis les effets de la drogue – une sensation très semblable à celle que j'avais éprouvée dans le Service quand, monté sur la chaise, j'avais découvert les œuvres des patients sur l'étagère supérieure du placard. C'était un sentiment de détachement, non pas du monde extérieur, mais un détachement interne, comme un déchirement membraneux à l'intérieur de moi.

Après le film, nous allâmes manger un morceau dans un boui-boui à kebab. En pénétrant dans la mangeoire à travers une arche en contreplaqué, je ressentis à nouveau la déchirure. Je me trouvai dans l'incapacité de discuter du film. Absent, je me mis à déchiqueter à pleines mains le poulet étalé devant moi. J'avais déjà amassé un petit tas de chairs sur mon assiette quand mon ami manifesta sa consternation dégoûtée. Je haussai les épaules.

En fin de soirée, je le saluai et m'en retournai chez

moi. Assis à la lueur jaune de la rue, enroulant et déroulant ma chaussette, je décidai, tranquillement et sans émoi, de ne plus jamais le revoir.

C'est drôle. C'est drôle... mais, après ça, il me fut facile de démanteler la structure émotionnelle et spirituelle de ma vie. Parents, amis, amoureuses, il était clair désormais que leurs relations avec moi avaient toujours été aussi contingentes que je le soupçonnais. Il suffit de quelques manquements, un ou deux coups de téléphone sans réponse de ma part, un rendez-vous oublié, pour que les andains de leur passage dans ma vie s'aplatissent et flétrissent.

Après quelques semaines dans le Service 9 et une généreuse poignée de M&Ms verts, tout finit par ressembler à ces motifs que j'avais toujours confusément redoutés : les auréoles violettes, les rayons pourpres et les cercles lumineux qui habitent le monde des paupières fermées – le spleen de la rétine. Mon âme était comme un coussin d'air. Je ne rechignais plus à faire des choses qui eussent affligé ma conscience dans le passé, du moins le pensais-je. Quelles choses ? Je ne saurais le dire au juste, hormis la prise de Parsteline. Mes rapports avec Mimi ? Ce n'étaient que des secousses de rotules.

Pourquoi m'étais-je isolé de la sorte ? Mes seuls contacts humains étaient cantonnés dans mes heures de Service et principalement avec les patients. J'en ignore la raison. Je n'étais ni déprimé ni aliéné. Je crois même avoir moins souffert de désaffection que la plupart de mes contemporains, peut-être à cause de la mort de mon père. Et pourtant je me sentais davantage chez moi dans le Service que... chez moi.

Les patients s'étaient mis à l'ouvrage d'arrache-pied. Mes planches, par leurs dimensions et la complexité du travail, je suppose, les attiraient vraiment. Et la méthode choisie leur donnait l'occasion de mêler leurs différents styles. Quand on les voyait travailler dans la tranquillité de la fin d'après-midi, on avait presque l'impression d'être dans un atelier ordinaire. Leur application défaisait leurs idiosyncrasies et leurs tics. Clive ne se balançait plus. Hilary, ayant intégré ses miniatures dans le nouveau papier mâché croûté de Simon, travaillait sagement à l'écart. Son stand à perfusion bruissait au rythme de ses gestes, comme un point d'ancrage délimitant le périmètre de son entreprise.

Il ne manquait qu'une chose dans le tableau : Busner. Malgré le fait que je m'entendais bien avec tout le monde dans le Service ; malgré le fait que je me sentais accepté ; malgré le fait que, lorsque la porte de l'ascenseur coulissait et que je me retrouvais devant le petit couloir familier qui menait au foyer, l'atmosphère ne m'oppressait plus mais me paraissait au contraire douillette comme le fond d'un lit ; malgré tout cela, l'absence de Busner creusait un vide et m'inspirait un sentiment ambigu.

Busner est le Hiérophante. Il supervise les augures, mitonne les potions, préside les rituels qui égouttent le pipi quotidien dans la passoire de la réalité. Et il me rappelle tout ce que je voudrais enfouir avec mon enfance : le monde de la complaisance, de la théorie face à la vraie détresse. Mon père et Busner s'asseyaient des heures ensemble devant la table de la salle à manger pour refaire le monde. Leur conversation – je m'en aperçus plus tard – était un ramassis de lieux communs et de sentimentalisme qui puisaient leur source dans leur propre sentiment d'échec. Leurs épouses se repliaient dans une autre pièce pour faire les choses qu'il *fallait* faire et les laissaient prolonger à leur aise leur adolescence dans la force de l'âge. Voilà ce que me rappelle Busner : les affreux tapis de mon enfance et la honte d'en avoir fait partie. Quand je pense à lui aujourd'hui, il est un revenant qui menace de m'entraîner dans une conspiration pour fuir la réalité.

Où est-il ? Valuam m'apprit, entre un bourbon et une tasse de thé, qu'il était à Helsinki, pour lire une communication dans un colloque. Valuam trempait ses biscuits et les suçait bruyamment, ce qui m'étonna fort de la part d'un petit constipé comme lui. Nous parlâmes un peu de ma thérapie par les arts, mais le sujet ne le passionnait assurément pas, il préférait s'attarder sur les excellents résultats d'un nouvel antidépresseur. « Une prostration apparemment incurable, à la limite de la catatonie, et maintenant des progrès tout à fait appréciables. » Il faisait allusion à Lionel, qui ne passait plus son temps devant la fenêtre à regarder le balcon des longue durée, mais marchait de long en large dans le Service comme un lion en cage, avide d'entrer en action. Où était Busner ? Je ne croyais pas Valuam ; je m'attendais plutôt à voir s'ouvrir brusquement la porte d'un placard d'entretien et à y trouver, accroupi, le gourou discrédité, quelques pilules poisseuses dans la main, prêt à me happer d'un bras affectueux, en souvenir du bon vieux temps.

Lundi matin. C'est reparti. Le soleil n'arrive pas à percer la muraille des nuages et la lumière semble sourdre du sol à travers un magma de brume spongieuse tandis que je foule la pelouse. Autour de moi l'air se distord pour former des pièces et des couloirs, et dedans d'autres pièces avec des cloisons qui s'ouvrent devant moi. Le Service est venu à ma rencontre aujourd'hui ; je sens sa forme autour de moi, je sens ses plinthes se resserrer autour de mes chevilles à mesure que j'avance vers le banc du débile.

Il est couché dessous, calfeutré dans des journaux gratuits. De pathétiques petites annonces cernent son cou d'intailles. Il roule dans son espace confiné et se cogne les tibias contre les pieds du banc. Son visage émerge du col graisseux de son anorak. Ses yeux boursouflés montrent des veinules éclatées et des rougeurs maladives. Mon petit déjeuner me remonte dans le gosier. La nausée me saisit comme une douleur aiguë. Je vomis avec précision et vomis encore pour me purger et retrouver la force de regarder.

Il est difficile de dire ce qui est arrivé au débile. A-t-il bu du dissolvant ? Du décapant pour les fours ? Ou est-ce une maladie rare, une myxomatose humaine agissant comme un dépuratif pour nettoyer la société de sa lie, empêcher les ratés de copuler et de produire d'autres dégénérés ? Allez savoir. En tout cas, il n'y a pas longtemps qu'il est mort : la rigidité cadavérique n'est pas encore totale. Il est mort dans la nuit et je suis le premier à le voir. Il est de ma responsabilité d'alerter les autorités, mais je ressens nettement, désormais, la présence de la Parsteline dans mon sang et, pour une fois, elle a un effet plutôt bénéfique, en ce sens qu'elle remplace la nausée. Elle change mon système de valeurs. Dans ce nouveau système, la mort du débile n'est pas de mon ressort. Un autre ira la déclarer, un autre le trouvera. Je me laisse glisser sur le cul jusqu'au bas de la pente. Le débat de ma conscience s'éloigne de moi comme le souvenir d'un débat télévisé entre ventrus pompeux entrevu il y a bien longtemps…

Longue matinée à l'hôpital. Dans le Service, on s'active, on fait diligence. C'est inhabituel. Valuam trimbale ici et là une compilation d'inventaires dans un classeur. Pour je ne sais quelle raison, il est habillé sans recherche aujourd'hui, du moins en apparence. Je suis sûr qu'il repasse toujours ses jeans et ses chemises à carreaux, et qu'il porte des pulls gris sans manches. Une fois de plus, je remarque une étrange symétrie entre le goût vestimentaire du personnel psychiatrique et celui des patients. Valuam avec ses tenues strictes désespérément guindées, Bowen avec son chic de rombière, Busner avec ses sous-vêtements qui dépassent. Ils sont tous assortis aux malades dont ils ont la charge… Je travaille sur une nouveauté de mon cru qui, je l'espère, favorisera l'inspiration des patients. C'est une grande feuille à dessin sur laquelle j'ai représenté plusieurs vues de l'hôpital, chacune selon une technique différente : plume et lavis, gouache, huile, fusain, crayon, argile. Ce matin, je m'emploie à découper un stencil pour une impression au pochoir.

Des patients, se rendant à leurs séances de thérapie ou revenant de la file d'attente, s'arrêtent près des tables que j'ai réunies dans la salle à manger et m'interrogent sur ce que je fais. Une fille de salle, une Philippine entre deux âges, interrompt les voltes savonneuses de sa serpillière et de son seau en zinc pour discourir d'importance sur l'injustice en général, les vicissitudes des transports en commun et l'enflement des jambes en particulier. Je l'écoute distraitement en travaillant. L'image du débile mort m'apparaît par éclairs. Le cadavre glisse devant mes yeux avec un choc sonore ; je vois le bord graisseux de son col en nylon surpiqué, son cou crasseux et décharné, son long visage, ses globes oculaires éclatés…

Midi. Jane Bowen vient s'asseoir près de moi. Elle me salue mais ne me parle pas. Elle roule l'une de ses cigarettes flétries, regarde par la fenêtre, l'air absent, et inspire profondément la fumée. Ses cheveux, serrés en arrière, dégagent les bosses violettes inversées de ses tempes. Elle regarde vers la colline où gît le débile. Je suis tenté de lui en toucher un mot, mais je me contiens. Dehors, la météo fait un nouveau caprice : de longues bandes de cirrus détranchent les rayons du soleil en barres verticales qui hachurent le lopin compris entre l'hôpital et le Heath, créant un effet de perspective semblable aux lignes de fuite d'une ébauche d'artiste.

Finalement, je me lève et m'approche de Jane Bowen. Son corps se rétracte sous sa blouse amidonnée comme derrière un bouclier blanc. Nous regardons tous deux par la fenêtre en silence. Mes yeux errent du banc du débile (que personne ne semble avoir encore découvert, je n'aperçois aucun véhicule de service, aucun signe d'intervention) au balcon du Service 8 en contrebas, le balcon des longue durée.

À nouveau, je vois deux idiots en chemise de nuit s'affronter à la lutte avec une hargne asthénique, s'échinant poussivement dans un corps à corps maladroit. Soudain, par un tour inattendu, l'un des deux, brusquement investi d'un regain de vigueur, change sa prise avec une agilité surprenante, saisit l'autre par-derrière, prend ses bras en étau et se cambre par-dessus la rambarde pour le renverser en arrière. Leur nouvelle posture nous offre un plan de face sur leurs visages, deux masques blafards dans lesquels je reconnais… Mark, le fils de Busner, Mark, qui était à l'école avec moi, qui avait fait une dépression nerveuse et une tentative de suicide à l'université. L'autre est le beau brun que j'ai vu dans le cabinet de consultation avec Jane Bowen. Il a une tête de brute, une vraie tête d'imbécile. Je sens une autre poussée de nausée, je titube, je pose ma main contre la vitre pour me soutenir. Jane Bowen me regarde avec pitié et désigne l'homme du bout son mégot.

« Votre prédécesseur, Misha, notre ex-arto-thérapeute. Qui, tout à fait par hasard, se trouve être mon frère Gerry.

– C'est Mark, avec lui, le fils de Busner !

– Oui, Zack a jugé préférable de les caser dans le Service 8 pour quelque temps. Il a pensé que ça pourrait vous choquer de les avoir comme patients au début. »

Elle se tourne face à moi et me dit très calmement, d'une voix neutre : « Allez-vous-en d'ici, Misha. Partez, vite. »

Ce n'était pas un conseil pour une réorientation de ma carrière. C'était un signal d'alarme. Je réagis promptement mais, hésitant sur la direction à suivre, je freine, je dérape et me voilà sautillant sur un pied, emporté par mon élan, comme un personnage de dessin animé s'apercevant qu'il vient de s'engager dans un cul-de-sac. Je me rends compte que la Parsteline a complètement altéré ma perception de mon propre corps. Je ressens physiquement mes connexions neuronales, je peux suivre leurs parcours du cerveau jusqu'au bout des doigts. Et, si j'ai perdu la boussole, je sais encore où est le nord. Sournoisement travaillé par mes terminaisons nerveuses, je fonce vers l'ascenseur. Les patients arrondissent la bouche en forme de O sur mon passage, mais c'est un O silencieux, assourdi comme une plainte décroissante, comme cet ineffable gémissement qu'entendent les enfants lorsqu'ils pressent et relâchent alternativement, à toute vitesse, le petit bout de cartilage qui protège leur conduit auditif : tchiouououou… tchiouououou…

« Ah hihihahahouhouhouhou ! » Clive danse le twist de Saint-Guy devant le tuyau à incendie, dans une encoignure à l'entrée du petit couloir. Je file. Vite, l'ascenseur.

« Misha, un petit mot, s'il vous plaît ! » C'est Valuam, qui sort de son bureau, le pantalon relevé au-dessus des chevilles, ses deux mains de ouistiti agrippées sur le tissu à la hauteur des cuisses, dardant vers moi sa trombine pelée comme un champignon poussant dans l'embrasure de la porte. Une autre porte s'ouvre cinq mètres plus loin. Une main en émerge pour me tirer par la manche, une main potelée au bout d'un corps dégoulinant comme une glace à la vanille. Je passe mon chemin, cependant qu'un réflexe érectile donne à mon pénis la consistance et l'incongruité d'un embout de cornue caoutchouté inséré dans le flanc d'un animal en putréfaction. Je choisis de prendre l'escalier.

Quatre étages plus bas, je cesse de courir. Pas de panique, ils vont me laisser sortir de l'hôpital. Une drogue est une drogue. J'ai été idiot de la prendre, idiot de sauter Mimi. Ça va aller, maintenant, dans quelques jours ma tête s'éclaircira et je retrouverai mon état normal. Je n'aurai plus cette étrange sensation d'être un autre, de faire semblant d'être raisonnable.

Il n'y a aucune raison de s'affoler. Je ne peux évidemment pas remettre en question le caractère quintessentiel de l'escalier. Impossible de nier son statut objectif. D'épaisses barres de béton brut traversées de boulons de dix centimètres. Une rampe rouge grosse comme un bazooka. La Parsteline – ainsi que je commence à le comprendre – aiguise la conscience des choses-en-soi. Leur être-là n'est plus nauséeux, mais splendidement replet. Un peu déstabilisé tout de même, j'éructe et régurgite un filet de matière blanchâtre, à mi-chemin entre glaire et vomi, qui humecte la poussière agglomérée dans l'angle de la marche sur laquelle je me tiens.

Parmi les papiers gras, les épingles de sûreté et autres déchets innommables, gît une partie de moi-même. Ma fugue est interrompue par un souffle d'air morbide qui s'engouffre dans la cage d'escalier. Ça vient d'en dessous, de trois étages plus bas peut-être. Quelqu'un a poussé une porte pneumatique. De la découpe oblique des fenêtres donnant sur l'extérieur je déduis que l'escalier est logé sous le pan incliné de la ziggourat.

Je continue à descendre, en m'arrêtant de temps à autre pour tendre l'oreille. Suis-je pris en chasse ? Non, apparemment personne ne me suit. J'ai dû avoir une hallucination. C'est évident maintenant. J'étais à cran, j'ai paniqué pour rien. Il va falloir que je me repose, que je garde le lit, que je prenne le temps de lire le journal. Plus je descends, plus je me sens libre. Je sais que je ne suis pas encore sorti de l'auberge, et pourtant j'ai envie de rire, de sautiller, de faire le malin.

Soudain, toutes les fenêtres se ferment. À vue de nez, j'ai encore deux étages à descendre avant d'atteindre le rez-de-chaussée, mais comment savoir ? La lumière est maintenant fournie par des disques jaunes qui brillent sur les murs et ce jaune me désoriente. Me serais-je trompé ? Serais-je déjà en dessous du niveau du sol ? Les portes sont des rectangles muets. Je prends peur, je pousse un battant, qui grince sous ma paume, et je me retrouve dans un couloir.

Je comprends alors que la trajectoire de l'escalier a divergé, elle n'a pas suivi la gaine de l'ascenseur. Au lieu de déboucher dans l'une des aires d'accueil qu'on s'attend à trouver à chaque palier, j'ai atterri dans l'arrière-pays de l'hôpital. Et je ne suis pas sur la mezzanine, je suis au premier sous-sol. Je reconnais l'endroit. Je suis quelque part dans le dédale que Simon m'a fait visiter le premier jour, quand il m'a emmené voir la machine géante. Je suis dans le même couloir en béton, le même couloir étouffant aux lueurs humides, jalonné de néons nus et fuyants comme des lucioles apeurées.

Où aller ? L'individu qui est entré dans la cage d'escalier pendant que je descendais est maintenant en train de monter. Le bruit glaçant de ses pas hâte ma décision. Je tourne à gauche dans le couloir, en me fiant à mon intuition pour rallier les urgences et trouver la sortie. Je sens que je suis dans l'œil du cyclone chimique. Je suis beaucoup moins vaseux ; je nage encore dans la Parsteline, mais à l'intérieur d'une bulle de lucidité qui me permet d'avoir une vision presque claire des choses. Ma seule zone d'ombre, c'est Busner. Lui, je n'arrive toujours pas à le cerner. Que se passe-t-il dans ce service ? On croirait une pantomime, avec de faux malades stylisés – à moins que ce ne soient les produits de la philosophie de Busner. Des fous idéalisés ou simplement des idéalistes ? Et s'ils jouaient tous un rôle, comme Tom ? S'amusent-ils à parodier des pathologies connues, avec des symptômes contrefaits, ou est-ce la Parsteline qui déforme la perception que j'ai d'eux ? Ces spéculations me donnent du courage. Je réintègre mon vieux moi. Je m'arrête pour me regarder dans un panneau en inox vissé sur une porte. Mon reflet, creusé ici et là par le métal, me regarde aussi, amusé, méfiant. Je me sens rassuré. Ce petit moment d'auto-observation, de vanité ordinaire, m'a requinqué.

Mais où suis-je ? Je ne me suis pas rapproché des urgences. Le couloir n'a pas changé, il n'y a toujours pas de carrelage sur le sol, pas de peinture sur les murs. J'ai pris la mauvaise direction. Six mètres devant moi, j'aperçois la porte à double battant qui mène à la serre. Bah, qu'est-ce que je risque ? Je vais aller y jeter un œil ; c'est probablement la dernière fois avant longtemps que je verrai l'hôpital. Les portes coulissent sur leurs rails rouillés. Je me retourne pour les refermer derrière moi, et le bruit de fond constant qui alimente l'hôpital en énergie est maintenant coupé. Dans la haute salle voûtée, la lumière est toujours la même. L'obscure machine, avec ses surfaces en bakélite crème, se dresse, inviolée, devant moi.

Tom et Jim apparaissent derrière son socle cerclé et s'avancent dans ma direction, décontractés, sans craindre ma réaction. J'ai très peur.

« Misha ? dit Tom. Où tu vas ? »

Jim promène ses yeux alentour avec des mouvements saccadés de la tête. Il ne cesse de plier et déplier ses bras d'avant en arrière, les poings serrés sur des espèces de tuyaux en caoutchouc – du genre de ceux qu'on enfonce dans la bouche des hystériques en crise pour les empêcher de se mordre la langue – qu'il semble avoir reconvertis en ustensiles de musculation.

« Je rentre chez moi, Tom. Je me suis retrouvé ici par erreur, je cherchais les urgences. »

Tom m'écoute en acquiesçant, puis me fait signe de les rejoindre et nous nous accroupissons tous trois entre les pattes écartées, mais solidement fixées au sol, du grand appareil. Nous restons là comme des Africains palabrant sous un gros arbre, jusqu'à ce que les extenseurs improvisés de Jim, brusquement relâchés, heurtent bruyamment le carrelage fêlé.

« Je suis content que tu aies suivi mon conseil, Misha. Tu pars, n'est-ce pas ?

– Juste quelques jours. Je... j'ai besoin de repos. L'atmosphère du Service est un peu oppressante, parfois.

– Parfois, oui, en effet. C'est pour ça qu'on aime venir ici, Jim et moi, pour jouer avec la machine. C'est paisible ici, tranquille. Tu penses que je suis fou, Misha ?

– Et moi ? dit Jim. Je suis fou aussi ? »

Je me sens gêné. C'est absurde. Avoir peur, d'accord, ça peut se comprendre, mais être gêné, c'est ridicule.

« La question te gêne ? » Tom roule une cigarette avec dextérité. Il relève la petite lèvre de papier et la lèche en retroussant ses babines roses et sensuelles.

« Je n'y ai pas réfléchi en ces termes.

– Oh, oh, je vois, tu es un disciple du bon Dr Z. Nous nous comportons d'une manière que d'autres choisissent de décrire comme démente, c'est ça ? Nous sommes simplement non conformistes.

– Je trouve que vous simplifiez un peu ses thèses.

Bien sûr, bien sûr. Tu es fou, Misha ? »

Jim ricane et racle le carrelage de ses ongles longs et ébréchés.

Je ne peux pas répondre. Je lève les yeux au plafond. L'intérieur de la coupole de verre, à six mètres au-dessus du sol à peu près, est maculé de suie. En dessous, un cercle de lucarnes sales laisse entrer la lumière grise. Au centre pend un câble électrique, qui soutient une grappe d'ampoules nues à l'aplomb de la plus haute épaule de la machine.

Au bout d'un moment, Tom tend la main et me touche légèrement le bras. « Je compatis, Misha. Allez, viens, on grimpe.

– Ouais, grimpons. » Jim se lève d'un bond et se hisse sur une espèce de haricot formant un marchepied sur un côté du socle, à un demi-mètre de hauteur. Nous le suivons. Tom me laisse passer devant. La machine est conçue pour être escaladée ; nous montons vers une plate-forme horizontale à environ un mètre cinquante, laquelle est fixée sur de gros vérins permettant diverses inclinaisons sous le fût principal du dispositif. La finalité de la machine reste obscure pour moi. Que faisait-elle exactement aux patients couchés sur cette plate-forme ? Elle devait leur envoyer des trucs à travers le corps, des radiations, des ultrasons, un rayon lumineux ou peut-être même quelque chose de solide... Le fût lui-même a été évidé ; des fils tressés débordent en vrac de sa gueule.

Nous voilà donc assis en rang sur la plate-forme. Le mégot mouillé circule de main en main, de bouche en bouche. L'incongruité de cette machinerie lourde, dans ce puits de lumière blafarde qui tombe sur nous, crée une impression d'intemporalité. Sommes-nous des Juifs attendant d'être abattus ou gazés, acculés contre une bielle et une roue de locomotive ? Les survivants d'un crash extirpés d'un amas de tôles broyées au cœur de la forêt vierge ? Nous sommes assis et nous fumons et j'entends le « piou-piou » d'un petit oiseau, dehors, qui résonne comme le bip d'un médecin. Ça commence à ressembler à la mort. Ma nuque, raidie par la tension et confite dans les tranquillisants, semble remonter derrière ma tête et l'enrober comme un capuchon de chair.

La texture des choses se parodie elle-même. La dureté

des pourtours crème de la machine, les reflets poussiéreux du carrelage, la rugosité odorante du pull-over de Tom. Même les surfaces me jouent des tours. Le profil de Tom a la pureté d'une taille sèche, la rigueur d'un coup de serpe. Jim est une absurdité vivante, avec son nez bulbeux, ses cheveux mi-longs soigneusement peignés et ses bras simiesques, plaqués sur la plate-forme comme les fourches d'un chariot élévateur à l'arrêt. Mais il me rassure maintenant. Ils me rassurent tous les deux. Je les prends l'un et l'autre par les épaules et ils se blottissent contre moi, enfants-adultes, enfants-parents. Ils sont mes camarades, mes frères de sang.

« Va-t'en maintenant, Misha. » Tom s'écarte de moi et me fait signe de descendre en me repoussant doucement. Je me sens lourd. Je suis tout cotonneux, tout mou, tout dégoulinant comme si je venais d'avaler une nouvelle dose de Parsteline. Je n'ai pourtant rien pris, je ne comprends pas. Au lieu de me diriger vers les portes, je m'en écarte et fais le tour de la machine. Jim et Tom m'observent sans rien dire. Je me fraye un chemin dans le méli-mélo des câbles arrachés qui jonchent le sol comme des lianes folles. Derrière la machine, juste en face de la porte du couloir, la porte menant à l'abri anti-catastrophe majeure est ouverte.

Au-delà, il y a un petit bout de terrain, grand comme une chambre à ciel ouvert. L'air du dehors doit descendre quinze étages pour atteindre ses broussailles de rebuts non identifiés. L'une des tables rectangulaires en mélaminé de la salle à manger du Service est là, posée de guingois sur les irrégularités d'un sol caillouteux. J'aperçois un bourrelet de ventre, une bajoue, une main blanche qui tripote un carré en acrylique, l'extrémité d'une cravate en mohair. Le Dr Busner tente de résoudre l'Énigme.

« Ah, vous voilà, Misha. Venez, venez, ne restez pas planté comme ça. »

Busner est assis entre Valuam et Bowen. Sur la table devant eux sont rangés divers objets en rapport avec ma personne : une boîte de pilules vertes, le bas-relief de Jim qui m'avait tant impressionné, un billet que j'avais envoyé à Mimi dans un moment d'oisiveté. Je traverse la petite cour et m'assois à côté de Valuam qui, contre toute attente, me sourit chaleureusement. Vision éclair : ce profil taillé à la serpe… Une ressemblance qui ne trompe pas. Valuam et Tom sont frères.

« Nous sommes tous en famille ici, Misha.

– Pardon ?

– Nous sommes tous en famille… Vous comme nous. Vous êtes de retour parmi les vôtres. Peu importe que nous soyons médecins ou patients, n'est-ce pas, Misha ? L'essentiel est d'être réunis. » Busner se lève et marche de long en large. Les hauts murs de l'hôpital sont grossièrement aboutés aux fortifications de l'abri anti-catastrophe majeure. Busner délimite un trapèze sur le sol, ébauchant avec ses pieds la forme de l'hôpital.

« Vous voyez, nous sommes dans une situation qui réclame une aide mutuelle. Mon fils, les frères de Jane et d'Anthony, Simon, Jim, Clive, Harriet, en fait tous les patients du Service, peuvent être considérés comme les victimes d'une guerre que nous avons nous-mêmes engagée. C'est pourquoi nous avons pensé qu'il était de notre devoir de les soigner dans un environnement spécial. Vous avez remarqué tout de suite, bien sûr, que leur pathologie présentait un caractère étrange et vous avez vu juste, Misha, vous avez passé le premier test avec succès. Ils ne sont pas fous au sens habituel, ce sont plutôt des méta-fous. Leur folie est une parodie consciente du rapport que la psyché entretient avec elle-même… mais vous savez tout ça. Malheureusement, vous avez été moins brillant dans les autres tests… » Il souleva le pot de Parsteline et en fit tomber quelques pilules. « Vous avez pris ça, Misha, et vous avez tronché Mimi dans tous les placards disponibles du Service. Ce n'est pas une façon de se conduire pour un thérapeute responsable. Vous aviez le choix. Dans le Service 9, vous pouviez être thérapeute ou patient. Il semble que vous ayez décidé de devenir un patient. »

Il interrompit sa déambulation et se rassit à la table. J'étais un peu à l'étroit, pris en sandwich. Ce qu'il avait dit n'était pas dénué de sens. Je ne lui en voulais pas. Jane Bowen se récurait les ongles avec la tranche d'une pièce de *L'Énigme*. Le petit oiseau bipait toujours la Nature. L'endroit était bizarre et nous gardions le silence. Il y avait cependant une chose qui me turlupinait.

« Mais, docteur Busner... Zack... mes parents, mon père. Ils n'avaient rien à voir avec les applications thérapeutiques de la psychologie, ils étaient tous deux artistes. Je ne peux pas être qualifié pour le Service.

– Plus tard, Misha, plus tard... Votre père est devenu sculpteur après la trentaine. Avant, il avait étudié avec Alkan. Il aurait fait un excellent analyste, mais je crois qu'il a n'a pas voulu vous en faire payer le prix. »

Un courant d'air fit claquer les portes derrière moi. L'entretien était visiblement terminé.

« Veuillez reconduire Misha au Service, Anthony. Nous pourrons nous occuper de la paperasserie après le déjeuner. »

Le déjeuner, oui, bonne idée, j'avais faim. Mais je ne me plaisais pas ici. Il y avait quelque chose de moribond dans ce bout de terrain, avec ces joints de ciment qui rayaient les hauts murs et constellaient le sol aride. Je voulais remonter au neuvième... je veux remonter au neuvième... ah ! Ça doit être un effet de la chloropromasine, une sorte de constant décalage horaire entre la pensée et la conscience de soi... Je veux remonter au neuvième... et me coucher dans mon lit. J'ai besoin d'une cigarette.

À la découverte des Ur-Bororos

La première fois que j'ai rencontré Janner à Reigate, au début des années 70, c'était un personnage peu engageant. C'était un jeune homme surmené, qui dissimulait une nature obsessionnelle sous une veulerie physique. Son corps semblait constitué de cure-pipes trempés dans de la cire couleur chair. Tous ses traits étaient érodés et mous, à l'exception de son nez, qui avait dû être prélevé dans la cire durcie qui dégouline le long de la bougie. Il y avait aussi chez lui quelque chose de fongueux, d'indéfinissable, mais j'ai toujours soupçonné que, sous ses habits, Janner avait une constitution d'athlète.

Ne vous méprenez pas, Janner était, selon la formule consacrée, mon meilleur ami. Enfin, j'exagère peut-être, disons que nous nous tenions les coudes. C'était lui et moi contre les autres – Janner et moi contre toute la faculté et tout le corps estudiantin réunis.

Je me rends compte à présent, je crois, que mes sentiments ne sont pas imputables à Janner et ne le furent jamais. Il a simplement eu le malheur de croiser ma route à une époque de ma vie où j'étais ouvert à l'idée de mystère. Janner joua le rôle de Prospero. Je rongeais mon frein en hurlant à la mort et, quelque part dans l'île, rôdait le beau, le fascinant, le sémillant Ur-Bororo.

Tout le monde n'a pas la chance de rencontrer le vrai mystère dans sa vie. Moi, je l'ai eue, même si la désillusion qui suivit l'élucidation de mon mystère me paraît parfois pire que l'ignorance crasse dans laquelle j'eusse pu me complaire. Ceci est donc l'histoire d'un rite d'initiation. Le passage d'un âge à l'autre, qui mit dix ans à se produire. Et, bien que le résultat en fût ma maturité, c'est Janner qui est le personnage central de cette histoire.

J'imagine que dans un environnement plus stimulant, où les qualités intellectuelles seraient appréciées et les particularismes sociaux recherchés, Janner eût fait un tabac. Il excellait à la conversation par son esprit et ses connaissances. Certes, le catarrhe qui gargouillait et chuintait dans sa trachée-artère quand il parlait avait quelque chose de répugnant, mais ce léger défaut était largement compensé par sa ferveur, son enthousiasme et sa fougue dans le maniement des idées.

Nous n'étions pas aimés du reste de la gent estudiantine de Reigate. Nous les trouvions immatures et pathétiques avec leur « vécu », leur chevelure hippy et leur passion dévorante pour les solos de guitare interminables. De leur côté, en revanche, ils ne nous trouvaient ni ceci ni cela, ils ne nous trouvaient rien, pour tout dire, ne nous voyaient même pas, nous étions hors champ.

Bref, on l'aura compris : j'étais jaloux. Je ne voulais pas être mis au rancart avec le cireux Janner, je voulais mêler mes boucles blondes à d'autres boucles blondes au son de leurs binious à cordes, offrir un asile douillet à leurs morpions, mais je n'étais pas admis sur le terrain. C'étaient les étudiants en arts qui entraînaient l'équipe et, si comme moi vous faisiez de la géographie et de l'éducation physique, vous restiez sur le banc de touche – surtout si vous n'aviez ni l'allure ni le parler ad hoc. Dépourvu de ces attributs essentiels, j'étais disqualifié d'avance. Au lycée, ma capacité à courir le quatre cents mètres haies en moins de cinquante secondes avait fait de moi un héros ; à Reigate, c'était un objet de risée.

Ostracisé par les clans, j'ai rencontré Janner et n'ai cessé de le regretter depuis lors. Ah, que ne me suis-je dézingué la cervelle aux psychotropes ! Je mènerais aujourd'hui une existence paisible, à discuter le bout de gras avec une employée revêche de la Sécurité sociale au fin fond du pays de Galles ou à secouer un lambeau de moquette moisie sur une corde à linge devant un squat du centre-ville. Janner m'a sournoisement détourné de ce destin. Son vénérable exemple m'a enseigné la modération. À dix-neuf ans, j'aurais pu suivre l'une ou l'autre voie.

Notre amitié s'est cimentée à l'occasion de longues promenades dans la pseudo-campagne des environs de Reigate. Même à l'époque, cette partie du Surrey n'était qu'un reliquat de parcelles oubliées dans les querelles de clochers entre municipalités limitrophes – des bandes de terre irrégulières, grises et brunes, des tabliers de béton inutiles marbrés de mauvaises herbes et des buttes couvertes de broussailles sales et fuligineuses. Nous marchions et, pendant que nous marchions, il parlait.

Janner était étudiant en anthropologie. Aujourd'hui, bien sûr, il est l'Anthropologue mais, en ce temps-là, il n'était qu'un étudiant parmi d'autres – cinq, pour être précis. Quant à savoir pourquoi il y avait une section d'anthropologie à Reigate, c'était un mystère pour toute la faculté et assurément pour les étudiants. Peu de gens savaient qu'elle avait été parrainée par la fondation Lurie, et personne ou presque – je ne l'ai appris moi-même que bien des années plus tard – n'en connaissait la raison.

Du temps où Janner et moi traînions nos guêtres (ou plutôt nos savates, le mot serait plus approprié) à Reigate, ladite section était dirigée par le Dr Marston. Un homme qui valait le coup d'œil. Dire qu'il était prognathe serait un euphémisme grossier. Son menton était une sorte de gaffe (dans les deux sens du terme) qui le précédait d'une bonne longueur, comme si sa mâchoire eût cherché désespérément à s'échapper des buissons inextricables qui hérissaient ses arcades sourciliaires et nimbaient son regard comme des nuages avant l'orage. Ajoutez à cela deux yeux noirs fixes, de minuscules dents blanches, un nez en forme de quille de navire et une bouche à moitié cachée par une frange de barbe noire coupée au sécateur, et vous aviez une caricature de monstre digne d'une farce horrifique du boulevard du Crime.

En voyant le Dr Marston et Janner converser ensemble, on avait l'impression d'assister à la rencontre de deux espèces différentes se découvrant tout à coup un langage commun. Non que je les visse souvent ensemble, remarquez. Le Dr Marston n'avait jamais un instant à me consacrer et Janner, après sa première année, avait été dispensé d'assiduité aux cours afin de pouvoir mener ses propres recherches.

Je dois toutefois à la vérité de préciser (mais comprenez bien qu'il s'agit là d'une tournure de phrase destinée uniquement aux lecteurs tendancieux ou maladivement soupçonneux) que, pendant cette année, j'ai reçu en échange une éducation anthropologique de seconde main relativement complète. Janner s'intéressait très peu à mes études. Au mieux il se servait de mes maigres connaissances géographiques comme d'un index en fin d'atlas, qu'il consultait à l'occasion en dissertant sur les us et coutumes de telle ou telle peuplade lointaine. Car la plupart du temps, quand nous étions ensemble, j'écoutais et Janner parlait.

Janner parlait des pionniers de son domaine. Il était en admiration devant la stature colossale des premiers hommes et des premières femmes qui avaient aspiré à l'objectivité dans l'étude du genre humain. Il me parlait de leurs théories, de leurs hypothèses, de leurs intrigues, de leurs querelles, de leurs collections de bibelots et d'outils, et revenait inlassablement, tandis que nous arpentions les collines brunes, à leurs « études sur le terrain ».

Pour Janner, la vie tout entière était un prélude à l'étude sur le terrain. Reigate n'était qu'une antichambre du monde réel. Un monde dans lequel Janner s'immergeait complètement pour mieux l'observer de l'intérieur. Il était imperméable aux théories relativistes, structuralistes et post-structuralistes de l'anthropologie qui, dans un souci de distanciation, prenaient en considération l'effet induit de l'observateur sur l'observé. Janner n'avait aucun doute : dès qu'il serait sur le terrain, il disparaîtrait, il deviendrait aussi invisible qu'un appareil d'enregistrement dissimulé dans un arbre. Sa vie entière avait pour seule finalité cette période d'observation pure. Janner voulait être le voyeur ultime. Il voulait s'asseoir sur une chaise de cuisine dans un coin du monde pour observer l'activité des sociétés.

Quand il ne m'entretenait pas de l'infibulation chez les Touaregs ou des cérémonies propitiatoires des Shans, il partageait avec moi les conclusions de ses observations sur la société de Reigate. Reigate l'intriguait. Il y voyait une société unique arrivée au point crucial de son évolution.

Au cours de nos déambulations, du côté de l'hôpital ou dans le dédale de ruelles qui formaient la vieille ville, il arrêtait les passants pour les interroger. C'était très gênant, je ne savais plus où me mettre. Il demandait aux laitiers, aux employés de bureau, aux ménagères de lui parler d'eux, de leur vie, de leurs occupations, comme ça, sans préambule, impromptu. Inutile de dire qu'ils répondaient toujours avec obligeance, et souvent exhaustivement.

Quand nous faisions la queue à l'entrée d'un cinéma ou d'une discothèque, ou pendant une halte dans un café pour manger un sandwich au bacon, Janner récapitulait et ordonnait ses observations sous la forme d'un catalogue raisonné de pratiques, de rituels et de croyances. Reigate était à ses yeux une « société » et, à ce titre, méritait la même considération que n'importe quelle autre société. Il n'était pas question pour lui d'établir une comparaison entre l'acte de tuer une sarigue et celui d'emmener une fille sur sa Yamaha 250 à cent soixante kilomètres à l'heure sur l'A23 ; les deux étaient des rites de passage d'égale valeur.

Après sa première année à Reigate, Janner quitta la chambre qu'il louait chez Mme Beasley dans Station Road pour s'installer dans une hutte au pied des North Downs, motivé par l'impérieux désir d'adopter sans tarder un mode de vie authentique, c'est-à-dire en harmonie avec son sujet d'étude. Car Janner venait de tomber sous le charme de l'Ur-Bororo.

S'il était rare de voir un étudiant de Reigate choisir l'anthropologie de préférence à une autre discipline des sciences humaines, il était tout à fait normal qu'un jeune thésard caressât le rêve d'aller poursuivre ses recherches sur un autre continent dans l'espoir d'en revenir surdiplômé. Le Dr Marston lui-même avait l'habitude d'abandonner sa charge pour aller à Prestatyn étudier le déclin des communautés méthodistes, ou dans le Yorkshire le déclin des communautés unitariennes de la lande, ou dans les Orkney le déclin des communautés insulaires mouettophages. À défaut d'une vraie célébrité, Reigate jouissait d'une certaine notoriété pour ses travaux sur les groupes subsociétaux stagnants. La thèse du Dr Marston avait d'ailleurs été intitulée : « Rituel tiffin et tabou du thé de 5 heures : pratiques déclinantes chez les colonels en retraite de l'armée des Indes à Cheltenham ».

Ce nonobstant, le Dr Marston avait lui-même cédé momentanément à la tentation des voyages à l'étranger pour une étude sur le terrain : en Amazonie, chez les Ur-Bororos de la région Paquatyl. C'est Marston qui, le premier, alluma chez Janner l'étincelle de l'enthousiasme pour cette tribu amérindienne méconnue. J'ignore ce qu'il lui a dit. C'était sans doute très intéressant, mais la version que m'en donna Janner était extrêmement limitée. Quand on l'écoutait sur le sujet, on s'apercevait en fait que ses informations étaient toujours négatives. Les Ur-Bororos n'étaient connus que par des ouï-dire, ces ouï-dire étaient très parcellaires et le peu qu'on avait ouï était mal dit ou désespérément périmé – et ainsi de suite. Je n'ai jamais été en mesure de l'interroger plus avant sur la question, vu qu'il était injoignable à l'époque. Il s'était retiré dans sa hutte dans les Downs, se montrait rarement à l'université et me dissuadait, poliment mais fermement, d'aller le voir.

J'y suis tout de même allé une ou deux fois. Au fond, je crois que je voulais le supplier de ne pas m'abandonner. Car Janner, avec son torse en cure-pipe gainé d'un pull sans manches Fair Isle et ses yeux de têtard derrière ses hublots ronds, était plus qu'un ami en ce qui me concernait. Je n'osais pas me l'avouer, mais j'étais un peu amoureux de lui. Il me dit que sa hutte était une reproduction fidèle de l'habitat traditionnel des Ur-Bororos. Je n'en crus pas un mot ; on voyait au premier coup d'œil qu'elle avait été commandée chez Exchange & Mart. Ses parois en bois créosoté, son toit goudronné, son unique fenestron plombé, son plancher surélevé, tous ces détails trahissaient sa nature préfabriquée. À l'intérieur, nous bûmes le thé dans des pots en argile. Une fois de plus, Janner m'assura qu'ils étaient de facture ur-bororo traditionnelle et, une fois de plus, sa mauvaise foi me sidéra. Je baissai les bras, inutile d'insister : c'en était fini entre nous. Il n'avait plus besoin de moi comme intermédiaire passif entre son esprit et le monde qu'il étudiait. Il avait trouvé sa voie.

Je quittai la hutte sans la moindre supplique et pédalai jusqu'à Reigate. Je m'étais fait à l'idée que j'étais désormais seul. Mais il est difficile d'être à ce point werthérien à Reigate, surtout quand on est logé dans une soupente aux lucarnes en verre martelé. Ma consomption se consuma d'elle-même. Sans Janner comme interlocuteur, je fus contraint de me tourner vers mes camarades d'études. Je me fis d'autres copains ; même une copine. Non que j'eusse oublié Janner, c'eût été impossible, mais enfin j'essayais de me bâtir une vie à moi dans laquelle il n'avait pas de rôle. J'y parvins, mais cela eut d'autres conséquences.

Au cours des dix ans qui suivirent, il m'arriva fort peu de choses. Bien sûr, j'ai quitté Reigate pour aller enseigner dans le secondaire à Sanderstead. J'ai rencontré, aimé et promptement épousé la prof de géographie et d'éducation physique d'un établissement voisin. Nous devînmes propriétaires et un enfant parut, petit, bien fait et terminé – et rêveur et introverti jusqu'au crétinisme. Nous avions des amis et des opinions, modérés les uns et les autres. C'était une vie bien remplie, en somme, sans problème sérieux. L'adolescent modeste et pondéré que j'avais été s'était mué en adulte modeste et pondéré. Mon flegme m'avait même valu une certaine réputation dans le collège où j'enseignais, parce que j'arrivais à garder mon calme avec les élèves agressifs. Certains de mes collègues acquirent la conviction que j'étais secrètement habité de pulsions violentes, mais c'était loin de la vérité, j'en ai peur. En réalité, je me sentais calfeutré, comme si toutes les fissures de ma vision du monde avaient été colmatées par une espèce de plombage pour les caries de la vie. Oh, bien sûr, j'avais des sensations, des émotions, mais la sourdine était toujours vissée. Quelque part dans mon parcours, quelqu'un m'avait collé des bouchons dans les oreilles, et je ne savais ni qui, ni pourquoi.

Durant toute cette période, je restai sans nouvelles de Janner. Je savais qu'il avait décroché son diplôme avec les félicitations du jury et que, avec la bénédiction du Dr Marston et une bourse assez minable, il s'en était allé visiter sa chère tribu. Mais, à part ça, rien. La seule preuve de l'existence de Janner que j'eus pendant cette décennie fut le fait du hasard, lorsque, fouillant distraitement, chez le disquaire, dans un bac de world music, je tombai sur un album où le nom de Janner figurait en qualité de « conseiller à la production ». Il s'intitulait *Chants de civilisations déchues*. Je l'achetai immédiatement et me précipitai chez moi.

Mes espoirs, si j'en eus, d'y puiser quelque joie nostalgique, d'y retrouver le ravissement de nos balades dans la campagne, furent déçus. L'album était glauque et racoleur. Les producteurs avaient promené leur magnétophone autour du monde pour enregistrer divers groupes d'indigènes, remarquables seulement par leur propension à l'incantation vaine. Il y avait les Ketchems de Bélize, qui éructaient en marmonnant : « Sors de l'eau… poisson », les I-Aranas de Guinée, gobeurs désenchantés qui attendaient encore l'arrivée du grand bateau de l'homme blanc chargé de cadeaux en répétant plaintivement : « Passez-moi le maître d'hôtel », et d'autres du même tonneau, trop ennuyeux et déprimants pour être cités.

La notice explicative, sur la pochette, qui devait me livrer la signification profonde de ces chants, avait été rédigée par Janner. Les chants eux-mêmes étaient mal enregistrés et incompréhensibles. Après deux ou trois écoutes, l'aiguille de notre platine avait éraillé le vinyle du sillon et c'en fut fini. Les éclaircissements de Janner m'éclairèrent fort peu. C'était du verbiage, qui ne m'apprit rien de concret sur son implication dans le projet et ne me donna aucun indice sur l'endroit où il pouvait se trouver. Lorsque je tentai d'en savoir davantage par l'intermédiaire de la maison de disques, je fis encore chou blanc. Ha-Cha-Cha Records pratiquait le répondeurisme.

Je n'avais peut-être pas retrouvé l'ami de mon adolescence, mais le disque m'avait profondément perturbé. Jusqu'alors j'avais supposé que Janner était confortablement installé dans la chaire d'anthropologie de quelque université de province, d'où il dispensait son enthousiasme et les trémolos de son organe dans le petit monde austère de l'enseignement. Or le disque et sa pochette m'offraient une vision différente, celle d'un autre Janner, un personnage plus instable. Je restai assis de longues heures dans le living-room ce soir-là, en l'absence de ma femme, à essayer de sonder le destin de Janner, avec la pochette pour seul indice.

Mon fils James ne m'aida pas. Il avait retenu quelques chants et, au moment où je le mis au lit, il me dit dans un ouralo-altaïque passable : « Lo ! Les récoltes pourrissent. » Et, finalement, même parmi les autocollants de dessins animés et les membres contordus de jouets distordus, ça me parut moins saugrenu qu'on ne pourrait le croire.

Puis, plus rien. Pendant deux ans, pas un mot, pas un signe de Janner. Je n'étais pas vraiment à sa recherche, mais je voulus tout de même en savoir davantage sur la fondation Lurie qui, je ne l'ignorais pas, avait en partie financé les travaux de Janner sur les Ur-Bororos. Le secrétaire de la fondation ne se montra guère coopératif. Il m'envoya une lettre qui exposait de façon très succincte l'objet de la fondation : « Pour contribuer à la compréhension des Ur-Bororos, une bourse sera allouée tous les vingt ans à un étudiant en fin de cycle. À l'issue de ses recherches, l'étudiant devra remettre un article de trente mille mots au moins aux Archives Lurie de la British Library. » La lettre était signée du Dr Marston. J'en parlai à une bibliothécaire de la British Library, qui me répondit que tous les documents appartenant à la fondation Lurie étaient inaccessibles au public. J'étais dans une impasse.

Janner avait éveillé en moi toute sorte d'aspirations restées inassouvies. Même après douze ans, ces vastes horizons continuaient à s'éloigner du marcheur trop mesuré que j'étais. De temps à autre, assis dans la salle des professeurs entre deux cours, je me surprenais à pleurer. Je sentais les larmes mouiller mes joues et une bulle de sentimentalisme éclater au creux de mon estomac. Mais mes mains serraient trop fort les bords de l'*Education Supplement*, que j'avais plaqué sur mon visage. Autour de moi, on ne parlait que taux d'intérêt, et le bas d'un pantalon en velours côtelé apparaissait de temps en temps dans mon champ de vision.

Puis un jour, à la fin de l'été, juste après la Journée du sport scolaire, comme je descendais la colline en direction de Purley, quelque chose attira mon regard derrière la vitrine d'une laverie automatique : une altercation entre un individu dégingandé, d'aspect cireux, et une grosse femme sans âge. Ils avaient le verbe haut et allaient en venir aux mains. J'entendis très distinctement la femme s'écrier : « Non mais ! Venir s'asseoir ici pour regarder le linge des autres, vous devriez avoir honte. C'est votre linge à vous qu'il faut regarder, espèce de grand dégoûtant ! » Et elle leva la main pour le gifler. Comme il se détournait pour esquiver le coup, je vis son profil. C'était Janner.

J'entrai dans la laverie. Janner avait échappé à la première baffe et reculait pour éviter la suivante. Je le saisis par l'épaule et dis d'un ton disciplinaire : « Voulez-vous me suivre dehors un instant, monsieur ? » Aussitôt convaincue que je représentais les autorités compétentes, la protectrice des petites culottes m'abandonna de bonne grâce son étoile de shérif temporaire. Janner sortit.

Et se mit à me parler comme si nous reprenions une conversation interrompue non pas dix ans, mais une heure plus tôt.

« J'habite un peu plus bas, à Purley (gargouillis catarrheux), dans un endroit bizarre. Je suis rentré de l'étranger depuis deux mois environ et j'observais l'acte d'observer la lessive. Je suis persuadé que la rotation du linge possède certaines des propriétés du mandala. »

Nous descendions la côte au petit trot. Janner pécufiait, intarissable, essayant de faire entrer les habitudes de lessive de Purley dans un schéma complexe et hautement oiseux de la société de la banlieue sud. Il n'avait rien perdu de sa fougue. Chaque fois que j'essayais d'intervenir dans son monologue, il en rajoutait, interprétant mes tentatives comme un désir d'en savoir plus. Quand nous arrivâmes en vue de la gare, Janner parlait toujours, gesticulait toujours.

« Tu vois, disait-il, Wingate Crescent représente une sorte d'épicentre. Pour atteindre High Street, tu es obligé de décrire un cercle. Or la position des quatre laveries – Washmatic, Blue Ribbon, Purley Way et Allnite – est également circulaire. »

Il s'interrompit, comme si la démonstration était évidente, et j'en profitai pour prendre la parole.

« Où étais-tu passé, Janner ? Tu es resté en Amazonie pendant tout ce temps ? J'ai trouvé un disque avec un texte de toi sur la pochette. Tu as rassemblé d'autres chants traditionnels ? Tu es marié ? Moi oui. Tu as l'intention de me donner des détails ou tu préfères t'en tenir aux théories générales ? »

Il en resta sur le cul. À Reigate je ne me serais jamais avisé de le contrecarrer. Mes rares interventions n'étaient destinées qu'à huiler les rouages de son discours. Il devint évasif.

« Hum… bof, je prends un peu de repos. Oui, j'ai fait un séjour à l'étranger. Assez barbant, pour tout dire, juste une petite étude sur le terrain pour publier un article. Actuellement, je donne quelques cours à Croydon. J'habite ici, à Purley. Voilà, c'est tout, vraiment. »

Il s'arrêta au milieu du trottoir, baissa la concrétion glycéro-stéarique qui lui tenait lieu de nez et j'entendis le raclement discret du mucus dans son thorax. Un train en provenance de Victoria ferrailla sur l'aiguillage de Purley Junction. Je sentais que Janner allait à nouveau m'échapper.

« J'ai fait quelques recherches de mon côté, Janner. J'ai lu tout ce que j'ai pu trouver sur cette tribu, les Ur-Bororos. Il semble qu'il existe une espèce de fondation pour les anthropologues qui acceptent d'aller les étudier *in situ*. Le mécène, un nommé Lurie, était un dilettante excentrique. Il a fait don de ses notes à la British Library, mais en posant comme condition que personne ne les lise, à la seule exception de ces fameux chercheurs, justement, qui veulent bien poursuivre son travail sur le terrain. Or, apparemment, le nombre des boursiers de la fondation Lurie est extrêmement restreint. En fait, depuis sa création dans les années 30, il n'y en a eu que deux… Marston et toi. »

Un bus double-decker quitta son arrêt, de l'autre côté de la rue. Pendant un moment, il sembla s'immobiliser en milieu d'accélération comme un vaisseau spatial incongru, trop lourd pour s'arracher du sol, puis commença à gravir la pente dans un tintamarre infernal en soufflant derrière lui des vapeurs de gasoil poisseuses, plus épaisses et plus denses que de la tourbe. Janner cracha du mucus jaune dans le caniveau. Dans la lumière de la fin d'après-midi, sa moue embarrassée fronça sa bouche comme un anus.

« Je suppose que tu veux tout savoir, c'est ça ?

– C'est ça, Janner. J'ai beaucoup pensé à toi pendant ces dix années. J'ai toujours été persuadé que tu ferais quelque chose de remarquable et, maintenant, je veux savoir ce que c'est... ou ce que c'était. »

Il accepta de venir dîner à la maison le lendemain et je le laissai là, debout dans High Street. Sa discrétion excessive, avec sa mise trop ordinaire et sa dégaine de citoyen lambda, me parut suspecte. À croire que c'était une taupe infiltrée dans Purley. J'achetai mon billet et me dirigeai vers le quai. Quand je me retournai pour lui lancer un dernier regard, il était redevenu lui-même. Adossé contre une tuyauterie, il semblait lire le journal du soir, mais je savais qu'en réalité il observait méticuleusement les banlieusards qui peuplaient le hall.

Le lendemain soir, Janner arriva, ponctuel, à 19 heures 30, pour dîner. Il apportait une bouteille de vin et salua ma femme par ces mots : « Je suppose qu'il faut avoir les nerfs solides pour supporter un mari comme lui » – déclaration qui fut accueillie avec approbation. Il retira sa gabardine, s'assit et se mit à jouer avec James. Il fit un triomphe. Je tombais des nues : jamais je n'aurais imaginé que Janner fût homme à se lier avec de petits enfants. Or il eut un tel succès que James lui demanda de lui lire une histoire pour s'endormir.

Pendant qu'il s'exécutait dans la chambre du petit, ma femme me dit : « J'aime bien ton ami. Tu ne m'avais jamais parlé de lui. » Le dîner fut encore plus réussi. Janner avait acquis une aisance dans la conversation frivole qui me stupéfia. Il manifesta un vif intérêt pour les détails de notre vie : James, notre boulot, notre jardin, nos traites, nos activités dans les associations locales. Tout cela était certes du grain à moudre pour le moulin de sa curiosité, mais il ne parut jamais ni condescendant ni motivé par le seul désir de rassembler des données anthropologiques.

Après le dîner, ma femme sortit. Elle donnait des cours du soir dans un établissement pour adultes. Je m'installai au salon avec Janner.

« Je ne t'avais jamais vu comme ça à Reigate, dis-je finalement, tandis que nous nous passions et repassions la bouteille de piat d'or avec des gestes de plus en plus languides. Tu étais toujours grave et sentencieux. Comment se fait-il que tu sois maintenant si à l'aise en société ?

– J'ai appris le bavardage chez les Ur-Bororos. »

Et, sur cette étrange introduction, Janner se lança dans son récit. Il parla avec son brio habituel, sans interruption, comme s'il avait préparé une conférence pour moi seul. C'était, bien sûr, ce que je brûlais d'entendre. Toute la journée j'avais craint qu'il ne me fasse faux bond et ne m'oblige à ratisser les laveries du sud de Londres pendant des semaines pour le retrouver ou que, venant malgré tout, il ne refuse de desserrer les dents, ne reste à jamais une énigme et disparaisse définitivement de ma vie.

« Les Ur-Bororos sont une tribu, ou un groupe interparental de familles élargies, vivant dans la région des Parasquitos du Bassin amazonien. À certains égards, ils ressemblent aux indigènes amérindiens de la forêt vierge brésilienne. Ils pratiquent la cueillette et la chasse. Leur régime alimentaire est constitué de manioc augmenté de protéines animales et de divers végétaux. Semi-nomades, ils suivent un circuit fermé qui les mène à travers leur territoire selon un cycle annuel. Leur système social est étroitement défini par l'interrelation des individus et de la famille, la famille totémique et la tribu en tant qu'entité. L'interaction sociale est définie par une conscience aiguë du tabou de l'inceste. Leurs croyances religieuses peuvent être assimilées à l'animisme, bien que, ainsi que nous allons le voir, la question mérite d'être approfondie. La seule caractéristique superficielle qui les démarque des groupes tribaux voisins est peut-être la pauvreté de leur artisanat. La poterie, la menuiserie et l'habitat des Ur-Bororos sont tout à fait rudimentaires et se distinguent par leur absence de décoration. C'est ce qui frappe d'emblée le visiteur. Ça et le fait que les Ur-Bororos sont racialement distincts…

– Racialement distincts ?

– Chhh… » Janner me fit taire d'un geste de la main. Dans la brève interruption qui s'ensuivit, j'entendis un roucoulement de colombes dans le jardin et, regardant par-delà la ligne de chemin de fer, vis les découpes et les cheminées des maisons mitoyennes d'en face se dresser dans le noir comme une jungle banlieusarde.

« On dit que c'est le langage qui définit la réalité d'un peuple. Seule une appréciation affinée du langage permet de pénétrer la conscience collective d'un regroupement tribal et, partant, d'explorer les délicates et subtiles relations qui existent entre cette conscience, la conscience individuelle et le monde nouménal. Le langage des tribus amérindiennes d'Amazonie s'accompagne d'un système sémantique typique qui, une fois encore, témoigne de la coextensivité des liens de la parenté et de l'ordre naturel. Chez les Iguatils, par exemple, le tatouage corporel et facial, la scarification, la décoration des céramiques, les tapes sur les lèvres et les claques sur les fesses s'intègrent à l'ensemble du système langagier.

« Or les Ur-Bororos ont ceci de particulier que leur mode de communication ne ressortit à aucun de ces schémas sémiologiques. Ils ne sont ni tatoués ni scarifiés et s'habillent de façon uniforme.

– S'habillent ?

– Chhh… ! Lurie a percé à jour la réalité des Ur-Bororos, et ce qu'il a découvert l'a horrifié. Il a gardé son secret sous clef. Marston n'a vécu que quelques mois à peine chez les Ur-Bororos. À son retour, il avait des soupçons, mais se leurrait toujours. C'était à moi que revenait la tâche de démonter la mécanique secrète qui régit la vision du monde des Ur-Bororos. C'était à moi de révéler la vérité. »

Il marqua une pause pour ménager ses effets, avala une gorgée de piat d'or et sortit un paquet d'Embassy Regal. Il en alluma une et chercha un cendrier. Je lui tendis un petit ramequin que j'avais gagné en achetant du pâté de canard chez Sainsbury. Il examina l'objet avec curiosité, en l'exposant à la lumière jaune du lampadaire, puis reprit son récit.

« Les principes de base de la langue ur-bororo sont assez simples et faciles à apprendre pour un Européen. Ni la syntaxe ni le vocabulaire n'ont quoi que ce soit de remarquable. Il s'agit de décrire le monde de façon littérale. Je m'explique : la juxtaposition sujet-objet-prédicat semble refléter une cosmologie marquée par un dualisme conceptuel semblable au nôtre. C'est trompeur. J'ai appris la langue basique des Ur-Bororos en moins de deux mois. Les anciens me l'ont enseignée à tour de rôle au fil de nos promenades dans la forêt vierge. Ils me montraient des objets, mimaient des actions, etc. Quand j'ai commencé à me débrouiller correctement dans ce mode de communication quotidien, ils sont passés progressivement à des idées et concepts plus complexes.

« Je dois ajouter que leur attitude envers moi, pendant

cette période, était singulière. Ma présence ne semblait pas les étonner – alors que je savais avec certitude que j'étais seulement le troisième Européen qu'ils aient jamais vu – et ils étaient sans méfiance. Il m'a fallu des mois pour comprendre la véritable raison de ce comportement : ils étaient apathiques.

« Au début, leur langage conceptuel m'avait paru assez rudimentaire. Il se référait à des déités animistes qu'il fallait honorer, des rites de parenté qu'il fallait respecter et ainsi de suite. Seulement voilà, dans la vie quotidienne des Ur-Bororos, on ne trouve aucune trace de cérémonies propitiatoires ou de pratiques rituelles quelconques. J'entendais les vieux évoquer entre eux les préparatifs des initiations à venir, disant qu'il était temps d'isoler les adolescents dans une hutte commune au cœur de la jungle et de songer à leur circoncision. Ils en parlaient comme si la chose était imminente, mais ça ne se produisait jamais.

« L'explication de cette étrangeté m'est apparue peu à peu, quand j'ai commencé à déchiffrer plus précisément leur langage conceptuel : les Ur-Bororos sont des gens profondément chiants. »

Janner marqua une nouvelle pause. Profondément chiants ? Que voulait-il dire ?

« Quand je dis chiants, ce n'est pas dans une intention péjorative ou, ce qui serait pis encore, ironique. » Il se pencha en avant et agrippa les bords de la table basse en me fixant des yeux. « Non, non, les Ur-Bororos forment une tribu objectivement ennuyeuse. Ils en ont eux-mêmes conscience. Ils s'emmerdent. Malgré le caractère superficiellement singulier de leur tribu, malgré leurs origines raciales obscures, leur illusion de ressembler aux autres tribus amazoniennes et la structure stratifiée de leur langage, j'ai fini par me rendre compte que les Ur-Bororos étaient des gens désespérément ordinaires.

« Les Ur-Bororos croient qu'ils ont été créés par le dieu Ciel, que cette déité a façonné leurs ancêtres dans la fange originelle. Or le dieu Ciel n'aurait pas dû faire ça, il aurait dû terminer son travail avec les cieux et les étoiles. La création des Ur-Bororos fut ce qu'on pourrait appeler un dérivatif divin, une espèce d'acte manqué, si tu veux. Contrairement à d'autres groupes tribaux isolés, les Ur-Bororos ne se prennent pas pour l'archétype du genre humain. Je veux dire que la plupart des indigènes se nomment eux-mêmes "les Hommes" ou "les Êtres humains" et appellent les autres des barbares, des demi-bêtes. "Ur-Bororo" est une assez bonne traduction du mot que les autres tribus utilisent à leur propos et qui signifie simplement "le Bororo originel[1]". Les Ur-Bororos s'intitulent eux-mêmes, avec un autodénigrement exaspérant, "Ceux à côté de qui vous ne voudriez pas être assis dans un banquet". Ils estiment que les autres tribus mènent une existence bien plus intéressante que la leur et parlent souvent, avec un peu de vague à l'âme, de toutes les réceptions et autres cérémonies auxquelles ils ne sont jamais invités.

« J'ai fait allusion précédemment à un langage conceptuel plus "profond". Ce n'est pas tout à fait exact. Leur langage admet effectivement des nuances, on a même l'impression, si tu veux, qu'ils parlent toujours au second degré. Quand ils parlent de leur religion ou de leur cosmologie, par exemple, ils le font de manière à te laisser entendre qu'ils sont, au mieux, sceptiques. En réalité, ces nuances ne sont ni plus ni moins que de l'indifférence.

« Chaque mot de la langue ur-bororo est assorti d'une série d'inflexions différentes, une espèce de déclinaison permettant d'exprimer différents degrés d'ennui, ou différentes variantes de l'idée d'ennui, telles que lassitude,

1. En anglais, *to bore* signifie *ennuyer* ; *boring*, ennuyeux. *(N.d.T.)*

apathie, inertie, dépression, indifférence, langueur, etc. Lurie a commis l'erreur de croire que la clef de la langue ur-bororo était la racine "bor". Il a ainsi identifié plus de deux mille sujets et prédicats correspondant au mot anglais "boring". Chasse ennuyeuse, cueillette ennuyeuse, pêche ennuyeuse, rapports sexuels ennuyeux, cérémonies religieuses ennuyeuses et ainsi de suite. Il avait raison en un sens, à savoir que les Ur-Bororos considèrent la plupart de leurs faits et gestes comme une perte de temps. D'ailleurs, pour dire "maintenant", ils emploient une expression qui signifie approximativement "temps perdu". »

Janner s'interrompit à nouveau et contempla son verre vide.

« Tu veux un café ? dis-je.

– Oh, euh… ouais, d'accord.

– Je n'ai que de l'instantané, tu m'excuseras.

– Ça m'est égal. »

Dans la cuisine, je me pris à regarder les objets familiers autour de moi en attendant que la bouilloire siffle. Le lave-vaisselle qui avait été la joie et la fierté de nos débuts conjugaux, les burettes fantaisie en forme de statues grecques que j'avais achetées aux Puces, les premiers gribouillis de James scotchés sur le frigo. J'avais l'impression d'avoir eu tout cela sous les yeux tous les jours pendant mille ans, et que rien n'avait changé. Et, au fond, c'était vrai. Jamais encore le familier ne m'avait paru si… familier. Je retournai au salon, ébranlé par ma révélation.

Nous nous rassîmes et observâmes quelques minutes de silence, le temps de broyer à la petite cuiller les grumeaux de mélasse brune qui refusaient de se dissoudre dans nos tasses. Janner poursuivit son récit.

« J'ai vécu neuf mois chez les Ur-Bororos. J'allais à la chasse avec les hommes et à la cueillette avec les femmes. Au début, j'ai habité dans la hutte commune des adolescents, puis je m'en suis construit une pour moi. J'estimais avoir atteint une connaissance suffisante de la société ur-bororo. J'avais maigri et je portais une longue barbe. Les Ur-Bororos avaient cessé de me parler du temps qu'il faisait – et qui ne changeait jamais, du reste – pour me traiter avec une totale indifférence. Ils savaient très bien ce que je faisais là et considéraient l'anthropologie avec la même indifférence. Ils ont un dicton qu'on peut traduire à peu près comme ceci : “Où que tu ailles dans ce monde, tu occuperas toujours le même volume d'espace.”

« Et chaque matin, quand le jour se levait au-dessus de la cime des arbres, je ressentais la puissance de cet aphorisme. Malgré le caractère singulier des Ur-Bororos, j'avais le sentiment que, en définitive, j'aurais pu aussi bien ne jamais quitter Reigate.

« J'avais rédigé mes notes et je savais que, si je rentrais en Angleterre, je serais en mesure d'achever ma thèse de doctorat, mais je me sentais étrangement inerte. Ou plutôt, non, il n'y avait rien d'étrange à ça, je me sentais inerte, tout simplement. Il y avait quelque chose qui n'allait pas dans cette forêt, je ne sais pas, elle était comme… sénescente. Tu avais des cascades de lianes toutes croûtées de champignons qui tombaient de quinze, vingt, trente mètres du haut des voûtes et des contreforts végétaux. Et tous ces tortillons pétrifiés me faisaient penser à un cardigan sale, parsemé de pellicules et de crottes de nez qu'un petit vieux fait pleuvoir sur lui en hochant la tête.

« Les Ur-Bororos font profession de croire qu'un esprit habite chaque arbre, chaque buisson, chaque animal. Tous les êtres vivants auraient un esprit. Mais leur façon d'y croire est très ambiguë : ce n'est pas une croyance positive, affirmative. Non, c'est comme une hypothèse qu'ils admettent en attendant la preuve du contraire. Ces esprits, à l'instar des Ur-Bororos eux-mêmes, passent leur temps à rêver les yeux ouverts. Ils ne voient jamais au-delà de l'instant, ils se laissent vivre, ventre à l'air.

« C'était peut-être mon imagination, ou le fait d'être loin de la civilisation depuis trop longtemps, mais je commençais moi aussi à ressentir la présence de la forêt comme une transcendance. Le ménage n'était pas fait dans la grande chambre inachevée, humide et aux reflets changeants. Quelque part les esprits se vautraient sur des divans pour cuver une cuite d'hydrate de carbone. Chaque jour ressemblait à un long mardi après-midi. Je savais qu'il était temps de partir mais, au moment où je m'étais enfin décidé à mettre les voiles, il s'est passé quelque chose. Je suis tombé amoureux.

« C'était l'époque où, dans le cycle annuel des Ur-Bororos, la tribu décampe en masse. L'objet de leur excursion était d'attraper le poisson paresseux, une créature amorphe vivant dans certaines chutes d'eau situées sur l'affluent de l'Amazone qui forme la frontière septentrionale du territoire ur-bororo.

« La tribu s'est mise en route aux premières lueurs de l'aube. On voyait le soleil se lever en marchant. Peu à peu, la jungle faisait place à une végétation de taillis auréolée de brumes éparses. C'était un spectacle magnifique, le calme des origines, que seul venait déranger l'incessant bavardage des Ur-Bororos. Parce que ça, vois-tu, c'est un truc qui m'a toujours étonné chez eux : malgré leur ennui déclaré, ils trouvent le moyen de s'ennuyer mutuellement encore davantage.

« Bref, ce matin-là – comme tous les matins depuis que j'étais là, d'ailleurs –, ils se racontaient leurs rêves de la nuit. Chacun considérait ses propres rêves comme singuliers et uniques, ce qui fait qu'ils n'arrêtaient pas de se répéter. Tu ne peux pas imaginer de rêves plus assommants. Toujours les mêmes récits, mornes et attendus.

Comme une espèce de papier peint surréaliste pour une chambre d'enfant. Il y en avait un qui disait : "Et alors je me suis transformé en poisson", et un autre répondait invariablement : "C'est curieux, moi aussi, je me suis transformé en poisson dans mon rêve, et aujourd'hui nous allons pêcher." Leurs rêves correspondaient toujours à la réalité et ils en faisaient donc une interprétation incroyablement banale. Ils ne cherchaient jamais bien loin la clef des songes. Non seulement ils n'avaient aucune notion de l'inconscient, bien sûr, mais ils ne donnaient même aucune signification mystique à leurs rêves. Pour eux, c'était comme un dépotoir psychique où tous les détritus du monde éveillé se trouvaient rassemblés sous forme de paquets bien ficelés de coïncidences.

« En les écoutant radoter, je me mordais l'intérieur de la joue. Ça donnait :

« "J'ai rêvé que j'étais dans une forêt.

« – Une forêt vierge ?

« – Mouais. Je marchais en file indienne avec d'autres gens. Tu vois ce que je veux dire ?

« – Le genre de gens à côté de qui on n'a pas envie d'être assis dans un banquet ?

« – Exactement, c'était nous. Puis j'ai commencé à me transformer en…" Qu'est-ce que ça allait être, cette fois ? Un oiseau, un lézard, une mite, un igname ? Non, non… "… en brindille ! Étonnant, hein ?

« – Stupéfiant."

« Ouais, stupéfiant. J'étais tellement exaspéré que je n'avais pas remarqué la personne qui marchait devant moi dans le sentier. Mais, comme on arrivait dans une clairière, un rayon de lumière vive a traversé les frondaisons et illuminé le sentier. Alors, tout à coup, j'ai vu une jeune fille, baignée de lumière, une silhouette souple toute frangée d'or. Elle s'est tournée vers moi. Elle portait le vêtement ur-bororo traditionnel – un long fourreau gris informe. Elle m'a regardé dans les yeux un moment, fixement, en triturant négligemment l'ourlet de son fourreau. Elle a fait une petite moue, chassé une mouche sur sa lèvre supérieure et dit : "J'ai rêvé que j'étais une boulette de poils."

« À cet instant précis, je suis tombé amoureux. Elle s'appelait Jane. C'était la fille d'un des anciens de la tribu, mais ça ne signifiait pas grand-chose. Tu dois comprendre que, à cette époque, j'étais conditionné par les critères esthétiques des Ur-Bororos et, pour moi, Jane était, sinon une beauté, du moins une fille séduisante au sens… villageois, si tu vois ce que je veux dire, confortablement attirante. À bien des égards, c'était une Ur-Bororo typique : la taille moyenne, le teint pâteux, les cheveux incolores. Elle avait les traits un peu affaissés mais relativement symétriques et une bouche très tentante, incurvée vers le bas, avec une expression d'indifférence boudeuse insupportablement érotique.

« Je me suis mis à lui faire la cour immédiatement. Il n'y a pas vraiment de règles définies pour ça dans la société ur-bororo. Tout ce qui se rapporte aux différences sexuelles, et à la sexualité en général, est très flou chez eux. En théorie, les relations sexuelles avant le mariage, l'homosexualité et l'infidélité sont mal vues mais, en pratique, tout le monde se fout éperdument de ce que fait le voisin. En réalité, la seule chose qui les étonne, c'est que tu aies trouvé l'énergie de le faire.

« Toute la journée les martins-pêcheurs plongeaient en piqué dans les eaux cuivrées de la rivière. Et les Ur-Bororos restaient debout dans les hauts-fonds, parfaitement immobiles, à contempler les vaguelettes. De temps en temps, on en voyait un se pencher pour attraper un poisson avec une infinie langueur. J'en ai eu vite marre de les regarder et je suis allé me promener dans les sous-bois avec Jane. On a marché côte à côte, sans se parler ni se toucher. Le soleil était à son zénith, mais les rayons filtraient à peine à travers le baldaquin des feuillages.

« Peu à peu, l'étrangeté de la situation a imprégné ma conscience oisive et, en observant la forêt autour de moi, j'avais l'impression de la voir pour la première fois. Jusqu'alors, je ne m'étais intéressé à la nature que dans la mesure où elle avait une influence sur le mode de vie des Ur-Bororos, mais, là, j'en avais une perception esthétique, j'admirais le paysage avec des yeux d'amoureux. Et pourtant je t'assure que ça n'avait rien d'excitant. Pas besoin d'être botaniste pour s'apercevoir que cette partie de la forêt était extrêmement peu variée en flore et en faune. Tu avais des troncs d'arbres grisâtres alignés à perte de vue comme des réverbères dépareillés et, devant tes pieds, une succession de buissons tous semblables, genre rhododendrons, même pas en fleur. C'était d'une monotonie terrible – l'équivalent amazonien d'un immense jardin public.

« Je savais qu'on s'approchait du territoire des Yanumamis, connus pour être des coupeurs de têtes et des cannibales, mais ça ne nous inquiétait pas, ni elle ni moi : toutes leurs tentatives pour défier les jeunes Ur-Bororos à la guerre avaient été accueillies avec une telle indifférence qu'ils avaient fini par y renoncer. Bref, il n'y avait rien, ni danger ni beauté naturelle, pour attiser mon frisson érotique et, au bout d'une ou deux heures de marche, je n'éprouvais plus rien pour Jane. Je me demandais vraiment ce que je faisais là, au milieu de nulle part, avec cette jeune femme boudeuse et mal fagotée. C'est alors que j'ai aperçu le paquet de clopes.

« C'était un vieux paquet de Silk Cut, aplati et crotté, au logo délavé mais encore lisible, surtout à cause de son incongruité dans cet environnement. Mon ébahissement fut de courte durée : j'entendais déjà un vrombissement de tronçonneuses au loin. Je me tourne vers Jane :

« “Des Blancs ? je lui dis.

« – Oui, elle me répond en tripotant toujours son ourlet, ils construisent l’autoroute panaméricaine. La fin des travaux est prévue pour juin 1985.

« – Ça ne te fait pas peur ? Tu ne te sens pas concernée ? La route va détruire toutes vos traditions, peut-être même détruire ton peuple.

« – La belle affaire.”

« On a fait demi-tour pour regagner la rivière. Cette nuit-là, on a dormi ensemble. Sa tête sur mon bras me coupait la circulation et je commençais à redouter une nécrose quand j’ai pris une décision… »

Nous entendîmes la porte d’entrée se refermer. Ma femme entra dans la pièce. Elle portait une cagoule orange et des brassards lumineux de cycliste.

« Quoi, encore en train de bavarder ? James n’a pas appelé, chéri ?

– Non, je ne l’ai pas entendu de la soirée.

– Bien, alors c’est qu’il n’a pas fait. Je vais aller le chercher et le descendre pour la nuit. » Elle se tourna vers Janner. « James est encore à l’âge où on mouille son lit.

– Oh, vraiment ? dit Janner. Moi, j’ai mouillé mon lit jusqu’à ce que j’aille à Reigate. »

Et c’était reparti. Janner passa sans transition du dramatique récit de son séjour chez les Ur-Bororos à une discussion très argumentée avec ma femme sur les vertus des draps en caoutchouc. Je m’enfonçai dans le vinyle grinçant de mon fauteuil et attendis qu’ils aient fini. Je voulais entendre la fin de l’histoire de Janner, il n’était pas question pour moi de le laisser partir comme ça. Au besoin, j’étais prêt à le retenir de force jusqu’au lendemain.

« Eh bien, il faudra revenir nous voir. Vous semblez avoir tant de choses à vous dire, tous les deux.

– En effet, mais, la prochaine fois, c'est moi qui vous invite. Ma femme ne connaît pas grand monde à Purley et elle aimerait sortir un peu plus souvent, maintenant que le bébé est né. »

Je me redressai en sursaut. Que venait-il de dire ? Une femme ? Un bébé ? Ma femme lui souhaita une bonne nuit, me dit de ne pas oublier de fermer la porte à clef et monta tranquillement l'escalier.

« Ta femme, Janner ? C'est…

– Jane, oui. Maintenant, si tu veux bien cesser de m'interrompre, je vais te raconter la suite.

« J'ai courtisé Jane pendant trois semaines. En gros, ça consistait à m'asseoir avec ses parents pour papoter. Les Ur-Bororos ont un goût immodéré pour le papotage. Comme les Anglais, ils font précéder toutes leurs conversations d'un long préambule sur la pluie et le beau temps, bien que, vu la monotonie de leur climat, ils aient beaucoup moins de choses à dire sur la question. Ils en sont réduits à discuter des infimes variations de la température et du degré d'hygrométrie. Les parents de Jane étaient des personnages assez affables. Ils ne voyaient aucune objection à notre mariage, du moment que nous respections les formalités et les rites coutumiers. On m'a donc envoyé chez le chamane pour recevoir les instructions d'usage.

« Bizarrement, le chamane était un type assez intéressant pour un Ur-Bororo. Je suppose que c'était à cause de sa profession. Sa cabane était un peu à l'écart de celles des autres. (Tu te souviens de la cabane où je vivais à Reigate. C'était la réplique presque exacte d'une habitation ur-bororo, à ceci près que les vraies sont plus rudimentaires et n'ont qu'une ouverture carrée en guise de fenêtre.)

« “Entre, mon garçon, entre donc, il m'a dit. Alors tu vas épouser la petite Jane et l'emmener loin de nous ?”

« J'ai acquiescé.

« “Très bien, très bien. En tant qu’anthropologue, je présume que tu es un peu au courant de nos croyances, hum ? Tu sais que le dieu Ciel nous a créés par inadvertance, tu connais notre mode de vie, tu sais que nous pratiquons la circoncision et l’infibulation comme rituels de purification, que nos jeunes subissent des rites de passage rigoureux, que leur initiation dure plusieurs semaines et comporte l’ingestion de quantités toxiques de racines psychotropes, tu sais tout cela, n’est-ce pas ?

« – Euh, dans les grandes lignes, oui, mais je n’ai jamais vu aucun d’entre vous faire réellement ces choses.

« – Non, en effet, bien envoyé, bien envoyé. Je vois que tu as pigé, tu m’as l’air d’avoir la tête sur les épaules. Bien sûr que nous ne faisons pas réellement tout ça.

« – Mais pourquoi ? Vous n’avez pas peur des dieux et des esprits ?

« – Eh bien, en fait, nous n’y croyons pas à ce point-là, tu sais. Je veux dire, nous croyons à leur existence en tant que… exemples, métaphores, si tu préfères, de l’ordre naturel des choses, mais nous ne croyons pas vraiment aux esprits des arbres, ah, grands dieux, non !”

« Là-dessus, il s’est mis à rigoler et m’a offert une coupe de coya. Le coya est une boisson tiède à base de racine de coyer broyée. Ça ressemble à du café instantané, mais en plus fade. Je n’allais pas me lancer dans une grande discussion avec lui sur le sujet. Contrairement à ce qui se passe dans les autres tribus, le statut du chamane chez les Ur-Bororos est pour le moins équivoque. Il est chargé de présider à la stricte observance des rites auxquels les Ur-Bororos croient en théorie et de veiller au bon déroulement des cérémonies, mais presque personne n’y assiste. Dans l’ensemble, les autres le regardaient plutôt avec une sorte de dédain amusé, ce qui ne les empêchait pas de penser qu’il fallait absolument continuer à respecter les rituels convenus pour les naissances, les mariages et les décès.

« J'ai revu le chamane deux ou trois fois avant notre mariage. Il m'a paresseusement enseigné les principes de la foi et m'a fait toute sorte de recommandations inutiles sur la vie conjugale, comme par exemple : compter jusqu'à dix avant de me mettre en colère, laisser Jane s'expliquer quand nous sommes en désaccord, et ainsi de suite, le genre de blabla qu'on trouve dans les pages-conseils d'un magazine féminin de quatrième ordre.

« La cérémonie en elle-même était, paraît-il, très réussie. Tout le monde s'est réuni devant la paillote du chamane (on était bien une trentaine), Jane a joint ses mains aux miennes et nous l'avons tous écouté rabâcher des inepties d'une voix chevrotante. Jamais, de toute ma vie, je n'avais assisté à une noce aussi sinistre. Ce qu'on a pu s'emmerder, debout dans cette clairière avec nos tuniques grises pendant tout ce temps ! C'est inimaginable.

« Après la cérémonie proprement dite, les convives se sont dispersés dans la clairière pour cancaner. Jane m'a entraîné par le bras pour me présenter à ses tantes, ses cousins, ses amis, que je connaissais déjà tous trop bien. Les tantes m'ont pincé la joue en faisant des commentaires idiots. Puis ils ont procédé à une ingestion massive de bière de manioc, une espèce de lavasse, qui s'est traduite, comme toujours, par ces ballonnements flatulents qui passent pour de l'ivresse chez les Ur-Bororos.

« Jane a un frère, David. Les Ur-Bororos savaient que j'avais l'intention de les emmener tous les deux en Angleterre après la noce, mais ça ne leur faisait ni chaud ni froid. Ils savaient aussi que, d'après moi, leur société était condamnée à l'extinction mais, ça non plus, ça ne les affolait pas. L'arrivée de la société occidentale ne leur inspirait aucune réaction. Impossible de les sortir de leur torpeur. J'y avais renoncé depuis belle lurette déjà, je dois dire.

« Notre départ ne donna lieu à aucune effusion. Quelques accolades légères, des bises sur les joues, de petits claquements de mains, c'est tout. Jane en a été un peu vexée, d'ailleurs. Quand notre canoë s'est éloigné sur la rivière, un jeune adulte nous a crié : "Revenez bientôt, si vous avez le courage !" Et on est partis. Deux jours plus tard, on était dans la ville de Mentzos, où on a pris un bateau pour l'embouchure de l'Amazone, et il nous a fallu deux jours encore pour arriver à Buenos Aires. Le lendemain, on débarquait à Purley, d'où on n'a pas bougé depuis.

– Et c'est tout ? C'est ça, l'histoire ?

– Oui. Comme je te l'ai dit, je vis maintenant à Purley et j'enseigne à Croydon Polytechnic. Bref, pour résumer : je suis guéri de ma passion pour les Ur-Bororos.

– Mais… et la fondation Lurie ? Tu ne dois pas publier ton travail ? Ça ne paraîtra pas dans le supplément du dimanche ?

– Oh non, ce n'est pas indispensable. Tout ce que voulait Lurie, c'était que d'autres imbéciles subissent à leur tour l'ennui dont il avait souffert pendant son séjour chez les Ur-Bororos dans les années 30.

– Et Jane et David ? Tu ne me feras pas croire que tu as réussi à les intégrer sans problème à la société anglaise. Tu as dit que les Ur-Bororos étaient "racialement distincts", qu'est-ce que ça signifie ?

– Oui, c'est vrai. C'est assez bizarre, d'ailleurs. En fait, ils n'ont aucune caractéristique physique particulière. Ils ne sont ni mongoloïdes, ni négroïdes, ni caucasiens, ils ne sont rien du tout. Ils sont tellement peu remarquables que… comment dire ? eh bien, que personne ne les remarque, justement. Quant à Jane, je suis très amoureux d'elle. J'avoue que, bien qu'on n'ait pas de rapports sexuels vraiment exaltants, je la trouve prodigieusement érotique. Il y a quelque chose dans sa totale inertie au lit qui fait que… avec elle, je me sens… je ne sais pas, je me sens vraiment homme. On a un enfant, maintenant, Derek, et il a tout ce qu'on peut attendre d'un enfant. Et David vit toujours avec nous. Passe donc nous voir avec ta femme, la semaine prochaine. Je te les présenterai. Tu pourras constater qu'ils se sont parfaitement acclimatés. »

Après le départ de Janner, je restai assis bêtement, à contempler les deux convecteurs électriques. C'était le plein été et ils étaient froids, morts et couverts d'une pellicule de poussière qui, l'hiver venu, répandrait une odeur métallique. C'est drôle, on ne pense jamais à épousseter les convecteurs. Il faudrait peut-être songer à lancer un produit spécial sur le marché.

Exactement une semaine plus tard, j'étais debout avec ma femme devant le 47, Fernwood Crescent. La maison était joyeusement éclairée. Les rideaux étaient ouverts et tout semblait propre et net à l'intérieur. C'était une résidence typique du quartier, une maison mitoyenne avec, sur le côté, un appentis en tôle ondulée en guise de garage. Comme les autres résidents de Fernwood Crescent, Janner s'était donné la peine de peindre l'huisserie et la tuyauterie extérieures dans une couleur personnalisée, en l'occurrence vert clair. Le carillon ding-dongua sous mon doigt et la porte verte s'ouvrit.

« Vous devez être Jane.

– C'est cela même, entrez. J'ai tellement entendu parler de vous. »

Ce que je remarquai d'abord chez elle fut son accent, plat, sans modulation, du pur londonien avec une légère nasalisation caractéristique. Je ne peux pas dire que j'aie prêté beaucoup d'attention à son aspect général : de ce point de vue, la description de Janner était extrêmement fidèle. C'était le genre de personne dont on croise le regard au hasard de la foule et qu'on oublie aussitôt. David, qui se leva du divan pour nous saluer, avait d'ailleurs un air de famille très prononcé.

Nous accrochâmes nos imperméables, prîmes place en demi-cercle autour de la cheminée sans feu et échangeâmes une série de propos sans intérêt, propres à nous permettre de « faire connaissance », comme on dit. Janner entra peu après. « Excusez-moi, je ne vous avais pas entendus arriver. Je faisais un peu de poterie dans le jardin. Vous buvez quelque chose ? » Il prit les commandes et s'éclipsa dans la cuisine. À son retour, j'étais engagé avec David dans une grande discussion sur les mérites comparés du système décimal Dewey et des autres méthodes de classification des livres. Janner saisit la balle au bond : « Je vois que David t'a déjà accaparé, dit-il en riant. Il ne te lâchera plus, il est passionné par les problèmes de classification depuis qu'il travaille à la bibliothèque. Imagine-toi qu'il a même créé un code de couleurs pour les pots d'épices dans la cuisine. » Et chacun de s'esclaffer.

Janner ne se trompait pas. David ne me lâcha pas la jambe de toute la soirée. C'était un interlocuteur exaspérant, qui non seulement répétait tout ce que je disais, mais terminait mes phrases à ma place, de sorte que nos échanges donnaient à peu près ceci :

« Oui, nous avons un système de microfiches…

– Pour le suivi du catalogue des classes terminales… Vous avez un système de microfiches pour le suivi du catalogue des classes terminales, hm, hm… »

Je crois que, sans sa gentillesse béate qui le rendait désarmant, j'aurais pu le gifler. Le dîner fut très ordinaire. Il y avait une espèce de viande à la casserole avec des légumes, mais je ne saurais dire ni de quelle viande ni de quels légumes il s'agissait.

Les élucubrations persistantes de David sur la taxinomie me plongèrent dans un profond accablement. Je faillis m'affaler sur ma chaise pendant le dessert et, une ou deux fois, le revêtement en vinyle émit un couinement révélateur d'un début de glissement. Ma femme et Jane avaient entamé une grande conversation sur le rectorat d'académie et Janner avait disparu à l'étage pour changer les couches du bébé. Je m'excusai auprès de David et montai le rejoindre.

Je le trouvai dans une petite mansarde astucieusement transformée en chambre d'enfant. Il manipulait les couches en expert. Le bébé était une petite chose indescriptible, avec une peau couleur mastic et une touffe de duvet grisâtre sur le crâne.

« Il tient de sa mère, dit Janner en attrapant deux minuscules petons dans sa grosse main ossue. Je ne m'en plains pas, remarque. Je ne souhaite à aucun enfant d'avoir une tête comme la mienne.

– Janner, qu'est-ce que tu vas faire maintenant ?

– Faire ? À quel sujet ?

– Mais au sujet de Jane, de David, des Ur-Bororos.

– Ma foi, rien, rien du tout. »

Il attacha les bandes adhésives et recoucha le bébé, qui nous regarda d'un œil morne, vide, indifférent.

« Mais enfin, Janner, tu es un homme de science, tu as le devoir de parler. C'est la fondation Lurie qui te bâillonne ? Ils ont un moyen de pression sur toi ?

– Oh non, qu'est-ce que tu vas imaginer ? Personne ne m'empêche de publier quoi que ce soit, non, ce qui me manque, c'est la motivation. Je ne sais pas, je n'arrive plus à m'intéresser aux Ur-Bororos. Je suis sûr que le monde peut très bien se passer de mes lumières sur la question. »

Nous prîmes congé peu après. Ma femme parla de Jane pendant tout le trajet de retour. Elles semblaient s'être découvert d'innombrables points communs. Moi, je ne disais rien, j'étais songeur. Je pensais à Janner et aux Ur-Bororos.

Nos deux petites familles devinrent très liées pendant cet automne. Nous nous voyions un week-end sur deux, quelquefois davantage. J'en vins même à apprécier David. Il y avait quelque chose d'admirable dans son adhésion docile aux théories les plus simplistes. J'ai essayé plusieurs fois d'aborder la question des Ur-Bororos avec Janner, mais ça ne l'intéressait visiblement plus du tout. Il était sur le point de devenir une célébrité mineure – un de ces intellectuels médiatiques que le grand public s'approprie de temps en temps et transforme en vedette télévisuelle. Son livre sur le rapport entre l'observation du linge dans les machines à laver et la méditation transcendantale bouddhique avait été l'événement de la rentrée et il était en train de négocier sa publication sous forme de feuilleton dans les pages en couleurs d'un journal du dimanche.

De mon côté, j'ai continué à enseigner, à jouer au volley et à faire réciter la liste des centrales électriques à des élèves récalcitrants. Le calfeutrage qui avait été momentanément retiré de mon esprit est de nouveau là – avec un nouveau système d'isolation sonore, plus perfectionné.

La Théorie quantitative de la démence

Denver, Colorado

Journée déprimante à la Conférence interdisciplinaire extraordinaire. Je suppose que, en tant qu'auteur de la théorie qui a déclenché une telle effervescence universitaire, je devrais éprouver une fierté de propriétaire en voyant ces centaines de psychologues, sociologues, psychosociologues et autres magisters plus marginaux courir en tout sens, converser, polémiquer, gesticuler, débattre et disserter. Au lieu de cela, je me sens dépressif et étranger à la grande industrie de pensée que j'ai moi-même mise en branle. Par-dessus le marché, la mauvaise qualité du celluloïd utilisé pour les badges nominaux prouve, comme je le soupçonnais, que la faculté a honteusement lésiné sur le budget.

J'ai passé la matinée dans le grand amphithéâtre de l'université à distribuer mon adresse à l'assemblée des participants. Malgré mes objections, Dagglebert a cru bon d'organiser une projection de bandes vidéo, de planches et de diapositives pour illustrer ma conférence inaugurale : « Certains Aspects de la Théorie quantitative de la démence ». Hélas, bien qu'il professe une foi inébranlable en l'audiovisuel, Dagglebert n'a absolument aucun sens de l'espace. Chaque fois que je levais les yeux, je m'apercevais que mon visage était barré par des graphiques et des courbes ; j'ai même, en baissant les yeux cette fois, découvert sur mon ventre un diagramme de Venn avec pour légende : « Maniaco-dépressifs à Coventry 1977-79. »

En dépit de ces quelques contrariétés, les choses ne se sont pas trop mal passées. Des centaines d'hommes et de femmes hirsutes m'ont écouté, pendant trois heures sans bouger, évoquer les principaux aspects de ma théorie. À dire vrai, ils auraient manifesté la même attention si j'avais passé mon temps à me gargariser, parce que, je peux bien l'avouer, j'ai aujourd'hui atteint un statut qui fait de moi, en quelque sorte, le Miles Davis des conférenciers. J'aurais pu laisser Dagglebert meubler les trois heures avec ses rétroprojections et me contenter d'une intervention de cinq minutes en marmonnant quelques généralités sans suite, le public m'aurait tout de même applaudi à tout rompre.

Mais je n'ai pas voulu profiter de la docilité de mon auditoire. Pour une fois, je voulais parler vrai et, ce faisant, donner un sérieux coup d'arrêt à la croissance fébrile d'une industrie que j'avais contribué à créer. J'allais démystifier le mythe de la Théorie quantitative et entraîner dans ma dégringolade quelques idoles aux pieds d'argile.

En conséquence, j'ai traité le sujet sur un plan aussi bien personnel qu'historique. Ainsi qu'il en va de toute grande théorie, il me semblait essentiel pour un auditoire universitaire de saisir la dimension personnelle, la fondamentale *humanité* de l'origine d'une telle idée. Mais ça n'a pas marché. Dès lors que vous avez atteint un certain statut académique, toute déclaration que vous pouvez faire, même sévèrement critique, même hautement dubitative, sera systématiquement, pour peu qu'elle reprenne les tournures convenues du jargon de votre discipline, interprétée comme un embellissement, une couche supplémentaire de concrétion cristalline ajoutée à la stalactite. Pour attaquer la racine, votre langage doit être brutal, direct, émotif, non technique.

J'ai donc commencé par leur parler de cet après-midi froid et gris dans la banlieue de Birmingham où, occupé à peaufiner l'index de ma thèse de doctorat pour une édition universitaire américaine, « De certains aspects sociaux des demandes et attributions de bourses d'études en Grande-Bretagne dans les années 1970 », j'ai eu la vision soudaine des grandes lignes de la théorie telle que nous la connaissons aujourd'hui.

Du moins, c'est là une des approches possibles de la question. Sous un angle différent, on peut également considérer qu'elle est simplement la conclusion logique de longues années de tâtonnements, le beurre final consécutif à un laborieux barattage. J'ai souvent eu l'occasion d'observer – et Stacking a récemment, avec un peu de retard, repris cette observation en tant que syndrome sous la forme : (À > Å) où Å = *un état de choses subséquent* – que les événements sont davantage reconstruits que construits.

Une fois que vous avez publié, que vous avez vieilli et que vous êtes mort, la causalité des événements entourant la découverte théorique originale à laquelle vous êtes associé prend une direction qui vous échappe – et dont vous ne pouviez pas vous douter à l'époque. Les scientifiques sont particulièrement exposés à ce syndrome. Prenez Gödel et son incomplétude, par exemple. Tout dans sa vie devait nécessairement conduire à cette proposition, tout était déterminé en fonction de cet aboutissement. Quand le bébé Gödel pleurait dans son berceau, les sécrétions et contractions particulières produites dans son gosier par le braillement impliquaient qu'aucun système symbolique logique ne peut fonder en preuves ses propres démonstrations. Pauvre Gödel, ses dépressions, son anorexie, tout cela était inextricablement lié à ses quinze minutes de gloire universitaire. Pourquoi ?

Eh bien, pour simplifier, quand des événements dits « aberrants », ou aléatoires, se produisent, ils sont régis par le même principe – au niveau de l'observation sociale humaine – que les particules dans une observation expérimentale au niveau subatomique. L'effet de l'observation a un impact direct sur la nature de l'événement, c'est-à-dire altère ses coordonnées, mais dans une dimension complexe. Je veux dire que, si un événement aberrant se produit, il ne se produit pas dans un autre lieu ni à un autre moment à cause de l'attention qu'il attire subséquemment. Il ne prend pas rétroactivement cette autre position dans l'espace ou le temps, il ne change même pas la *probabilité de son occurrence* avant de s'être effectivement produit. Ce serait absurde.

Disons les choses ainsi : l'effet de l'observation sur les événements aberrants tend à inverser leur causalité, leur direction causale. Or il ne peut y avoir inversion de nécessité en ce qui concerne l'occurrence de *P* – et il me semble que ce point a été négligé.

Donc, quand j'ai « pensé » la Théorie quantitative de la démence, j'étais en fait déterminé à la penser par le fait subséquent de la réaction générale qui s'est produite : le scandale public, la fureur académique, même une colonne en première page dans la presse dite « sérieuse ». Je vais tenter d'éclairer mon propos par un exemple : dans le cas d'un meurtre, pour prendre un événement aberrant ordinaire, ce syndrome est si évident qu'il ne suscite pratiquement pas de commentaires. X commet un meurtre, ou commet *apparemment* un meurtre. Peut-être était-ce un accident malheureux. Peut-être qu'il se disputait avec Y, qu'il l'a poussée un peu trop fort, qu'elle a dérapé sur le lino et s'est écrasé la cervelle contre la gazinière, tout simplement. Peut-être alors que X, accablé de chagrin, est devenu fou, a découpé Y en morceaux et l'a enterrée dans le jardin. Subséquemment arrêté, X fut *rétrospectivement* reconnu « psychopathe » par tous ceux qui l'avaient approché. « Holà oui, dira un voisin, je me rappelle, il avait une façon de secouer les bouteilles de lait vides quand il les posait devant sa porte, c'était assez démoniaque. » X, naguère respectable, loyal, enclin peut-être à quelques petites excentricités comme tout le monde – G, par exemple, mais n'abusons pas des initiales – a vu sa réputation souillée à jamais par le facteur observationnel.

Vous vous rendez compte à présent (et peut-être depuis le début) qu'il ne s'agit pas là d'une digression. Si nous devons parler sérieusement de ma vie, et du rôle que j'ai joué dans la naissance de la Théorie quantitative, il nous faut commencer par tenir compte des facteurs observationnels – afin de pouvoir mieux les oublier par la suite. Ironiquement, eu égard à cette tendance qu'on a à subordonner la conscience individuelle à quelque *Zeitgeist* créatif, il se trouve que je suis le meilleur historien possible de la Théorie quantitative. Après tout, « j'y étais ». On ne peut pas en dire autant de Musselborough, Nanwich et compagnie.

Bref, passons. Mes débuts dans la vie ont été marqués par la névrose. Le fiasco qui a entouré mon analyse avec Alkan étant bien connu du public, il serait vain de ma part d'essayer de le cacher. En ce qui concerne mes années de formation, d'école et même d'études auprès de Müller, l'opinion la plus communément admise est qu'elles furent spectaculairement ordinaires. S'il faut en croire ces biographes, l'évolution de mon personnage est aussi banale que celle d'un Hitler. Leurs papiers brossent un tableau tellement convenu de mon enfance qu'on a l'impression d'y lire la préface d'une histoire édifiante.

De ce point de vue, la « version officielle » est parfaitement correcte. Mon enfance fut faite de draps de térylène, de cors aux pieds et d'excursions dominicales sur le chantier de l'aéroport d'Heathrow. Mes parents étaient des gens sans histoires, qui tenaient à vivre dans un monde où personne ne chiait, n'éjaculait ni ne tuait son prochain de manière violente. Il en résulta chez moi une incapacité morbide à aborder le monde réel. J'étais terrifié par mon propre corps. L'obsession pour les aspects théoriques de la psychologie que j'ai développée dans mon adolescence était une échappatoire logique, qui m'offrait un moyen de me libérer du confinement nauséabond et cloacal de ma propre peau.

Je n'avais pas le sentiment de me démarquer du lot, d'être unique, d'être un élu. Je ne me suis jamais pris pour l'incarnation du Surhomme. Bien au contraire. Il était douloureusement évident pour moi que j'étais destiné à devenir comme mon père, qui s'efforçait constamment de conjurer le chaos en s'attachant rigoureusement au détail. Mon père était actuaire dans une compagnie d'assurances, mais il ne voyait jamais les « vraies gens », les risques réels derrière les chiffres qu'il manipulait toute la journée. Du reste, quand on lui demandait ce qu'il faisait dans la vie, il répondait invariablement qu'il était mathématicien.

Vous comprendrez donc que ma rencontre avec Alkan fut un don du ciel : son impact sur moi fut énorme. Je peux dire que son intervention fut déterminante en ce sens qu'il m'a vraiment mis le nez dans la crotte où je croupissais, si brutalement et si profondément que j'ai été obligé d'en sortir. Sans l'influence d'Alkan, j'aurais probablement continué à vivre petitement de mes modestes études pendant des décennies.

Un jour lugubre et gris, c'est ainsi que je m'en souviens. Je venais de recevoir la première de mes nombreuses bourses universitaires. Elle devait me permettre de travailler sur les théories phrénologiques et physiognomoniques du dix-neuvième siècle. J'étais particulièrement intéressé par les recherches de Gruton, un Anglais presque contemporain et parfois collaborateur de Fleiss. Gruton a soutenu (et c'est son seul véritable legs à la postérité) que le nez visible ne représente qu'un huitième du nez « réel ». Le nez que nous voyons se dresser sur nos figures est littéralement, selon Gruton, la pointe de l'iceberg psychologique de la prédisposition héréditaire. La forme du nez réel interne est le véritable indicateur du caractère, des inclinations, etc.

Dans les années 1880, Gruton a mis au point un système de mesure du nez interne au moyen de puissants projecteurs lumineux insérés dans les oreilles, les yeux et l'appendice nasal en tant que tel. Le patient avait la tête rasée et, quand on allumait la lumière, l'ombre transparaissant sur le crâne était décalquée sur papier. Par le biais d'une équation topologique complexe, Gruton pouvait alors, en collationnant les différentes projections, élaborer ce qu'il appelait le « nasoscope », à savoir une représentation graphique de la forme précise du nez interne.

Le matin où j'ai rencontré Alkan, je sortais de la bibliothèque et traversais le campus pour regagner ma chambre. Je tenais sous le bras une série de nasoscopes, que j'avais reçus le matin même de l'archiviste de la clinique Gruton.

Je dois expliquer ici que, à cette époque, Alkan arrivait à l'apogée de la célébrité. Comme on l'imagine, je séchais résolument ses séminaires, qu'il donnait alors dans le bâtiment de vingt-deux étages de la faculté de psychologie. Seuls des flagorneurs ou des groupies pouvaient avoir envie d'y assister – ce qui toutefois n'empêchait pas le mouvement psychothérapeutique de voir d'un bon œil Alkan lui-même, bien qu'il eût commencé comme docteur en médecine, puis comme psychiatre. Personnellement, je voyais dans l'expérimentation empirique la pierre d'achoppement de toute théorie et je ne pouvais donc cautionner les élucubrations duveteuses qui semblaient agiter les obsédés du divan.

Alkan avait une stature imposante. Il rappelait un peu Le Corbusier, mais en beaucoup plus grand et plus mince. Entièrement chauve, il affectait une décontraction, un naturel qu'il était difficile de prendre en défaut. C'était là, sans doute, ce qui lui avait valu sa formidable réputation de clinicien. Quand Alkan disait : « Comment allez-vous ? » c'était équivoque, c'était à la fois une question de fond (il voulait vraiment savoir comment vous alliez) et une question de pure forme, de simple politesse. En fait, il parvenait à faire passer simultanément ces deux messages conflictuels sans donner l'impression d'un double langage. Il n'y avait pas de sous-entendus.

Alkan, donc. Il traversait à grands pas le forum cimenté de Chelmsford, tel un élément mobile détaché du brutalisme anthropomorphique de l'architecture du campus, les épaules de guingois, comme ces bouts de ferraille tordus qui dépassent du béton armé. Moi, j'étais complètement anonyme, je cultivais une apathie sociale et une absence de personnalité qui commençaient à frôler le pathologique. Nous nous télescopâmes au centre du forum, parce que je ne regardais pas où je mettais les pieds. Le choc éjecta ma liasse de nasoscopes, qui s'éparpillèrent sur les dalles autour de nous, et, tous deux accroupis en canard, nous nous mîmes en devoir de les ramasser, avec le sourire.

Avant de me remettre le produit de sa pêche, Alkan

examina l'un des nasoscopes. Je fus impressionné : il savait parfaitement de quoi il s'agissait. Il suivait soigneusement le tracé des yeux pour voir s'il était conforme à l'« équation du caractère » que Gruton avait inscrite au bas de la feuille.

« Fascinant, un nasoscope. Ça faisait bien longtemps que je n'en avais pas vu. J'ai fait un petit travail sur Gruton, autrefois…

– Ah ? Euh… Ah bon, je l'ignorais. En tout cas, je ne l'ai pas lu. »

Je me sentais complètement désemparé. J'étais censé haïr Alkan le play-boy et le voilà qui affichait une connaissance détaillée du champ de recherche très pointu dont je prétendais faire mon domaine réservé.

« Vous ne pouvez pas l'avoir lu, ça n'a jamais été publié », dit-il en reprenant son examen de la feuille plastifiée. Il observa méticuleusement les zones ombrées qui formaient la carte du caractère, plissa les lèvres et soupira en émettant une curieuse vibration labiale – un des nombreux tics d'Alkan que j'allais m'approprier plus tard.

« Vous voyez ça, là ? » Il désigna une longue tache dentelée, semblable à la pointe nord de la Nouvelle-Zélande. « Gruton aurait dit que ça indiquait des tendances *heimiques*.

– Pardon ?

– Des tendances *heimiques*. Gruton ne croyait pas que la masturbation causait seulement une dégénérescence morale sur la psyché individuelle, il pensait aussi qu'elle avait une influence politique sur les gens. Il a inventé un vocabulaire spécifique pour décrire ces différentes formes de dégénérescence, et l'un de ses termes est "heimique". Si vous voulez bien me suivre chez moi, je vous montrerai un petit lexique qu'il a rédigé et fait imprimer à compte d'auteur. »

L'appartement d'Alkan était dans le Monoplex, la tour élevée en 1952 pour le festival de Grande-Bretagne, qui dominait le campus de Chelmsford – une espèce de construction en porte à faux, en forme de cigare pointé comme un zoom vers le ciel de l'Essex. Comme d'habitude, l'ascenseur était en panne et Alkan partit à l'assaut de l'escalier avec un entrain de jeune homme. En arrivant chez lui, cinq minutes plus tard et quarante-cinq mètres plus haut, il semblait frais comme un gardon, alors que je m'effondrai dans le premier siège à ma portée.

Nous passâmes le reste de la matinée ensemble. Alkan était un pédagogue étonnant. Au fil de nos discussions, d'abord sur les écrits de Gruton qu'il conservait jalousement, puis sur des sujets plus généraux, il me stupéfia par ses lumières sur toute sorte de points obscurs. Sa méthode dialectique était bizarre, pour employer un euphémisme. Il amenait l'étudiant à formuler une théorie indéfendable et cependant irréfutable ; puis il avouait que, lui non plus, il ne voyait pas d'alternative. Son expression favorite était : « Je ne sais pas. » De grandes zones d'ombre furent ainsi illuminées pour moi par ces « je ne sais pas ».

À l'époque, Alkan exerçait encore comme analyste et soutenait qu'aucune relation éducative ne pouvait fonctionner sans une relation thérapeutique simultanée. Les étudiants/analysants d'Alkan formaient une drôle d'équipe. Zack Busner, Simon Gurney, Phillip Hurst, Adam Sikorski et l'autre Adam, Adam Harley. Aujourd'hui, bien sûr, ces noms sont sur toutes les bouches mais, en ce temps-là, ce n'étaient que de jeunes loups parmi d'autres – qui faisaient leur thèse de doctorat, adoptaient un style vestimentaire particulier et se pavanaient dans le campus avec une fatuité de propriétaires.

Les poulains d'Alkan adoraient se faire mutuellement des niques psychologiques – dont le but était de convaincre l'autre qu'il était psychotique. Ils pouvaient aller très loin pour arriver à leurs fins. Ils mettaient du peyotl dans les céréales du breakfast, fabriquaient des trompe-l'œil sophistiqués – de faux paysages collés sur l'extérieur de la vitre – ou installaient des micros et des émetteurs dans les chambres afin de pouvoir donner une voix « inconsciente » aux éjaculations de leurs camarades. Ces subtiles turlupinades bénéficiaient de l'indulgence condescendante d'Alkan, qui les considérait comme de nécessaires assouplissements des muscles de la psyché. Quant aux autres membres de la faculté, professeurs et étudiants confondus, ils regardaient les protégés d'Alkan avec une suspicion non dissimulée, voisine de la franche détestation.

Je fus totalement désarmé par l'intérêt que porta Alkan à mes travaux sur Gruton. Il parut sincèrement impressionné par mes recherches – et mit mon manque de conviction sur un pied d'égalité avec le sien propre. Je dirais que je fus plus près que jamais, ce matin-là, de connaître le *vrai* Alkan car, selon moi, son comportement ultérieur s'explique par ses premiers travaux. On s'apercevra, après sa mort, que cet homme était bien plus que la somme de ses parties – et, de ce point de vue, il y a une certaine justice dans le jugement de la postérité – dans la mesure où il avait, en fait, incorporé dans un même tout les parties d'autres personnes.

Quoi qu'il en soit, ce fut avec une réelle surprise que je découvris, le mois suivant, que, sans me consulter ni m'avertir, Alkan s'était arrangé pour prendre la place de mon directeur de thèse, le Dr Katell. Je l'appris en voyant, sur un tableau d'affichage, une liste de noms manuscrite établissant clairement que j'avais rendez-vous avec le Dr Alkan pour mon entretien mensuel. J'allai aussitôt trouver le Dr Katell. Il était dans son bureau en bois blond près du bassin de nénuphars rectangulaire.

La pièce sentait la cire et un bouquet de dahlias formait une tache de couleur criarde dans un vase en verre taillé.

« Mon cher garçon... », dit-il en penchant son petit corps ovoïde sur le coussin en cuir synthétique de son fauteuil en cuir synthétique. Je lui tirai ma révérence et m'en allai.

Quand je me présentai à mon premier entretien de thèse, Alkan était tout sourire. Il prit mon paquet de manuscrits et de nasoscopes sous mon bras et me désigna un siège.

« Mon cher garçon..., dit-il en calant son corps efflanqué sur la cuvette en cuir suspendue entre les deux poignées en inox qui constituaient les bras de son fauteuil. Mon cher garçon. Vous comprenez bien sûr que, en tant que votre directeur de thèse, j'estime avoir le devoir moral d'entreprendre une analyse avec vous... »

Nous commençâmes tout de suite. La méthode analytique d'Alkan, qui a encore certains adeptes aujourd'hui en dépit du retentissement de la Théorie quantitative, était communément appelée « implication », terme dérivé d'un article d'Alkan de 1956 : « Techniques implicites de psychothérapie ». En termes simples (et, dans mon esprit, c'était une idée ridiculement simple), elle consistait en ceci : au lieu d'écouter le patient et de proposer ensuite une interprétation, de quelque nature que ce soit, Alkan disait ce qu'il *pensait* que l'analysant allait dire. L'analysant était alors prié de fournir l'interprétation qu'il *pensait* être celle qu'aurait faite Alkan. En échange, Alkan donnait sa propre interprétation et l'analysant devait lui proposer un récit correspondant à ladite interprétation.

La théorie étayant cette méthode était que la psyché contenait une « membrane réfractaire ». Une barrière réflexive intérieure qui reflétait automatiquement les stimuli. Naturellement, le seul moyen de « piéger » cette membrane était de la confronter à une information impossible à « refléter ». Une information qui *préétablissait* la réflexion. Ce que la méthode d'Alkan – et de ses épigones – a de remarquable, me semble-t-il, c'est que tous les récits d'analyse publiés auxquels elle a donné lieu sont en tout point comparables à ceux issus des méthodes conventionnelles. En d'autres termes, la technique de l'implication ne faisait aucune différence entre le contenu de l'analyse proprement dite et son résultat final.

Pendant mes deux dernières années d'études sous la direction d'Alkan, j'ai vécu dans une pension de famille à Colchester. Ma thèse de doctorat progressa en dents de scie, jusqu'à ce que je sois incapable de payer la dactylo. Du point de vue d'Alkan, l'implication me donnait la confiance dont j'avais besoin pour atteindre la plénitude de mon potentiel névrotique. Moi qui étais déjà casanier, j'étais devenu un véritable ermite. Je ne voyais mes camarades d'études qu'à l'occasion des séminaires mensuels.

Alkan « induisait », séance après séance, que j'étais un individu incolore et fondamentalement neutre, dont la psyché était vouée à refléter tous les stimuli du monde extérieur. Mes études, mes habitudes personnelles, même mon allure étaient de simples extensions de ma nature défensive primaire. Il avait raison. Je détestais la compagnie des hommes, je n'y trouvais absolument aucun plaisir. Je recherchais délibérément l'anonymat le plus complet. J'étais extrêmement ordonné, mais sans la moindre petite manie qui aurait pu me distinguer. Entre le jour de mon arrivée et celui de mon départ, rien n'avait changé dans ma chambre chez Mme Harris. La lampe de chevet était posée sur le même napperon en papier, le radiateur à gaz ronronnait, les bébés chiens tiraient la langue dans leur cadre sur le mur, la brosse en plastique et le peigne étaient soigneusement alignés. Mme Harris était une femme lymphatique et taciturne, ce qui me convenait parfaitement. Je m'asseyais sans rien dire à la table du petit déjeuner et elle déposait devant moi des monceaux de nourriture immangeable, que j'ingurgitais sans sourciller. C'est l'une des grandes réussites d'un certain puritanisme anglais que d'avoir presque complètement intériorisé la mortification que l'on croit devoir infliger à soi-même et aux autres.

Ainsi, pendant une période de quelques mois, les événements les plus banals de ma vie furent aisément transformés en expériences. Il n'y eut aucun progrès réel jusqu'au jour où Alkan disparut. Arrivant de bonne heure (un symptôme typique de la psychopathologie qu'Alkan m'avait « impliquée ») à la réunion mensuelle des analysants/étudiants d'Alkan, je vis le groupe prématurément assemblé. Je me faufilai gauchement dans un combiné siège-pupitre au fond de la salle. Personne ne fit attention à moi. Adam Harley parlait.

« Aucune trace de lui nulle part, aucun mot, aucun indice de l'endroit où il pourrait se trouver…

– Reprends tout depuis le début, Adam, intervint Sikorski. Il peut y avoir un détail que tu as oublié.

– D'accord. Je récapitule. Je suis arrivé à 9 heures 30 ce matin pour ma séance avec Alkan. J'ai frappé à sa porte et il a crié : “Entrez !” Je suis entré. Comme il n'était pas dans la pièce principale, j'ai supposé qu'il était dans la salle de bains. Je me suis assis et j'ai attendu. Au bout de cinq minutes, je me suis impatienté et je me suis mis à marcher dans la pièce. J'ai pris quelques livres dans la bibliothèque, je les ai feuilletés et remis à leur place. J'essayais de faire du bruit pour rappeler ma présence à Alkan sans avoir l'air de le presser. À la fin, j'en ai eu marre, la porte de la salle de bains était entrouverte, je l'ai poussée et… la salle de bains était vide. Personne.

– Et tu es absolument sûr de l'avoir entendu te dire d'entrer ?

– Certain. À moins que ce ne soit l'un de vous avec un magnétophone. »

Je profitai de l'éclat de rire général qui s'ensuivit pour m'éclipser de la salle préfabriquée. J'avais une idée.

Je traversai en sautillant le damier de dalles balayées par le vent. Le point crucial de mon évolution se situe dans cette décision, ce saut vers l'inconnu, cet acte qu'on pourrait qualifier d'initiatique. On pourrait soutenir aussi (et on l'a d'ailleurs fait, voyez Stenning : « Participes fluides, choix et changement ») que je réagissais simplement à une forme de transfert de type infantile et/ou névrotique.

Aujourd'hui, je pense pouvoir dire que c'était l'une de mes dernières fuites en avant, peut-être mon plus puissant refoulement. Le vent d'est me cinglait. En regardant autour de moi, j'éprouvai le besoin soudain de redisposer les bâtiments désordonnés qui constituaient le campus et me semblaient mal orientés les uns par rapport aux autres. Les marches qui montaient en spirale dans le Monoplex m'attirèrent comme un rayon lumineux. Je les escaladai quatre à quatre, en m'arrêtant, tous les trois étages, pour souffler sur le palier où des bancs en vinyle noir reflétaient les chromes de la rampe.

Devant la porte d'Alkan, j'attendis qu'un groupe de chimistes ait disparu derrière l'angle du couloir. Ils avaient des têtes de lapins et, l'espace d'un bref instant, leurs incisives surplombèrent le panorama que le vingtième étage offrait sur la campagne de l'Essex. Puis j'entrai. Dans la salle de bains, près des vêtements encore chauds d'Alkan, je trouvai un indice. La carte d'une compagnie de taxis. Adresse des bureaux : Dean Street, Soho, Londres.

En ce temps-là, Soho était une mare tranquille où le vice prospérait sans effort. L'aspidistra de la prostitution anglaise y était cultivée dans des impasses compissées, et le drainage était assuré par des bandes de gosses des banlieues ou de marins en goguette qui se chargeaient de vidanger les bars et d'éponger les caves à vin pour la semaine.

Le vice était à l'échelle de l'architecture : guère plus de trois ou quatre étages de haut. Homosexuels, musiciens de jazz et journalistes venaient s'y encanailler gentiment. Avant de sombrer dans le sordide, ce qu'on y faisait alors était simplement « osé ».

Je descendis au Majestic Hotel de Muswell Hill, un édifice au crépi rose. À l'origine, il avait dû être conçu pour une famille nombreuse édouardienne, mais il était devenu le point de ralliement de toute une populace cosmopolite : représentants de commerce, escrocs, acteurs et étudiants en fin de cycle. Chaque jour, je bravais les trémulations de l'autobus pour m'aventurer dans le West End. La compagnie de taxis figurant sur la carte que j'avais trouvée dans la salle de bains d'Alkan fut facile à localiser. C'était une espèce de cagibi tenu par un guichetier italien coiffé d'une casquette de tweed. Il ne se souvenait pas d'avoir eu affaire à un grand homme mince ressemblant à Le Corbusier. En fait, c'était peut-être une résistance au mouvement moderniste en général qui le rendait si récalcitrant devant mes questions.

Je me mis à errer de-ci de-là, au petit bonheur, croisant et recroisant mes pas. J'étais convaincu qu'Alkan était dans le West End et qu'il voulait être retrouvé. Pour moi, son comportement avait un but. Je ne voulais pas me laisser distraire par des considérations mineures, comme le fait que ma bourse était épuisée, que je devais me présenter devant le jury dans quelques semaines et que ma thèse éléphantesque était échouée sur la courtepointe en nylon de mon lit pliant à Chelmsford.

L'un des principaux inconvénients de la condition de nomade, quand on est pauvre et métropolitain, est que l'intimité a un prix : il faut soit la négocier, soit s'en aller la chercher dans un cabinet de toilette verrouillable. Or j'avais désespérément besoin d'intimité car, pendant mes années d'ermite, j'avais développé certaines habitudes, certains rituels combinant des façons de penser magiques et des fonctions corporelles que je devais accomplir toutes les quatre heures. N'ayant pas de quoi me payer un hôtel de jour (le Majestic nous expulsait chaque matin à 9 heures et ne rouvrait pas ses portes avant 5 heures 30), je me rabattis sur les sanitaires et me mis à la recherche de toilettes à même de me procurer une paix et une tranquillité optimales. C'était une tâche ardue et absorbante, vu que la plupart des WC publics, même dans les hôtels et les restaurants, étaient fréquentés par des homosexuels. Je n'ai aucun grief contre eux, ni moral ni psychologique (et je saisis l'occasion pour rappeler que la Théorie quantitative n'établit aucune discrimination dans ce domaine), mais les chocs et raclements des chairs, des habits et des fermetures Éclair contre des parois mal isolées et des tuyauteries encrassées avaient tendance à me gêner dans mes rituels.

C'est pourquoi j'élevai ma recherche du cabinet idéal – chaud, discret, bien éclairé – au niveau d'une science exacte. Et, sans que je m'en aperçoive, cette recherche commençait à prendre le pas sur ma quête initiale. C'est donc une véritable ironie du sort si, par hasard et sans me douter de rien, j'ai trouvé les premières traces du grand psychologue à l'endroit même où je cherchais asile.

J'arrivais à éviter assez facilement les congrès des homosexuels, mais je ne pouvais pas espérer éviter – sans abandonner mes études personnelles – les signes de leurs activités : de petites annonces crues mais plausibles, griffonnées au feutre ou soigneusement calligraphiées, grossièrement gravées au coutelas ou délicatement guillochées au canif, qui attiraient invariablement l'attention du lecteur sur la taille pénienne :

J'ai 45 ans et ma femme me fait pas bander parce qu'elle est trop molle. Si tu as une bite de 9 pouces[1]*, ou plus, rendez-vous ici le mercredi après 6 heures. Tu peux venir à plusieurs.*

Ou :

Garçons de moins de 21 ans avec 6 pces ou plus rendez-vous ici. Je te le fais et tu me le fais.

Ou encore, plus direct, quoique plus vague :

Cherche grosse pine.

L'un de ces épistoliers de pissotières était plus lisible et plus prolifique que les autres. Je retrouvais ses invites dans nombre de mes repaires favoris et même dans les nouveaux territoires que j'explorais. Ce scripteur était reconnaissable à ses lettres rondes et soignées au feutre rouge, qui m'évoquaient une écriture d'adolescente – notamment par sa manie de dessiner de petits ronds en guise de points sur les « i ». En outre, ses graffiti s'étalaient toujours au-dessus ou en dessous du distributeur de papier hygiénique. Et ils étaient toujours magnifiquement exécutés. Je pouvais même parfois discerner la trace de

1. Un pouce vaut à peu près deux centimètres et demi. *(N.d.T.)*

la règle utilisée par l'artiste. Pour ce qui est du contenu, en revanche, il n'avait rien que de très prévisible, hélas :

Retrouve-moi ici le vendredi ou le samedi soir si tu fais plus de 7 pces. J'ai un 9 pces et j'aime bien me faire sucer et jouir dans la bouche de quelqu'un. J'aime les jeunes garçons de 16 ans, mais aussi les hommes plus expérimentés.

Celui-ci, je le recopiai dans mon carnet relié en cuir sur le mur d'un WC municipal souterrain de Pimlico, sans prétention, peu fréquenté et d'une propreté immaculée. Je ne savais pas du tout pourquoi je m'étais mis à consigner ce genre de choses. Je n'étais à Londres que depuis une quinzaine de jours environ et je n'étais pas très fixé sur l'importance que j'attachais moi-même à ma quête d'Alkan. A priori, j'étais enclin à penser qu'elle avait une importance extrême. Après tout, j'avais renoncé à mon examen pour le retrouver, mon analyse avec lui était inachevée et je n'avais ni amis ni famille pour subvenir à mes besoins. Mais, d'un autre côté, j'étais obligé de reconnaître que je me laissais facilement distraire et que, somme toute, il m'était presque indifférent de le retrouver. Qui se souciait vraiment de ce vieux fou ? Néanmoins, je remarquai immédiatement la connexion entre l'annonce ci-dessus et celle-ci :

J'aime sucer les jeunes garçons et me faire sucer. Je n'ai qu'un 5 pces, mais il est dur tout le temps. Si tu as 16 ans ou moins, rendez-vous ici mardi à 9 h,

joliment inscrite sous le distributeur en céramique de feuilles pliées détachables scellé dans le mur peint des chaudes et spacieuses toilettes pour hommes de la Wallace Collection. Et cet autre :

Partouze tous les soirs ici ou au XXXX [illisible] Club. Accepte tout homme expérimenté de plus de 8 pces pour folies suceuses. J'ai 27 ans et j'ai un bon 9 pces que tu peux tripoter et lécher,

incongrûment proclamé sur un espace de ciment nu encadré de crasse et laissé vacant, comme à dessein, par une absence de carreau dans le damier entourant la cuvette des tinettes du Reform Club.

Si je pris la peine de noter ce cycle ordurier, ce fut uniquement par désœuvrement. Ce ne fut que plus tard, plusieurs jours après, que, jetant un regard en passant sur la glace ovale craquelée dont l'inclinaison reflétait le dessus de ma table de travail dans le conduit d'aération en L qui me servait de chambre au Majestic, je découvris la signification cachée de ces trois échantillons. Faisant abstraction de la référence pénienne, j'y vis une suite ordonnée de nombres entiers :

7,9,16,5,16,9,27,9.

C'était, de toute évidence, une séquence intentionnelle. Il y avait, dans le rapport curieusement aléatoire qui s'établissait entre les nombres premiers et les racines, l'indice d'un esprit capricieux désireux de jouer avec un enquêteur complice. Je sentis immédiatement la présence d'Alkan dans cette simple séquence. Je savais que je n'étais pas en mesure d'analyser la séquence telle qu'elle se présentait – et ça me rendait furieux… Je savais que, pour comprendre sa signification, il me fallait une progression

Mes bivouacs se prolongèrent. Je passais le plus clair de mon temps aux toilettes. Même le jour où je dus abandonner ma quête pour me rendre à la Sécurité sociale, je trouvai le moyen d'aller m'isoler plusieurs heures dans les WC pour attendre mon tour. Au moment où j'en ressortais, on appelait mon numéro. J'y vis un exemple de parfait timing.

Peu à peu, je finis par identifier, entre tous ces billets doux, ceux qui appartenaient au système codé d'Alkan. Chaque série de chiffres se présentait sous la même forme, avait une écriture reconnaissable et se situait toujours au même endroit dans le cabinet. Au bout de quinze jours, j'avais une importante suite de nombres entiers :

16,3,19,19,5,17,27,9,8,13,33,11,4,9,9,
14,16,27,7,9,16,5,16,9,8,27,9…,

mais recueillie en quatre lieux différents. Je soumis la séquence à une analyse rigoureuse. Rien ne permettait de penser qu'elle avait été rédigée selon l'ordre dans lequel j'avais trouvé les fragments. Je devais donc essayer tous les ordres possibles – un travail de bénédictin qui me prit des heures et des heures et laissa un treillage de feuilles de brouillon éparpillées sur les losanges jaunâtres qui quadrillaient le conduit d'aération du Majestic.

Quelle que fût la manière dont j'ordonnais la séquence, j'arrivais à en extraire d'élégantes équations, dont certaines paraissaient fécondes. Mais, même lorsque j'arrivais à les résoudre, elles demeuraient abstraites, vides de sens et de contenu réel. De telle équation je déduisais qu'Alkan travaillait sur une méthodologie d'inférence statistique, de telle autre qu'il élaborait des tables de vérité pour formaliser la structure organique des procès cliniques à long terme. Mais des statistiques de quoi ? Des procès cliniques sur quoi ?

Je sombrai dans la torpeur. C'était apparemment sans solution. Je me sentais abandonné, lessivé, banni de la société, empêtré dans un varech mental qui m'échouait sur la plage et me ramenait dans la mer au rythme des marées.

Un soir, à une heure tardive, un autre pensionnaire du Majestic, M. Rabindarath, vint me proposer une partie de Cluedo. Nous jouâmes pendant une heure et demie environ, de façon assez désordonnée. Rabindarath était un adversaire exaspérant, en ce sens qu'il ne pouvait s'empêcher d'intégrer dans le jeu des membres de sa propre famille en qui il voyait toujours des suspects potentiels.

À côté de sa cuisse pauvrement vêtue, sur mon couvre-lit en térylène, il y avait un annuaire défraîchi, ouvert aux pages 61a & b : le West End. Je transposai distraitement les coordonnées en valeurs numériques… Les coordonnées de Covent Garden étaient I, 16. En transposant le I en valeur numérique, selon sa place dans l'alphabet, j'obtins 9. 9,16. C'était un fragment de la séquence ! Ma tête se mit à tourner. Rabindarath se récria vertement quand je renversai le tabouret de salle de bains à dessus de liège pour feuilleter fébrilement l'annuaire.

Au petit matin, j'avais tout élucidé. La séquence était un ensemble de coordonnées reproduisant le tracé d'un périple dans le centre de Londres. Un périple qui, à chaque bifurcation, préfigurait le mien. Visiblement, Alkan m'avait pris en filature depuis le début. Diaboliquement rusé. Il avait commencé par suivre à la trace mon circuit monotone et, voyant que ma quête tournait à l'obsession, avait guidé mes pas. À présent, au vu de l'itinéraire étalé sur le plan de la ville, il était clair que mes déambulations correspondaient à une configuration géométrique de base. Il me suffisait d'extrapoler sur la prochaine série de coordonnées pour croiser la route du psychologue errant.

À 10 heures, ce matin-là, je l'attendais dans les toilettes publiques en sous-sol de High Holborn. C'était un endroit douillet, bien chauffé, avec une dame pipi en service permanent. Pas le genre de toilettes où l'on a envie de traîner, pas idéal pour se cacher. Pour patienter, je m'employai à collationner les différentes formes de dégoût que m'inspiraient les courtiers en assurances et les fonctionnaires qui se succédaient sur le trône, déposaient leur cargaison fumante et repartaient en secouant les jambes et la tête.

Ça devenait gênant. Si rien n'advenait incessamment, je courais le risque de me faire draguer ou même arrêter. Puis, de la rangée de cabinets qui encadraient le couloir au fond du sous-marin carrelé, s'éleva une toux, suivie d'un bruit de chasse d'eau… La porte s'entrouvrit… Rien… Personne ne sortit… Je m'approchai de l'endroit à petits pas et poussai prudemment la porte. Alkan se tournait vers moi. Il portait un costume de flanelle grise et un imper Gannex à martingale. Il venait de ramasser un porte-documents et de coincer un parapluie sous son bras. Il parut terriblement choqué de me voir. La première chose qu'il dit fut : « Nom d'une pipe, qu'est-ce que vous foutez ici ? »

Il s'avéra que toute l'affaire était un incroyable coup de veine, une chance défiant toute probabilité, une phénoménale coïncidence – ou, si l'on préfère, un coup du sort, le fatum, le karma, la main de Dieu. Alkan pencha pour le hasard. J'étais enclin à lui donner raison. Car il n'avait rien à me dire, absolument rien, hormis une histoire réchauffée et parfaitement hallucinante de complot fomenté par les psychiatres communistes. Alkan était devenu complètement fou, psychotique, sujet aux délires. Sa fuite impromptue de Chelmsford avait été déclenchée par une crise de paranoïa aiguë. Il était une coquille vide. Après avoir pris le thé avec lui quelque part, je lui ai donné tout l'argent qui me restait. C'était le seul moyen que j'avais trouvé pour le convaincre que je n'étais pas un conjuré et que ma présence dans ces toilettes n'avait rien à voir avec la Grande Conspiration. Le dernier souvenir que j'ai de lui me le montre assis devant la table graisseuse, les mains crispées, les yeux dilatés par le souffle de gaz délétère qui s'échappait de son cerveau. J'ai longuement, trop longuement, observé ces yeux en mangeant mon toast. Quand j'eus fini, toute ma foi en Alkan était morte.

Je regagnai le Majestic et remballai mes affaires. Puis je quittai Londres. Je n'allais pas y revenir avant sept ans.

Je posai ma candidature, qui fut acceptée, au poste de chercheur en psychologie pour le compte de M. Euan MacLintock, président-directeur général de Morton-MacLintock, les fameux fabricants d'aliments pour bétail. MacLintock était un dilettante écossais de la vieille école, qui avait la psychologie pour marotte. Il avait quelques prétentions à l'originalité et voulait expérimenter certaines de ses théories. En conséquence, il avait consacré son existence, par ailleurs fort longue et inintéressante, à financer des projets de recherches.

MacLintock s'était élevé à la force du poignet. Il était né dans la plus extrême pauvreté des Highlands et avait travaillé dur toute sa vie, surtout comme bouvier itinérant. Ses longues années passées à regarder les bêtes brouter et déféquer expliquaient le rapport étrange qu'il entretenait avec les bovins. Et cela explique aussi, sans doute, l'extraordinaire succès des aliments pour bétail qu'il avait commencé à fabriquer pour se lancer dans les affaires.

D'une manière ou d'une autre, MacLintock avait trouvé le temps de s'éduquer. Il avait l'esprit insatiable et mal structuré de l'autodidacte. Dans certains domaines (comme, par exemple, les volcans d'Amérique du Sud), il était un véritable érudit, alors que dans d'autres (l'histoire de la pensée occidentale) il était dangereusement lacunaire. Lorsqu'un rai de lumière imprévu venait illuminer la caverne de son ignorance, il entrait dans une rage folle. Je me rappelle très bien l'avoir vu un jour réduire en charpie un lambris d'acajou parce que je venais de l'informer que, même dans l'espace, on ne pouvait pas « voir » la gravitation.

Qu'on ne se méprenne pas, je ne voudrais pas donner l'impression que MacLintock était un homme au grand cœur. Il était incroyablement méchant, irritable et, à l'occasion, violent. Après l'arrogance glacée et incestueuse de l'académisme chelmsfordien, je trouvais sa compagnie tonifiante. Apprendre à passer une journée entière avec MacLintock sans exciter sa colère était une excellente leçon de maîtrise de soi.

Le siège de Morton-MacLintock se trouvait près de Dundee, mais MacLintock vivait dans un vaste pavillon de chasse délabré d'époque victorienne à une heure de route au nord. On m'y alloua un appartement, où j'étais assigné à résidence à moins que mon travail ne m'appelle dans quelque territoire reculé de l'empire M-M.

MacLintock était passionné jusqu'à l'obsession par les rapports entre la vie sociale des humains et celle des bovins. En soi, c'était assez compréhensible de la part d'un fabricant d'aliments pour bétail (et autres produits farineux destinés au marché bipède). La réelle et terrifiante dimension de cette excentricité ne m'apparut qu'au terme d'une période de deux ans, pendant laquelle je compilai avec diligence une série d'études, de monographies et même d'articles (que je croyais naïvement pouvoir publier). Tous ces travaux visaient à faire ressortir les similitudes sous-jacentes existant entre les hommes et les vaches, et à proposer divers moyens de rapprocher les deux espèces.

Rétrospectivement, je trouve cette entreprise scolastique moins stupide qu'elle ne le paraissait à l'époque. C'est seulement au cours de la dernière décennie que les droits des animaux ont commencé à être considérés sérieusement comme un objet de la philosophie morale. Dans notre désir collectif de réunification, l'animal occupe désormais une place centrale. L'écologie, la protection de l'environnement, la mondialisation, le problème des déjections canines, on voit de plus en plus que nos conceptions relationnelles se définissent par rapport à la dimension animalière. Dans ce contexte, il apparaît aujourd'hui que mes travaux pour Euan MacLintock ont défriché des champs d'investigation nouveaux.

Dire que je suis sorti de ma coquille pendant cette période serait une exagération. Mais j'ai compris alors que mes années d'études à Chelmsford avaient été une perte de temps. Je m'étais laissé marginaliser. J'avais abandonné le contrôle de ma propre destinée. J'avais cru tendre vers l'objectivité qui me serait nécessaire pour formuler une nouvelle théorie générale de la psychopathologie des sociétés. En réalité, je tendais vers l'institutionnalisation.

Au fil de mes promenades dans le domaine MacLintock, en shootant, l'humeur sombre, dans des mottes humides qui fusaient vers les gueules attentistes des vaches écossaises, je conçus une nouvelle résolution : j'allais retourner au cœur de la mêlée. Je compris que si je voulais apporter une contribution durable à la science, si je voulais être écouté, il fallait que je me fasse remarquer d'une façon ou d'une autre. Il fallait que je mette ma propre personnalité en accord avec mes théories.

Donc, le soir, quand MacLintock fulminait en faisant les cent pas, j'esquivais ses foudres avec mes particularismes piratés. Nous étions assis de part et d'autre de la cheminée seigneuriale, où rougeoyaient les rameaux de quelque buisson ornemental. Lui grignotait des biscuits carbonisés, qu'il recrachait, à moitié mangés, en tas sur le lino, et moi je suçais des stylos-billes en contemplant les chevrons créosotés du plafond et en émettant tantôt des soupirs, tantôt des hululements, selon la phase de la lune.

Je dois ajouter au crédit de MacLintock qu'il n'a jamais prêté beaucoup d'attention à l'élaboration de ce mythe personnel. Il était bardé d'un caparaçon de narcissisme qui l'empêchait de s'intéresser à tout autre que lui-même. Court sur pattes, affublé de ridicules rouflaquettes, il portait toujours un costume trois-pièces. Son efficacité reconnue, sa méticulosité et son abattage de businessman qui inspiraient dévotion et respect au siège social, à l'usine et à la station expérimentale d'Eugh, devenaient à la maison une glaçante absence de sentiments humains.

Il n'y avait personne dans l'immense pavillon, à part lui, moi et une gouvernante âgée, Mme Hogg, une femme tellement portée sur le fatalisme calviniste qu'elle pouvait regarder béatement une poularde s'enflammer dans le fourneau sans songer à régler le feu. Bizarrement éclairé par des spots orientables de mauvaise qualité, le grand hall s'animait parfois, le soir, quand Mme Hogg s'avançait vers nous en foulant un assemblage disjoint de chutes de moquettes. Son profil ratatiné projetait sur le mur hachuré une ombre surdimensionnée qui, par un effet d'optique trompeur, masquait cette triste réalité que son nez touchait effectivement son menton. Elle déposait un plateau en contreplaqué devant l'âtre, désignait d'un geste les tasses à thé Tupperware et le nouveau monticule de biscuits carbonisés, puis s'en retournait, reprenait le couloir en sens inverse et s'enfonçait dans les ténèbres.

Finalement, MacLintock se déclara insatisfait de mon travail. Je n'avais pas atteint les objectifs précis qu'il m'avait fixés :

1. La création d'une communauté idéale dans laquelle les hommes et le bétail vivraient sur un pied d'égalité, et qui devait être cofinancée par MacLintock et le Fonds écossais d'aide au développement.
2. La publication d'un ouvrage grand public qui devait rendre les théories de MacLintock accessibles à un vaste lectorat. (Il songeait aussi à une série documentaire télévisée.)

Il ne pouvait pas vraiment me reprocher d'avoir manqué le premier de ces objectifs – quoique, je le reconnais, mon travail n'ait pas vraiment emporté l'adhésion des fonctionnaires concernés – mais il me reprocha fermement le second fiasco. À mon sens, ce reproche était tout à fait injustifié, car je l'avais régulièrement consulté pendant la rédaction de *Hommes et Vaches – Vers une société d'avenir,* et il avait cautionné chaque chapitre. Seulement voilà, devant le refus de tous les grands éditeurs, il prit la mouche. Le livre fut finalement acheté par l'un de ces petits éditeurs alternatifs qui commençaient à voir le jour, mais fut instantanément soldé. MacLintock arpenta le pavillon plusieurs jours durant, sautant de carpette en carpette, gonflé de colère. Toutes les cinq minutes, il pivotait sur ses talons et m'abreuvait d'invectives. À la fin, lassé de sa vindicte, je pris mes cliques, mes claques et mon congé.

La dernière chose que je vis en pataugeant dans l'allée fut Mme Hogg. Appuyée sur la clôture du pré derrière la maison, elle semblait en grande conversation avec un taureau Hereford géant.

Toutefois, Euan MacLintock ne disparut pas tout à fait

de ma vie. Les travaux que j'avais effectués pour lui ne furent pas sans lendemain. Environ huit ans plus tard, quand la controverse qui entoura la Théorie quantitative atteignait son apogée, Harding, l'un de mes contempteurs les plus acerbes, trouva un exemplaire d'*Hommes et Vaches*. Il s'en saisit comme d'une arme pour me discréditer. Naturellement, ses entreprises se retournèrent contre lui : le public aima le livre, qu'il lut comme une satire. Je crois qu'une douzième édition est en préparation.

Quant à MacLintock, il renonça au Fonds d'aide au développement et finança lui-même son utopie dans un glen perdu d'Eugh. Personne ne sait si l'expérience porta ses fruits. Mais, après qu'un berger eut entendu des cris étranges dans le voisinage de la commune, les forces de l'ordre furent dépêchées sur les lieux. MacLintock fut accusé de meurtre. Bien sûr, l'histoire est apocryphe, mais le bruit courut que le magnat déséquilibré (vous noterez, s'il vous plaît, le glissement sémantique, tout à fait plausible, d'« excentrique » à « déséquilibré ») de l'alimentation bovine fut retrouvé nu avec un groupe de vaches enragées. MacLintock et les vaches mangeaient de conserve des lambeaux de chairs et de tendons représentant tout ce qui restait des derniers compagnons humains de MacLintock.

Me voici donc à Birmingham, terreau peu prometteur, à l'époque, pour la culture de la plante psychosociale. Par chance, c'était une période où, si vous aviez une idée suffisamment incohérente pour défier l'entendement, vous aviez toujours la possibilité de trouver des crédits. En outre, je découvris à mon retour du pays des vaches que j'avais acquis une certaine « réputation » – dont je jouissais, en quelque sorte, par procuration. Je n'y étais pour rien, je ne la devais qu'à la folie d'Alkan. Busner, Gurney, Sikorski, Hurst et Adam Harley, tous commençaient à se faire un nom par eux-mêmes. Et l'on racontait que leur travail répondait à une « mission », que le grand Alkan avait livré quelque secret ou inauguré une « quête » avant de sombrer dans la démence.

En tant que membre de cette coterie huppée, j'avais droit au respect. Je demandai et obtins sans difficulté une bourse modique pour effectuer des recherches en vue d'un livre sur les demandes et obtentions de bourses. Ce projet m'éloigna du site d'Aston (où j'étais nominalement affecté) pour me rapprocher de l'Institut de réductivisme du travail, dirigé à l'époque par John (futur Sir John) Green, qui allait devenir directeur de l'Institut des directeurs.

On ne s'embarrassait pas de formalités à l'institut. Il y avait une espèce de séminaire-pause café les mercredis et vendredis matin. Les « chercheurs » étaient invités à discuter ensemble de leur travail et même à lire des textes courts. Une réunion mondaine, en définitive, que j'arrivais, pour une fois, à trouver sympathique. La lueur rosée des braises synthétiques ; les bourbons qui circulaient sur une assiette en plastique bleu ; le glouglou du thé versé dans les tasses ; et, en fond sonore, le babil convivial des participants assis sur les chaises paillées.

La plupart des collègues s'adonnaient à des études strictement réductivistes. Ils écrivaient des papiers sur – entre autres sujets – le recrutement du personnel pour les agences de recrutement de personnel, la rédaction des magazines de communication interne pour les agences de communication, les procédures d'audit pour les agences d'audit et le calcul des primes d'assurance vie pour les agences d'assurances spécialisées dans l'assurance vie. Le marxiste de service phosphorait sur une analyse complexe de la division des tâches ménagères chez les employés des usines d'électroménager. Je m'entendais très bien avec tous ces gens, ils me considéraient comme l'un des leurs et c'était pour moi un grand réconfort.

Pendant cinq ans, je menai une existence tranquille mais productive. Au bout d'un certain temps, je fus affecté à l'institut, tout en continuant à suivre des cours à Aston sous l'égide de la faculté de sociologie. J'achevai ma thèse sur les demandes de bourses et commençai à prendre des notes préliminaires pour m'attaquer sérieusement à la question du réductivisme du travail dans une perspective théorique. Avec le recul, je vois plus clairement ce qui était à l'œuvre dans cette affaire mais, croyez-moi, je ne m'en rendais pas compte à l'époque. Je n'avais pas du tout l'intention de bouleverser le schéma de vie que j'avais soigneusement élaboré pour moi-même. J'avais acquis un certain standing professionnel et même loué un appartement – bon, d'accord, c'était un meublé et je n'y vivais presque jamais mais, tout de même, ces petits signes extérieurs de ce qu'on appelle, de façon risible, la « respectabilité sociale » avaient désormais pour moi une certaine importance. Après tout, même le plus barbant des raseurs (ou vice versa) est considéré comme fréquentable s'il a les mains propres et un costume mettable. L'un dans l'autre, pour un indigent virtuel, je ne me débrouillais pas si mal.

Dans cette arcadie des Midlands tomba une lettre de Zack Busner :

Cher Harold,

Il est possible que ceci ne soit pas une lettre que tu ne voudrais pas recevoir, mais c'est une éventualité dont je dois tenir compte d'emblée. Tu ne te souviens peut-être pas de moi, mais j'étais un de tes contemporains à Chelmsford, ainsi qu'un étudiant/analysant d'Alkan. Je ne me souviens pas très bien de toi moi-même mais, quoi qu'il en soit, ton travail est venu à ma connaissance et j'ai besoin d'assistance – un besoin urgent d'assistance – dans ma Concept House de Willesden. Il m'est difficile de décrire adéquatement dans une lettre la nature de notre travail et le nouveau « cadre » dans lequel nous « exerçons ». Peut-être pourrais-tu me faire l'amitié de venir me voir afin d'en discuter ?

De tous les étudiants/analysants d'Alkan, Busner était celui que j'avais détesté le plus. C'était une espèce de gros jambonneau frétillant et, incontestablement, le plus farceur des cinq. C'était lui, je m'en souvenais, qui avait fait retoucher tous les vêtements d'Adam Harley pendant la nuit pour les réduire à une taille de nain. Il arpentait le campus en tapant dans le dos des gens et les saluait avec effusion et un faux air de comme-je-suis-content-de-te-voir qui me mettait les nerfs en pelote. Cependant, tout le monde, à commencer par moi, s'accordait pour reconnaître que, malgré son insatiable appétence pour le canular, ou peut-être à cause de cela, il allait bientôt s'affirmer comme un formidable chercheur. Je savais que sa thèse de doctorat avait été bien accueillie et que, médecin de formation, il s'était spécialisé en psychiatrie et exerçait en clinicien respecté.

Je me rendis à Londres. Busner m'avait gracieusement envoyé un plan de métro avec une croix marquant Willesden Junction. La Concept House était dans Chapter Road, l'une de ces longues artères du nord-ouest de Londres qui, l'hiver, semblent flanquées de chaque côté par des membres amputés de géants arthritiques en décomposition. Il avait neigé toute la journée et la gadoue transformait Chapter Road en pataugeoire. Il faisait noir et je maudissais à chaque pas les semelles en PVC glissant des chaussures que je venais d'acheter. Devant moi, au milieu de la rue, deux enfants de cinq ou six ans marchaient en se tenant par la main.

Toute cette atmosphère me déprimait. J'avais l'impression, en suivant cette rue sans fin, d'être dans une pièce froide et sale où personne n'avait songé à passer l'aspirateur entre le bord élimé du tapis beige et la peinture écaillée de la plinthe. Je regrettais ma voiture, que j'avais bêtement laissée dans un parking périphérique pour terminer le trajet en stop.

La Concept House ne se différenciait guère des autres résidences édouardiennes qui bordaient l'avenue, sinon qu'elle ressemblait un peu plus que ses voisines à une maison d'habitation et un peu moins à une clinique. Le jardin était jonché de jouets épars et, sur une fenêtre à l'étage, j'aperçus le verso d'un dessin d'enfant scotché sur la vitre. Busner m'ouvrit lui-même la porte. S'il n'avait pas été attifé d'une salopette barrée du mot « Zack » brodé en rouge sur le plastron, je ne l'aurais probablement pas reconnu.

Ses joues avaient fondu, ses traits s'étaient creusés. Pour le reste, il était toujours aussi rondouillard, mais avec un port d'ascète. Une sorte de fanatisme contenu brillait dans ses yeux. Sur le moment, je faillis tourner les talons et renoncer à l'entretien. Je m'étais préparé à revoir Busner le bouffon. Busner le révolutionnaire me déstabilisa.

Nous nous reluquâmes. Puis, vif comme l'éclair, il m'entraîna dans le vestibule, me débarrassa de mon imper trempé et de ma serviette dégoulinante, et me conduisit dans une grande cuisine chauffée où il me fit une tasse de cacao en parlant sans interruption.

« Je ne m'attendais pas à te voir aussi bien nippé, mon cher. Ton costume est splendide. » En réalité, le séchage trop rapide transformait le tissu mal empesé en peau d'éléphant ridée et godaillante. « Franchement, je ne t'aurais pas reconnu si je n'avais pas su que tu venais. Tu n'as plus rien de commun avec le petit ours timide que tu étais à Chelmsford. »

En un clin d'œil, il m'exposa les grandes lignes de la philosophie de la Concept House, m'expliqua ce qu'il essayait de faire et en quoi il avait besoin de mon aide. En gros, la maison était une communauté autonome de thérapeutes et de patients, avec cette particularité que les rôles étaient interchangeables, que chacun était libre de prendre la casquette qui lui convenait.

En même temps que le cacao, Busner m'offrit sa vision de la Concept House et de l'avenir de la psychothérapie. Dégoûté par son expérience de la psychologie en milieu hospitalier – et de l'étroitesse des esprits qui voulaient réduire la maladie mentale à une formule chimique –, il s'était rebellé :

« Je passais mes nuits à lire Nietzsche, Schopenhauer, Dostoïevski, Sartre, et j'ai commencé à douter des principes sur lesquels j'avais fondé ma carrière. J'ai déconstruit le monde que j'habitais depuis trente ans.

« Il m'est apparu peu à peu que la conception généralement admise jusqu'ici de la maladie mentale était philosophiquement suspecte. La séparation entre médecin et patient correspondait à une hypothèse épistémologique sans fondement. Ici, à la Concept House, nous nous employons à redéfinir cette relation de base.

« Nous sommes en train de découvrir, dans toute l'ampleur du phénomène, à quel point les catégories de la psychopathologie sont des catégories sèches, vides, dépourvues de contenu réel, qui reflètent le fascisme psychique et taxinomique d'un gang de vieux schnocks. »

C'était un long discours, que Busner énonça avec éloquence et dont il ponctua chaque phrase en déplaçant, comme par magnétisme, des maniques sur sa poitrine. Rétrospectivement, je pense qu'elles adhéraient par des bandes Velcro que je ne pouvais pas voir, mais sur le moment, je l'avoue, le tour m'impressionna énormément.

Il continua en m'expliquant que tout, à la Concept

House, était organisé démocratiquement. On se réunissait chaque matin pour distribuer les tâches et les emplois du temps. La maison appartenait à Busner, ou plutôt à ses parents, qui s'étaient laissé persuader d'en faire don à ce qu'il appelait sa « Ligue pour la libération psychique ». Dans les semaines qui suivirent, il m'arriva d'apercevoir de temps en temps les vieux Busner errant comme des fantômes dans les étages supérieurs ou lisant docilement le *Sunday Telegraph Magazine* dans des copies de fauteuils Reine Anne, au milieu d'une bande d'agités psychotiques qui jouaient avec les rideaux et les bibelots.

Une fois qu'il m'eut fait part de ses théories et de la philosophie de la nouvelle institution à laquelle il avait donné naissance, Busner ramassa les tasses vides et les déposa sur l'égouttoir. Puis il se tourna vers moi, la mine perplexe.

« Tu te demandes pourquoi je t'ai écrit, hein ?

– C'est-à-dire que... oui, un peu.

– Parce que, il faut le reconnaître, on n'était pas exactement les meilleurs copains du monde, n'est-ce pas ?

– Ah, sur ce point, je suis assez d'accord.

– Eh bien, voici. Ce que j'essaie de faire ici m'attire une énorme publicité, le plus souvent favorable, mais qui semble inciter mes détracteurs à redoubler d'efforts. Je sais que tu n'as jamais proclamé une quelconque allégeance à un mouvement d'avant-garde. Mais je sais aussi que tu t'es prêté, au cours de ta carrière, à certaines recherches, disons... surprenantes, pas vrai ?

« Et c'est justement ce que j'attends de toi, à savoir que tu fasses ici ce que tu sais le mieux faire : de la recherche. J'ai l'intention de donner un coup de pied dans la fourmilière de l'institution psychiatrique et psychothérapeutique, et je connais un moyen de les affoler sérieusement. Il suffit de prouver, non pas que mes méthodes pour aider les gens souffrant de prétendues "maladies mentales” sont plus efficaces que les méthodes conventionnelles, mais qu’elles sont financièrement plus rentables. Ça, ça pourrait vraiment faire du bruit. Si je peux prouver que des concept houses disséminées partout dans le pays réduiraient les dépenses publiques, je crois que plus rien ne pourrait m’arrêter.

– Et moi ?

– Je veux que tu mettes au point les systèmes d’évaluation et que tu collationnes les résultats en vue d’une publication sous la forme d’un article cosigné par nous deux dans le *BJE*[1]. »

Ainsi fut-il. Je devins membre de l’équipe de la Concept House, troquant mes costumes et mes chaussures cirées contre d’inconfortables salopettes qui me remontaient dans la raie des fesses et des espèces de croquenots en pâte molle. Pourquoi ? Eh bien, parce que, nonobstant l’étendue de l’incommensurable égoïsme de Busner, nonobstant la nature douteuse de ses idées, il y avait à la Concept House une certaine chaleur humaine qui m’avait toujours fait défaut, tant à Aston qu’à l’Institut de réductivisme du travail. J’avais besoin de cette chaleur. Rappelez-vous que, depuis l’âge de dix-sept ans, j’avais presque toujours été en pension. Je ne voulais pas pour autant renoncer à ma situation universitaire et, toujours prudent, je demandai une mise en disponibilité provisoire pour pouvoir collaborer avec Busner. Bien sûr, tout cela fit jaser, mais je laissai dire.

Le protocole d’essais que j’élaborai pour Busner était extrêmement complexe. Il y avait deux aspects au problème : combien dépensaient par eux-mêmes les patients diagnostiqués et combien on dépensait pour eux. Il fallait que ce fût une expérimentation en double aveugle, réalisée dans les conditions du double aveugle. Il y avait

1. *British Journal of Ephemera. (N.d.A.)*

trois groupes tests : les pensionnaires de la Concept House, un groupe de patients ayant fait l'objet d'un diagnostic de psychose majeure à Friern Barnet et quatorze bouchers agréés par le Beth Din vivant dans le quartier de Temple Fortune. Le choix de ce dernier groupe allait diaboliser la validité de nos résultats dans les années à venir. Or je tiens à préciser ici, une fois pour toutes, que toutes les personnes qui se portèrent volontaires pour les tests, et répondaient aux critères requis, se révélèrent être des bouchers casher domiciliés dans ce secteur. Bien sûr, avec le recul, on comprend que ce fait était indubitablement l'un des ressorts secrets, l'une des « subtiles connexions » que j'avais commencé à établir inconsciemment et qui allaient finalement aboutir à la Théorie quantitative définitive.

L'expérience fut conduite sur une période de six mois, en quatre « procès » distincts. Les résultats furent informatisés par mes soins. Je n'ai jamais eu directement accès ni au déroulement du procès lui-même, ni aux données informatiques intermédiaires. Naturellement, une procédure en double aveugle suppose non seulement que le praticien chargé de mettre en œuvre le protocole ignore s'il administre un placebo ou non, mais encore que le directeur général de ce protocole – qu'il soit psychologue ou statisticien – ignore s'il dirige vraiment le protocole considéré ou si les chiffres, totaux et pourcentages qu'il manipule ont été choisis au hasard. Ainsi, deux des ensembles de données que Zack Busner me faisait parvenir concernaient respectivement : le nombre de traînées d'escargot qu'il avait comptées dans les fissures du tablier de ciment envahi par les mauvaises herbes au centre du terrain vague derrière la Concept House ; et une sélection aléatoire de handicaps relevés dans les pages turfistes d'un numéro périmé de *Sporting Life*.

Dans les deux autres cas, les données étaient, bien

entendu, « réelles » – quoique dans un sens très restrictif. Les deux procès réels étaient inversables. Dans l'un, les malades mentaux recevaient un placebo économique et les pensionnaires de la Concept House recevaient de l'argent. Dans l'autre, c'était l'inverse. Les bouchers recevaient, arbitrairement, soit de l'argent, soit des bons d'achat virtuellement sans valeur pour des produits de nettoyage. Ainsi, la forme générale du protocole pouvait être décrite par le diagramme suivant :

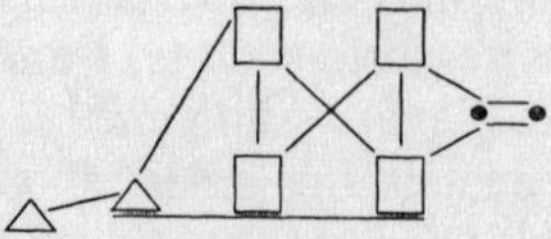

Dans mon esprit, cela exprimait d'une façon parfaitement claire les conditions limitatives nécessaires à une étude de rentabilité des variables sanitaires. Bien sûr, le lecteur averti aura déjà reconnu dans la structure de ce diagramme les grandes lignes de la Théorie quantitative. Mon intention est ici d'éviter les errements auxquels ont donné lieu les grossières tentatives de recréer après coup la genèse de l'idée. Les principaux problèmes que j'ai rencontrés dans le cadre de ce protocole étaient d'ordre purement méthodologique. Voyez, par exemple, l'article d'Olsen paru en 1978 dans le *BJE*, dans lequel il présente les résultats de ses propres expériences. Olsen a pris trois groupes de malades mentaux récemment diagnostiqués et internés. Le premier groupe recevait, en proportions égales, du lithium, de la chloropromasine et un antidépresseur tricyclique. Le deuxième groupe recevait un placebo et le troisième rien, Olsen ayant choisi, au lieu de leur donner un médicament, de les faire tabasser sans merci jusqu'au sang.

Si l'un quelconque des patients des trois groupes manifestait des signes de détérioration de son état général, on lui administrait des électrochocs. Toutefois, la substance de l'expérience d'Olsen, et donc la validité ou l'invalidité de ses résultats, m'intéressait très peu. Ce qui m'interpellait, c'était son argument sur l'erreur de double négation qu'impliquait mon protocole en double double aveugle. Heureusement, je fus dispensé de répondre à son accusation par les révélations selon lesquelles Olsen avait lui-même participé au tabassage du groupe de contrôle dans son expérimentation. Une telle violation du principe de l'aveugle le discrédita complètement, bien sûr.

Les essais se prolongèrent six mois et, pendant cette période, je fus accepté dans la communauté de la Concept House, ce qui, vous le verrez en temps utile, eut des effets mitigés. Busner et ses thérapeutes avaient depuis longtemps cessé d'établir une distinction entre eux et les patients, si bien que, à la fin des essais, il était réellement impossible de savoir avec certitude qui avait donné quoi à qui. L'argent effectif et l'argent placebo étaient distribués n'importe quand, à la seule condition que ce fût en mon absence et à mon insu. De temps à autre, j'apercevais un homme encagoulé et menotté, avec des taches suspectes sur son tablier, serrant une poignée de bouts de papier glacé. Mais je ne tenais pas compte de ces visions périphériques, que j'intégrais à l'atmosphère générale de dérèglement psychique.

En théorie, il y avait six thérapeutes, six patients, les parents de Busner et moi-même en résidence. Les patients avaient été sélectionnés au hasard dans les différents services psychiatriques où Busner avait été affecté au fil de sa carrière. Le recrutement était mi-frauduleux mi-abusif. Busner avait une attitude tout à fait typique des expérimentateurs psychiatriques et/ou éducatifs, en ce sens qu'il imputait l'échec de ses méthodes, non à leur fondement théorique, mais au fait que seuls les parents riches se laissaient persuader de lui confier leur progéniture aliénée.

J'ai personnellement participé aux séances de thérapie de groupe : c'étaient soit de longues périodes de silence absolu, soit des séries incohérentes de délires monomaniaques – émanant généralement de Busner lui-même. En vérité, même si je me sentais accepté dans la Concept House, ce n'était pas un environnement réellement convivial. Les malades mentaux gravement atteints ont tendance à se comporter de façon très désagréable quand on leur lâche la bride. À la réflexion, je suppose que c'est justement la raison pour laquelle on a diagnostiqué chez eux une maladie mentale. Quant aux « thérapeutes » recrutés par Busner, ils étaient eux-mêmes des gens assez instables, ce qui s'explique par le fait qu'ils venaient des chapelles les plus avant-gardistes du monde psychiatrique. Il y avait par exemple un ostéopathe holistique raté, divers naturopathes et une femme qui se présentait comme « sismologiquement réactive ». Bref, la tendance était un peu au crétinisme. Si je suis resté malgré tout, c'était principalement pour achever les essais et parce que cet environnement était propice au débat. Les vieux copains chelmsfordiens de Busner – Harley, Sikorski et consorts – venaient nous rendre visite assez régulièrement. Ils étaient tous en train de se faire un nom de leur côté et se montraient très avides d'échanger leurs points de vue sur leurs différents domaines d'activité.

C'étaient ces hommes-là, bien sûr, qui allaient former le noyau de mon groupe de recherche sur la Théorie quantitative. Maintenant que je vois ce qu'ils sont devenus, je regrette de les avoir embringués mais, à l'époque, je n'étais que trop heureux d'être accepté comme l'un des leurs et, je dois le dire, la sensation naissante d'être leur supérieur intellectuel était une raison suffisante pour me donner envie de rester.

À la longue, toutefois, j'ai fini par quitter la Concept House. Ça devenait insupportable. Vous ne pouviez même pas prendre votre petit déjeuner tranquille sans que quelqu'un vous bave dans le cou ou essaie de vous vendre des participations dans un projet de construction de pyramide. Par ailleurs, les médias commençaient à traiter Busner comme le prophète d'un nouveau mouvement et sa vanité, sa prétention étaient insoutenables. Il s'asseyait pendant des heures dans une pièce sombre et, en s'accompagnant à la basse électrique, composait ce qu'il appelait des « poèmes en tonalité verbale ». Permettez-moi de vous dire que tout cela préfigurait déjà sa déchéance finale : j'étais sûr qu'il allait finir dans des jeux télévisés.

Quant aux essais et à leurs résultats, ils reçurent un accueil très peu favorable au sein des milieux autorisés de la psychologie, qui trouvèrent nos méthodes et nos intentions complètement incompréhensibles. C'était leur problème. Bien que les résultats que j'ai obtenus ne fussent pas à la hauteur des espérances de Busner, j'avais tout de même réussi à prouver que sept livres sterling permettaient de procurer à un malade mental significatif une impression de guérison tout aussi significative.

La seule personne de la Concept House que je quittai à regret fut le Pr Lurie. Ce pauvre vieux fou était parvenu à rester un joyeux excentrique jusqu'à un âge respectable avant de sombrer, malheureusement, dans un authentique délire hallucinatoire. J'avais néanmoins passé des heures très agréables en sa compagnie, à écouter ses très astucieuses et inventives péripéties au cœur d'une tribu amazonienne d'une ineffable banalité.

Retour à Birmingham, donc, à l'institut, à mes cours, à mes livres, à ma vie universitaire essentiellement solitaire mais satisfaite. Pourtant, quelque chose avait changé. Il y avait une hargne nouvelle dans ma façon d'attaquer les idées, de les mordiller comme un fox-terrier. Ma pensée était plus tranchante. Tout cela se fit jour tandis que j'achevais l'index de l'édition révisée de ma thèse de doctorat, qu'une université américaine assez obscure avait accepté de publier. C'était un travail qui méritait toute mon attention, j'en avais conscience, mais pour lequel j'avais du mal à me passionner. Très franchement, j'avais cessé depuis longtemps de m'intéresser à la nature des demandes de bourses. Le sujet me paraissait désormais inutile et stérile, sauf peut-être en ceci qu'il était la plus pure expression possible de la mentalité vidage/remplissage qui caractérise tant d'entreprises universitaires – particulièrement en matière de sciences sociales. Ce que je voulais, c'était produire une théorie explicative générale des rapports entre les psychopathologies normale et anormale. Une théorie comparable à l'œuvre de Freud mais qui, à la différence du freudisme, s'appuierait sur une théorie de la transformation sociale.

Cependant que je m'échinais sur le fastidieux index, je sentais quelque chose monter en moi, comme une espèce de gros bol alimentaire de pensée toute chaude charriant avec lui les restes mal digérés de mes expériences des dix années précédentes : mes études avec Müller à Oxford, ma thèse à Chelmsford, mes recherches pour MacLintock, mon doctorat à Birmingham, mes essais avec Busner. Tout cela allait maintenant trouver sa vraie place et s'unifier dans la Théorie quantitative de la démence.

Crachin sur Bromsgrove. Le facteur trempé clapote sur le trottoir, s'arrête, fait mine de franchir le portillon vert, puis reclapote plus loin. Ses semelles imbibées font sur les dalles un bruit de succion, qui se transmet par vibration sympathique au liseron voisin. Ma table de travail – ordinairement un sanctuaire d'ordre, un déflecteur anti-entropie – commence à se détériorer. Des pages de tapuscrit cornées et tachées servent de réceptacles à des miettes de biscuits humides. Des feutres, cimentés ensemble ou hérissés de poils agglutinés par de la salive durcie, sont éparpillés sur un glacis de feuilles volantes comme autant de jonchets. Ici et là, des volumes reliés de la bibliothèque de l'institut dressent des remparts sur le mélaminé. Les étiquettes Dewey qui se détachent de leur dos se recroquevillent pour former des colimaçons de Sellotape. Je n'ai plus la force, plus la concentration nécessaire pour travailler sur l'index, alors je gribouille sur un bout de papier. Mon stylo décrit des diagrammes insensés, relie entre elles des séries de points aléatoires. Ce ne sont que des conjonctions de lignes et de hachures, et pourtant…

… Pourtant il y a dans ce dernier diagramme un je-ne-sais-quoi qui attire l'œil. Comme une profondeur. C'est de l'authentique. C'est du sérieux. C'est trop solide, trop fonctionnel pour être un simple gribouillage. J'y reconnais la forme du diagramme que j'avais tracé pour exprimer le protocole d'essais en double double aveugle de la Concept House… Et, tout à coup, l'évidence m'apparaît, me pénètre comme une grosse bouchée de pensée que j'avale tout de go. La Théorie quantitative vient de me montrer son visage.

Je suppose que quiconque regarde pour la première fois une nouvelle théorie explicative de grande échelle doit ressentir ce que j'ai ressenti à ce moment-là. Une poussée d'orgueil immodéré me gonfla le cœur, j'avais devant les yeux l'expression formalisée du sens ultime de la vie, de la matière même de la terre et de l'existence humaine.

« Et si..., pensai-je, et si... il n'y avait qu'une quantité donnée de santé mentale dans une société donnée à un moment donné ? » Aucune des théories connues sur la psychologie anormale n'avait encore envisagé cette dimension sociétale. Pendant des années, j'avais cherché une hypothèse capable de relier la psyché individuelle au groupe. Or la solution était devant moi depuis le début. J'ai continué, j'ai insisté, j'ai cogité, j'ai rempli la théorie, ou plutôt elle s'est remplie d'elle-même. Elle pétilla et prit forme, comme une fleur de papier se déployant dans l'eau. « Et si, pensai-je encore, si toute tentative de soigner les manifestations de la démence dans un secteur donné de la société avait pour résultat leur résurgence dans un autre secteur de la société ? »

C'était donc ça ! La surface de la psyché collective était comme le vieux coutil à rayures d'un matelas défraîchi. Si vous appuyez dessus à un certain endroit, ça remonte d'un autre côté. Il n'y a pas d'action sans réaction, pas de rire sans larmes, pas de normalité sans sa piteuse contrepartie.

Le bord imbibé du biscuit que j'avais laissé tremper trop longtemps tomba mollement sur le bureau, comme un excrément. Je n'y fis pas attention. Des séries de schémas types s'imbriquaient devant mes yeux : si chaque groupe social possédait un quotient psychosanitaire donné, alors pourquoi pas chaque sous-groupe ou groupe subsociétal ? Des Bangladeshis au club de bowling, des Juifs à l'Association des joailliers ? Nécessairement. Dans chaque modèle la quantité de santé mentale disponible devait être différente et chaque modèle social devait avoir une influence sur l'autre. Je voyais la chose sous la forme d'une immense plaine de matelas superposés, chacun d'une taille différente. Si l'on posait le pied sur l'un d'eux, l'effet se répercutait sur tous les autres.

C'est ainsi que la Théorie quantitative se présenta à moi et, immédiatement – c'est cela surtout qui est remarquable –, une myriade d'hypothèses me sauta aux yeux. Telles que :

1) Si vous diminuez le nombre d'anorexiques dans la classe sociale 2, vous augmentez nécessairement le nombre de consommateurs de Valium dans la classe 4.

2) Si vous prescrivez une médication efficace pour les maniaco-dépressifs dans les Fens, il s'ensuit une variation perceptible du nombre des agoraphobes sur la côte Sud.

3) Si vous avez recours au conditionnement comportemental pour traiter les énurésies nocturnes de six élèves de l'école primaire St Botolph d'Anglesey, il en résultera une fréquence accrue des crises de nerfs sociopathiques chez dix autres élèves de la même école ayant des tendances psychotiques.

Et ainsi de suite.

D'un seul coup, j'avais rejeté tous les modèles de santé et de maladie mentales que j'avais assimilés pendant mes années d'études. La clef de la psyché anormale n'était pas à chercher dans le rapport entre l'inné et l'acquis, non plus que dans un modèle globalisant du fonctionnement de l'esprit, mais dans une autre direction, plus pure, plus mathématique. La psychologie traditionnelle avait un statut de pseudo-science, ses avancées étant incapables de jeter un pont sur l'immense fossé séparant les hypothèses expérimentalement vérifiables de la neurophysiologie et les incommunicables vérités des états mentaux intérieurs – de même que la philosophie est, quoi qu'on en dise, incapable de s'ancrer dans la logique formelle. Tout cela allait donner la Théorie quantitative. La psyché individuelle en serait réduite à découvrir elle-même sa propre destinée, et la psychologie à élaborer des vérités statistiques.

Je n'hésite pas à l'affirmer, la Théorie quantitative fut mon salut. Personne ne proteste quand un grand artiste avoue que son chef-d'œuvre a été motivé par une soif de reconnaissance et un besoin d'argent. Mais un scientifique ? Ah, un scientifique est censé être désintéressé, n'avoir d'autre ambition que l'élucidation des mystères de l'univers. Il n'est pas censé travailler pour se faire une place au soleil. Eh bien, moi, je n'ai pas peur de le dire, la Théorie quantitative m'a sauvé de Bromsgrove, d'Aston, de Chelmsford, du Majestic Hotel. Dès le début, j'ai compris qu'elle répondait aux critères requis par toute grande théorie scientifique : 1) Elle permettait des prédictions à grande échelle. 2) Ces prédictions étaient vérifiables expérimentalement. 3) Les expériences allaient coûter horriblement cher.

Cette nuit-là, je fis les cent pas sur le tapis jusqu'à ce qu'il sente le nylon grillé. Je ne pouvais pas dormir, j'étais tenaillé par la crainte que, si je commettais la moindre erreur, si je n'arrivais pas à exprimer adéquatement la Théorie quantitative, alors je ne pourrais pas en réclamer toute la paternité. En tant qu'universitaire responsable, je savais qu'il me fallait commencer par chercher des crédits, tâter le terrain puis publier les résultats de mes recherches dans la revue idoine. Mais une partie déraisonnable de moi-même redoutait qu'un autre, un gêneur, ne tombe au même moment sur la même vérité et ne la fasse connaître au monde – me privant ainsi des honneurs qui m'étaient dus, à moi seul. Je fus tenté d'alerter les journaux nationaux, de donner une conférence de presse, de convoquer la communauté scientifique pour annoncer ma découverte.

La prudence eut le dessus. Je savais que je devais d'abord maîtriser efficacement la Théorie quantitative. Si je la lâchais imparfaite dans la nature, l'industrie lourde de la pensée, de la recherche et des applications que je prévoyais tomberait sous la coupe d'autrui. Pour rester maître de ma découverte, il fallait que je complote, que j'intrigue, que je magouille et, surtout, que je prenne le temps de réfléchir.

Donc, le lendemain matin, j'écrivis des lettres à mes confrères étudiants/analysants de Chelmsford : Sikorski, Hurst, Harley et bien sûr Zack Busner. (J'aurais également contacté Simon Gurney s'il n'avait renoncé à la psychologie pour devenir sculpteur.) Je les invitai à Birmingham pour dîner et discuter avec moi d'une idée qui me semblait devoir les intéresser.

J'attendis trois jours... une semaine... sans réponse d'aucun d'eux. Le soir du rendez-vous prévu arriva et, à ma surprise, ils arrivèrent aussi. L'un après l'autre. Ils étaient venus ensemble de Londres dans la voiture d'Adam Harley, mais s'étaient disputés à la station-service de Toddington sur la relativité culturelle de la perception de la dépression post-partum. Busner avait affirmé péremptoirement que c'était un phénomène entièrement patriarcal et que, dans certaines sociétés tribales où le matriarcat faisait loi, elle n'existait pas. Adam Harley avait répliqué que Busner était un « crétin prétentieux » et, pour illustrer son propos, lui avait envoyé à la face un Leviathan-burger dégoulinant de mayonnaise et de restes mâchonnés de crevettes grillées.

Quand ils arrivèrent, je les fis asseoir et leur servis le

thé. Je ne laissai même pas à Busner le temps de se débarbouiller. Je me lançai sans préambule dans le récit de ma révélation. Ils étaient énervés et déconcentrés, mais quelques minutes me suffirent pour capter leur attention. Car je n'étais plus le même homme, ils le sentirent tout de suite. Il y avait quelque chose, dans ma façon de soupirer en chuintant vers le plafond, de sucer les stylos-billes, de me tenir de guingois comme suspendu par une épaule à un crochet de boucher, qui les captiva, les apprivoisa, leur fit comprendre que j'étais celui qui allait désormais prendre la place d'Alkan dans leur cœur.

Nous formâmes une petite équipe pluridisciplinaire. Le but était de développer la Théorie quantitative dans son rapport aux groupes microsociétaux. Les étudiants d'Alkan étaient connus pour avoir tous suivi des voies très différentes après leur départ de Chelmsford, et toutes les disciplines nécessaires étaient représentées dans notre équipe.

Nous savons déjà ce qu'était devenu Busner. Phillip Hurst, dont le père était un bienfaiteur très prodigue de l'université de Chelmsford, était passé de la psychologie pure à la psychométrie et aux statistiques. Son aide devait nous être extrêmement profitable dans l'élaboration du concept de quotient. Adam Sikorski avait renoncé aux modèles comportementaux grossiers qu'il avait construits avec tant d'orgueil après sa thèse. Désormais, au lieu de transformer des rats en alcooliques, héroïnomanes et voleurs – pour le seul plaisir de montrer qu'il en était capable –, il transformait des tatous en anorexiques, des narvals en neurasthéniques et des chevaux de trait en agoraphobes désespérés et plaintifs. Il avait obtenu de généreux crédits du gouvernement pour ces expériences et sa connaissance du petit monde de la politique allait se révéler d'emblée extrêmement utile à nos entreprises – et finirait évidemment par lui être fatale, en dernière instance. Quant à Adam Harley – Harley le militant, Harley l'idéaliste, Harley le visionnaire –, il était l'ultime représentant de la cinquième colonne. Il avait installé son cabinet dans un entresol glacial de Maida Vale et consacrait sa vie aux colères adolescentes et aux angoisses adultes que ses « clients » étalaient devant lui. Harley, avec ses yeux d'épagneul qui semblaient tomber en permanence vers son col roulé, me persuada de sa sollicitude, de son humanité, de sa foi dans les bienfaits thérapeutiques de la Théorie quantitative, avec conviction mais… à longueur de journée.

Notre premier souci fut de chercher un échantillon social restreint et homogène sur lequel nous pourrions tester la théorie. Par chance, nous avions mon cousin Sid à notre disposition. Sid n'avait jamais été un malade mental au sens propre. Mais, comme maints autres enfants introvertis, il avait eu un grand nombre d'« amis imaginaires ». Ce qui le distinguait des autres cas semblables, c'est que, après s'être débarrassé de ses amis imaginaires pendant la prépuberté, il les avait retrouvés à l'université… où ils continuaient à vivre ensemble dans une franche camaraderie.

Sid vivait à présent dans une petite communauté des îles Shetland, où il s'adonnait avec ses communs à la culture hydroponique d'oignons surdimensionnés. Les autres membres étaient aussi des excentriques, mais pas aussi déboulonnés que Sid. Ils croyaient que la possibilité de faire pousser des légumes hors sol était un prédicat du cycle orbital de Cérès, le satellite de Saturne.

Pour toutes sortes de raisons, cette communauté représentait un terrain d'essai presque parfait pour nos recherches. Elle était éloignée, homogène, et possédait un quotient psychosanitaire quantifiable et facile à évaluer. En outre, on trouvait dans les environs plusieurs autres exemples de modes de vie expérimentaux, reliquats de la décennie précédente, qui pourraient nous servir d'échantillons-témoins et nous permettre une estimation comparative fiable.

L'équipe pluridisciplinaire de la Théorie quantitative partit donc sans attendre pour les Shetland. Une fois sur place, nous devions mesurer le quotient et décider s'il fallait aggraver ou calmer le délire de Sid, afin de pouvoir observer les effets que son évolution, dans un sens ou dans l'autre, aurait sur les huit autres membres de la communauté.

Il est difficile d'apprécier aujourd'hui la popularité qu'avait alors ce genre d'expérience de vie communautaire – et même à l'époque, je dois dire, ça me dépassait un peu. Avec le recul, je pense que tous ces modes de vie « alternatifs » n'étaient ni plus ni moins que des tentatives d'arrêter le progrès. On dormait dans des sacs, on palabrait et on se tirait les cheveux. C'était, en quelque sorte, une gigantesque séance de « maman-est-ce-qu'on-peut-camper-dans-le-jardin ». Le camp des cultivateurs d'oignons ne faisait pas exception à cette règle : quelques cabanes de fortune, parfois soigneusement calfeutrées, parfois simplement rembourrées avec de vieux exemplaires du *Shetland Times*. Quand les après-midi s'assombrissaient et que le vent soufflait sur le paysage monotone, la pluie jaillissait du puits de ténèbres et s'infiltrait dans la salle commune, où de pauvres gars et de pauvres filles au teint pâteux, accroupis, les cheveux épinglés derrière les oreilles, faisaient du tricot, du macramé ou écrivaient à leurs parents.

Dans ce contexte, nous fûmes appelés à opérer autant

comme anthropologues que comme psychologues. La communauté n'aurait jamais accepté notre présence, pendant la période nécessaire pour mener à bien nos expériences, si nous n'avions, au moins superficiellement, montré quelque sympathie pour les idées qu'ils professaient. C'est ainsi que je dus passer mes nuits à me râper les genoux contre le denim sale de mon « jean » récemment acquis, accroupi avec les autres qui, abêtis par la marijuana, essayaient de discuter yiking, shiatsu ou autres sornettes tantriques.

Bien sûr, nous évaluâmes notre propre profil mental, notre propre quotient psychosanitaire – à la fois comme groupe *per se* et en rapport avec la communauté. Nous fûmes alors en mesure de nous en servir de référence pour évaluer les fluctuations que nous tentions de générer. À la fin des expériences, après avoir collationné les données de la communauté « témoin » où Phillip Hurst avait été envoyé en observateur solitaire, nous pûmes constater que les résultats dépassaient nos espérances.

J'avoue que nous ne nous sommes pas embarrassés de détails dans nos manipulations. Quand nous voulions calmer les symptômes de Sid – ses hallucinations, ses fantasmes paranoïdes et surtout sa vie mondaine absorbante mais imaginaire –, nous nous contentions de lui donner des biscuits à la menthe additionnés de Largactil. Il cessait alors d'entendre des voix et le monde ne lui apparaissait plus comme un gigantesque réseau de conspirations interconnectées. Même ses « amis » s'en allaient – à une exception toutefois : un énigmatique soudeur d'Étrangeville nommé George Stokes, qui persistait à se manifester.

Et les cultivateurs d'oignons ? Eh bien, même si les données n'étaient pas encore quantifiées, nous pouvions déjà voir de nos propres yeux qu'ils commençaient à montrer des schémas de comportement tout à fait baroques. Quand Sid était calmé, ils ne croyaient plus seulement à l'influence agricole de Cérès, ils croyaient aussi que Cérès était une personne réelle, qui allait leur rendre visite prochainement pour célébrer avec eux le solstice d'été. Les plus enthousiastes se rendirent même à Lerwick pour acheter des bretzels et autres amuse-gueules exotiques afin de recevoir dignement leur hôte divin.

Quand nous interrompions la médication de Sid, tout redevenait normal. Nous franchîmes alors un pas supplémentaire en introduisant d'infimes quantités de LSD dans le régime de Sid. Les « amis » proliférèrent. Sid passait toutes ses journées dans la plantation d'oignons, où les mondanités battaient leur plein : cocktails, vernissages, avant-premières, dîners en ville. Certains de ses amis imaginaires avaient même des relations enviables – si enviables que je serais presque devenu jaloux de lui, en le voyant taper dans le dos de personnages influents, si mes collègues ne m'avaient mis en garde contre mon manque de professionnalisme.

Inutile de le dire, cet aspect de l'expérimentation fut également un remarquable succès. Quand la folie de Sid s'accrut, ses compagnons changèrent de nouveau. Ils se mirent à déambuler distraitement dans la plantation d'oignons. Ils ne parlaient plus de l'arrivée imminente de Cérès. Au contraire, ils envisageaient d'« aller à Lerwick pour chercher un emploi stable ». Un ou deux individus affligés approchèrent même les membres de l'équipe pluridisciplinaire pour leur demander si quelqu'un pouvait les aider à travailler dans la publicité.

Nous rentrâmes à Londres pour analyser nos découvertes en profondeur. En réduisant à une série de quotients les observations calibrées et les résultats des milliers de psychoprofils que nous avions élaborés, nous avons trouvé ce que nous étions allés chercher : quelles que soient les fluctuations observées dans le comportement des individus, le quotient psychosanitaire du groupe restait globalement constant.

Il était temps de publier. Trois mois plus tard, « Certains aspects des mécanismes du quotient psychosanitaire dans une communauté d'abrutis des Shetland » parut dans le *BJE*. Il y eut une levée de boucliers. Mes découvertes donnèrent lieu à des critiques acerbes et à de cinglantes invectives. Je fus accusé de « cryptodarwinisme social », de « dérive syphilitique postnietzschéenne » et pis encore.

Dans la presse spécialisée, les critiques clamèrent que, en avançant l'hypothèse qu'il existait une proportion fixe de santé mentale dans toute société donnée, j'ouvrais la voie à un nouvel âge de préjugés et d'oppression. Selon eux, la maladie mentale ne pouvait être que rigoureusement confinée dans des groupes minoritaires et défavorisés – ce qui, soit dit en passant, était la seule justification possible pour les classes dirigeantes de mener une « guerre médicale » contre les sociétés au quotient psychosanitaire différent.

Toutefois, l'ampleur même du tollé suscité par la théorie lui rendit service, en ce sens qu'elle assura sa célébrité. Qui plus est, mes critiques furent déroutés davantage par les implications morales de la Théorie quantitative que par sa mathématique. Cela s'explique par les conséquences qu'entraîna la polémique. En effet, personne ne pouvait contredire les résultats de nos expériences tant que celles-ci n'avaient pas été reproduites. Du coup, bien sûr, elles furent reproduites et reproduites et reproduites… jusqu'à ce que le pays tout entier bruisse d'un crépitement de crayons cochant des cases sur des questionnaires à choix multiples et résonne du choc sourd des comprimés lâchés dans des gobelets en papier coniques : l'industrie de la pensée était en marche.

L'histoire aurait pu s'arrêter là. En termes de motivation et de causalité, tels que je vous les ai exposés puis sournoisement minés, j'étais arrivé à une explication exhaustive. Mais nous savons tous ce qui advint ensuite. La Théorie quantitative de la démence, qui était, au départ, une contribution à l'histoire des idées, certes originale mais néanmoins académique, a fini par devenir quelque chose d'autre… Un culte ? Un corpus de savoir ésotérique ? Une idéologie politique ? Une religion ? Une philosophie de la personne ? Qui peut le dire ? Qui peut être tenu pour responsable de la rapidité avec laquelle les applications abâtardies de la théorie ont marqué de leur empreinte l'intelligentsia d'abord, puis la population dans son ensemble ?

Même si la substance exacte de la théorie est difficile à définir, on comprend facilement pourquoi elle a séduit tant de gens. Elle s'emparait du plus sacré des sanctuaires modernes, l'intérieur secret entre tous de cette coquille de noix qu'est l'esprit, et déclarait que ce qui s'y passait était une fonction de fluctuations mathématiquement observables dans une population donnée. Il n'était plus nécessaire de subir de longues et pénibles thérapies pour traiter les névroses au prix fort. La guérison était une question de planification sociale.

Du moins, c'était ce qui se disait. Je n'ai jamais eu de pareilles prétentions, je me suis borné à décrire, non à prescrire. Ce sont les membres du groupe que j'avais constitué pour mener les recherches préliminaires qui sont la cause de cette dérive, pour avoir voulu se tailler une réputation imméritée sur le dos de ma grande innovation : Busner, d'abord, avec son absurde « Énigme » et, plus tard, ses humiliantes apparitions dans des jeux télévisés avec ses slogans stupides ; Hurst et Sikorski ensuite, qui, par leur scandaleuse incompétence, ont déformé l'essence même de la théorie ; et avant tout Harley. Car c'est avec lui que mes problèmes ont commencé. Harley l'idéaliste, Harley le bon, Harley le respectable, Harley le thérapeute.

Quelque neuf mois après la parution de l'article initial dans le *BJE*, Harley m'appela pour me demander de venir chez lui à Hampstead. J'avais eu des échos du genre de travail que mes collègues avaient entrepris et j'avais toutes les peines du monde à me désolidariser de leurs manigances dans mes entretiens avec les journalistes. Ce fut donc avec une curiosité teintée de suspicion que je m'échinai sur ma bicyclette pliante pour couvrir la distance séparant Child's Hill, où j'avais élu domicile, des hauteurs de Hampstead.

Le principal défaut de ces bicyclettes pliantes est que les roues sont trop petites. Mais ce n'est pas le seul, il y a aussi un fâcheux manque de rigidité dans le cadre, qui provoque un curieux mouvement ondulatoire à chaque coup de pédale. Si je mentionne ce point au passage, c'est parce que l'état dans lequel j'étais à mon arrivée explique ma passivité devant ce qu'on ne peut décrire que comme une abomination.

Harley vint m'ouvrir lui-même. Il habitait un immense hôtel particulier dans Gayton Road. Je savais qu'il était à l'aise, mais je fus tout de même un peu surpris de voir qu'il y avait une seule sonnette, à son nom, sur la porte rutilante de l'immeuble. Il me fit entrer dans une vaste pièce éclairée par de hautes fenêtres à guillotine, qui occupait toute la largeur de la maison. Il y avait des livres sur tous les murs, surtout des éditions de poche. Le plancher avait été poncé, peint en noir et ciré jusqu'au miroitement. Des tapis aux couleurs vives, ornés de motifs abstraits, étaient éparpillés çà et là. Des lampes coudées, visiblement d'un designer italien, créaient par endroits des champs isolés de lumière jaune. L'une d'elles, posée sur un bureau – une grande desserte en chêne –, pointait le bec sur un écheveau déroulant, apparemment la trame et la chaîne d'un ouvrage de Harley en devenir, qui s'extirpait de la gueule volubile d'une imprimante reliée à son ordinateur.

Il y avait très peu d'objets dans la pièce, juste quelque bimbeloterie par-ci par-là, un ivoire japonais ou une tête arawak taillée dans de la pierre ponce et fixée par un piquet d'acier sur un socle en cèdre. L'effort m'avait épuisé, je m'affalai dans un fauteuil en cuir et aluminium. Harley se planta devant son bureau et se mit à griffonner négligemment avec un stylo. Le ronron de l'imprimante emplissait la pièce. Il semblait nerveux.

« Tu connais la Théorie quantitative de la démence… », commença-t-il. Je poussai un petit rire. « Oui, bien sûr, bien sûr… Euh, n'as-tu pas toujours soutenu que ce qui est vrai pour les groupes sociétaux est également vérifiable pour les groupes subsociétaux ?

– Oui, c'était un des aspects de la théorie. Même un aspect inhérent. Après tout, comment définir une "société" ou un "groupe social" de façon rigoureuse ? Impossible. Donc, la théorie doit s'appliquer à tous les types de groupements humains.

– Les associations de parents d'élèves ?

– Oui.

– Les troupes de louveteaux ?

– Oui.

– Les sociétés philatéliques de banlieue ?

– Certainement.

– Les amicales des adorateurs du latex ?

– Mais oui, pourquoi pas... que vas-tu chercher ?

– Et les groupes thérapeutiques créés spécifiquement pour exploiter les mécanismes cachés sur lesquels la Théorie quantitative attire notre attention ?

– Qu'est-ce que tu veux dire ?

– Eh bien, voilà. Des groupes de gens qui se réuniraient pour répartir entre eux, de façon concertée, les différents éléments de leur quotient psychosanitaire. Tu vois, chacun pourrait échanger, pour une durée déterminée, une période d'instabilité mentale contre une période de stabilité totale.

– Quoi ? Attends, attends, tu veux dire une sorte d'indivision contractuelle sur le modèle des multipropriétés à temps partiel ?

– Ouais, c'est à peu près ça. »

Je feignis la surprise, bien sûr. J'avais prévu cette évolution, de même que mes contempteurs, bien qu'ils n'aient pas correctement situé le danger. Ceux qu'il fallait craindre n'étaient pas d'éventuels despotes désireux de mettre les minorités ethniques sous tranquillisants pour stabiliser la majorité, mais les gens comme Harley, les instruits, les libéraux, les adeptes de la première heure.

« Ma foi, tu me prends de court. Je suppose qu'en théorie...

– Jette un œil là-dessus... »

Il arracha un lé de papier de la bouche toujours babillante de l'imprimante et me le tendit. Je lus... et vis en un clin d'œil que Harley ne parlait pas de théorie, il parlait de pratique. L'imprimé était une compilation des derniers résultats d'une série d'essais en cours. Il s'agissait d'analyser la répartition des quotients psychosanitaires entre deux groupes, un groupe dit « actif » et un groupe dit « inactif », tous deux définis de façon complètement arbitraire. C'était tout, mais c'était suffisant. Il ressortait clairement de l'analyse quantitative entreprise par Harley que la stabilité de chaque groupe était inversement proportionnelle de l'autre.

« Qu'ès aco ? demandai-je. Qui sont ces gens et pourquoi collectes-tu ces données sur eux ?

– Chhhh ! » Il s'accroupit et avança vers moi à quatre pattes sur une carpette mexicaine criarde, un doigt sur les lèvres. « Ne parle pas si fort, ils pourraient nous entendre.

– Qui ça ? Qui pourrait nous entendre ? »

Il était toujours à croupetons devant moi, et je dois dire que cette posture lui allait assez bien. Avec sa barbe rousse clairsemée et son crâne en pointe, il avait toujours ressemblé à un nain de jardin.

« Les gens qui arrivent pour la réunion… La réunion de groupe exclusionniste.

– Oh, je vois, je vois. Ceux-ci ? » dis-je en montrant la feuille imprimée.

Harley acquiesça, avec le sourire. « Ça ne te fait pas plaisir ? »

Plaisir ? J'étais sidéré. Je restai avachi dans mon fauteuil pendant une heure, sans rien dire. Et, pendant cette heure, ils entrèrent. Au goutte-à-goutte. Un assortiment hétéroclite de petits-bourgeois ordinaires : avocats, médecins, professeurs, tous avec cet air préoccupé des gens désireux de faire savoir au monde qu'ils ont une « affaire en cours ». Avec eux se trouvaient quelques femmes huppées, qui semblaient revenir d'un thé au Brown ou au Fortnum. Et toutes ces personnes firent le poireau dans la grande pièce jusqu'à ce qu'on les appelle pour commencer la réunion.

Une drôle d'affaire, cette « réunion ». On n'y parla que procédure et administration. Il n'y avait aucun contenu, aucune raison perceptible justifiant que ces gens en particulier soient réunis. Ils discutèrent des frais de fonctionnement, des prochains lieux de rencontre, des réserves de boisson disponibles et d'une excursion collective à Glyndebourne prévue pour la fin de la quinzaine suivante. Personne, à aucun moment, ne fit la moindre allusion, même lointaine, à la raison d'être du groupe.

Finalement, l'assemblée se disloqua en groupes plus petits et l'on papota, chacun dans son coin. L'une des femmes que j'avais cataloguées comme « huppées » vint se percher sur la chaise voisine de la mienne. D'âge moyen, svelte, élégamment vêtue d'un tailleur rappelant le style des années 40, elle avait un de ces visages de type poulet-froid-enveloppé-dans-de-la-cellophane caractéristiques des beautés sur le retour soucieuses d'entretenir leurs restes.

« Qui êtes-vous ? me demanda-t-elle sans ambages, d'une manière très peu anglaise. Je ne vous ai pas vu à la réunion précédente.

– Oh, je suis juste un collègue de Harley. Je suis venu voir ses nouvelles méthodes.

– Adam est un homme merveilleux. Ce qu'il a accompli ici en trois mois à peine peut être considéré comme la grande réussite que la psychothérapie attendait.

– Vous suiviez une thérapie avant de venir dans le groupe ?

– Si je suivais une thérapie ? fit-elle d'un air pincé. Croyez-vous que Kenton soit une banlieue ? J'ai toujours été en thérapie, sous une forme ou une autre, ces dix dernières années. J'ai fait une analyse freudienne, j'ai pris des antidépresseurs, j'ai fait du rebirthing… Toutes les psychothérapies possibles ! Nommez-en une, je l'ai faite. Et laissez-moi vous dire qu'aucune d'elles ne m'a aidée en quoi que ce soit. Ma névrose a toujours systématiquement refait surface.

– Quelle forme prenait cette névrose ?

– N'importe laquelle. J'ai été boulimique et anorexique,

claustrophobe et agoraphobe, alcoolique et hystérique ou simplement malheureuse… et tout ça jusqu'à ces trois derniers mois. Depuis que j'ai rejoint le groupe d'Adam, mes symptômes ont fondu comme neige au soleil. Les affreux tourments de l'introspection qui ont accompagné toutes mes analyses ne sont plus que de mauvais rêves. Je me sens complètement différente aujourd'hui, il n'y a aucune comparaison.

– Hmm, hmm. Vous avez un parent, je suppose, ou un ami qui…

– Qui appartient à l'autre groupe ? Oui, bien sûr. Mon fils John. Il a toujours été assez instable, et mes dernières analyses ne m'ont pas permis de découvrir si c'était à cause de sa déplorable éducation ou, comme me l'ont dit des praticiens davantage orientés sur le chimique, à cause d'un problème purement endogène. En tout cas, il apprécie beaucoup ses phases monomaniaques. Il a hérité d'un petit capital et il adore rester assis pendant cinquante ou soixante heures d'affilée pour le regarder monter et descendre sur le marché à court terme. Il est très content d'échanger avec moi une phase monomaniaque contre une période sans névrose. Certaines personnes pourraient appeler cela de la perversion mais, pour moi, c'est la réconciliation finale et affectueuse d'une mère et d'un fils après une longue discorde… »

Je n'affirmerai pas que les propos ici rapportés sont *verbatim* ceux que cette femme a prononcés, mais la substance y est. Je fus horrifié. C'était l'incarnation de tout ce que je cherchais à éviter. La refonte de la Théorie quantitative en pratique thérapeutique destinée à soulager la mélancolie oisive des rupins. Je quittai la maison sans reparler à Harley. La suite de cette triste histoire est connue de tous. Harley est ici, à la conférence, avec ses disciples. Son Mouvement thérapeutique exclusionniste ne cesse de prospérer depuis cinq ans. Et, à mes yeux,

Harley, l'homme, a régressé en proportion. Je ne sais pas exactement ce qui lui est arrivé. Peut-être a-t-il abordé ses propres techniques thérapeutiques par le mauvais bout, consacré trop de temps au mauvais groupe. Mais son affectation vestimentaire, avec son curieux costume tribal, ses marmonnements incohérents et radoteurs – considérés comme paroles d'Évangile par ses disciples – sont pour moi le résultat logique de ses tripotages dans l'ordre naturel des quotients psychosanitaires.

Incidemment, j'ai pu savoir ce qu'était devenue cette femme étrange rencontrée chez lui. Son fils a succombé à une crise cardiaque, provoquée par une crise d'asthme au cours de l'une de ses périodes monomaniaques. Inutile de préciser que la femme elle-même est actuellement internée.

Quant aux autres, ces âmes errantes que j'ai sauvées de l'obscurantisme, ils se sont tous montrés indignes du cadeau dont ils étaient dépositaires et qu'ils ne devaient qu'à la chance d'avoir croisé la trajectoire d'une authentique avancée théorétique. Hurst était au moins prévisible, même si ses actes furent, d'une certaine manière, les plus odieux.

Environ neuf mois après mon après-midi à Hampstead, je lus un article de journal qui conforta mes pires craintes à son égard. Allons droit au but. Cet article disait que Phillip Hurst, le célèbre statisticien et psychologue, avait été désigné par le gouvernement pour diriger un nouveau bureau d'études rattaché à l'Office central des statistiques et chargé de mesurer le quotient psychosanitaire du pays tout entier. Le but était de fournir au gouvernement une base d'évaluation permettant une ventilation plus précise des crédits affectés aux soins palliatifs, afin d'équilibrer la répartition des déviances comportementales sur l'ensemble du territoire.

Je ne voulus pas en savoir plus. Redoutant le pire, je sautai sur le premier poste universitaire disponible pour m'écarter autant que possible de la trajectoire du camion fou que j'avais moi-même lancé. Et c'est ainsi que j'atterris à Darwin, dans le nord de l'Australie, où je pris mon mal en patience. Tous les samedis matin, je grimpais dans ma Moke pour me rendre au centre commercial Victoria où se trouvait une agence de presse, la seule digne de ce nom à Darwin, qui recevait des journaux du monde entier, avec trois ou quatre jours de retard.

Et je lisais, entouré d'hommes en short de denim poisseux et godant, avec un entrecuisse en peau d'éléphant, qui grattaient des tickets de Tattslotto[1] en faisant pleuvoir des rognures de plastique sur leurs tongs. Les nouvelles étaient toutes consacrées à des spectacles théâtraux d'une extrême violence. Les programmes étaient accompagnés de flèches noires et de dessins représentant des types en blouson avec des mitraillettes, qu'on se serait attendu à trouver plutôt sur des feuilles de Letraset.

Quant aux efforts du gouvernement pour obtenir une mesure précise du quotient psychosanitaire, ils se heurtèrent à des problèmes de sémantique, d'une part, et d'intelligibilité pure et simple, d'autre part.

On essaya toute sorte de systèmes différents, dans l'espoir d'arriver à une méthode d'évaluation définitive. Le problème était que, pour obtenir la mesure S1, il fallait toute une série de calculs – le taux d'augmentation des diagnostics de schizophrénie étant indexé sur le taux de la hausse démographique –, eux-mêmes ouverts à différentes méthodes de calcul et donc d'interprétation.

Même lorsque les divers « experts » convoqués (qui étaient-ils, d'ailleurs, où étaient-ils quand je croupissais dans une cabane des Western Highlands ou quand j'écu-

1. Genre de loterie, semblable au Tac-o-tac. *(N.d.T.)*

mais les toilettes du centre de Londres ?) tombaient d'accord sur une mesure donnée, celle-ci présentait bientôt des instabilités mathématiques qui la rendaient inopérante, ou incalculable, ou les deux.

S9 connut une certaine vogue. Il s'agissait d'additionner toutes les doses de Valium, ou autres drogues sédatives, prescrites dans le pays pendant une période donnée, de diviser la somme sur une base de 5 milligrammes l'unité, puis de diviser le produit obtenu par le nombre d'annonces publicitaires pour médicaments antistress diffusées pendant la même période sur les réseaux de télévision régionaux. Musselborough, naguère un critique extrêmement virulent de mes travaux sur le réductivisme du travail, donna de sa personne pour soutenir S9 qui, selon les adeptes de plus en plus nombreux de la méthode, permettait non seulement de mesurer le quotient psycho-sanitaire de base mais encore de surveiller l'évolution du taux de change de ce quotient dans la société. Hélas, les chiffres étaient tellement fluctuants à court terme que la validité des données collectées fut rapidement et profondément remise en question.

J'observais tout cela de Millarrapulla Road avec un détachement amusé. C'était la belle vie, là-bas. Chaque mois, le directeur de mon université m'invitait à un barbecue et, avec d'autres hommes en chemisette, short repassé et bas blancs, je flânais sur la pelouse luxuriante en écoutant les chauves-souris filer et bavasser dans les manguiers. Les autres convives étaient apathiques, blancs, tolérables. Ils vivaient dans une société qui avait réussi à réguler les taux de santé mentale en créant une sous-classe raciale vouée à l'autodestruction par l'alcool. En fait, les classes privilégiées s'autodétruisaient également par l'alcool, mais, à part ça, on observait très peu de pathologies majeures.

Simon Gurney vint habiter chez moi quelque temps. Il

était de bonne compagnie. Quand je rentrais de la fac, le soir, je le trouvais assis avec un petit groupe d'habitants de Groote Eylandt qui s'épouillaient mutuellement sur la véranda. Gurney travailla d'arrache-pied et, à la fin de son séjour, m'offrit une plaque de basalte strictement non figurative d'un mètre vingt de haut, que je possède encore aujourd'hui.

Une bureaucratie tentaculaire, sans cesse croissante, qui s'évertuait à recentrer sa politique sur la base des découvertes de la Théorie quantitative, voilà qui me divertissait au plus haut point. Et j'apprenais en même temps que les universités ouvraient de nouvelles sections pour intégrer la théorie dans le corpus des études et finançaient toute sorte de recherches sur les applications possibles de la Théorie quantitative dans des domaines aussi variés que la production pétrolière en mer du Nord et la formation des instituteurs.

De temps en temps, un journaliste ou un étudiant en thèse venaient me solliciter. J'étais peut-être auréolé d'un prestige de « père fondateur » mais, en pratique, cela ne signifiait pas grand-chose. Je pense que l'homme qu'ils trouvaient à leur arrivée, psychosés par la chaleur après un laborieux périple sur de mauvaises routes, ne correspondait pas du tout à leurs attentes. Je ne pouvais pas leur offrir ce qu'ils cherchaient, c'est-à-dire un ensemble de caractéristiques personnelles faciles à définir et à analyser. Leurs thèses et portraits, quand ils paraissaient finalement, reflétaient d'ailleurs bien cette difficulté. Pour dire les choses simplement, ils ne savaient pas quoi faire de moi. J'avais dételé et, cependant, je n'avais rien d'un marginal, je n'avais pas de réel charisme, je n'étais pas entouré de disciples et je n'étais pas excentrique. Je n'étais même pas excentriquement ordinaire ; un Magritte trouvé dans son propre Bruxelles exotique.

Ma réputation grandit inexorablement. Principalement, je crois, en raison de l'incapacité de mes anciens collègues à maintenir une unité acceptable dans leurs opinions respectives. Ainsi, alors que mon nom n'avait pratiquement jamais été cité au début de l'Âge quantitatif, au bout de cinq ans, Busner, Harley, Hurst et même Sikorski furent amenés à parler de moi comme du dépositaire de l'orthodoxie, par opposition aux points de vue totalement erronés de leurs condisciples. J'avoue avoir éprouvé une satisfaction bizarre devant ce succès-pour-toutes-les-mauvaises-raisons. Évidemment, les droits d'auteur considérables que me valut la republication de mes vieux articles furent une manne appréciable ; et je fus assez vachard pour négocier à la hausse le prix de mes interviews.

Quand on m'offrit un emploi chez PiggiBank, je considérai la chose avec sérieux. On me fit venir de Darwin à Tokyo par avion privé. Le trajet en voiture de l'aéroport à ma destination (une « auberge campagnarde » hors de la conurbation, où le P-DG avait ses habitudes) dura sept heures et me parut si lent que je me sentis despotique, brinquebalé à hauteur d'épaules à travers une foule de dizaines de milliers de petits hommes.

Le lieu de rendez-vous du P-DG me plut beaucoup. L'auberge, perchée sur l'adret verdoyant d'une colline conique pointée vers le bleu sale d'un ciel statique, était comme accroupie sous un toit corné, fait de coins de toasts recroquevillés et calcinés. En arrière-plan, on voyait une raffinerie de pétrole, ou une usine chimique ou quelque chose comme ça, sortir de la colline comme une racine distordue, une ramification de tuyaux noueux.

« Wal ! » L'accueil du P-DG fut aussi enthousiaste qu'un pet de bébé dans une trompette bouchée. Lui et ses gens s'agitèrent dans la pièce en gesticulant, m'apportèrent des sushis, ordonnèrent aux serviteurs japonais de m'apporter d'autres sushis, et des rafraîchissements, et de leur apporter des sushis à eux aussi. Ils ne cessaient d'aller et venir entre la maison et le jardin, franchissaient et refranchissaient les portes-paravents, glissaient d'un pas lascif sur le parquet ciré, entre les meubles laqués et les cloisons en papier. Ils molestaient l'espace, qui rétrécissait, se flétrissait sous le frôlement de leurs mains roses et de leurs visages rugueux.

Vulker lui-même portait un kimono si ample qu'il rapetissait sa grande carcasse et achevait cette impression de distorsion de la perspective qui m'avait saisi en entrant.

« Wal, dit Vulker, je pense qu'il est temps de nous intéresser aux implications des fluctuations du quotient psychosanitaire dans le cadre d'une société plus collectiviste et potentiellement statique. » Il me regarda à peine. Sa remarque semblait s'adresser plutôt aux émincés de poisson étalés sur sa paume. J'émis un grognement neutre, pour dissimuler ma vraie pensée, à savoir que le facteur taille allait avoir sur la société mondiale une influence beaucoup plus significative que tout autre phénomène spécifique interne sur les maladies mentales pathologiquement définies. Quand tous ces Orientaux de petite taille débarqueraient en Occident, ils souffriraient d'un lancinant complexe d'infériorité. L'impact sur le quotient psychosanitaire mondial pouvait être catastrophique. Mais pourquoi le dire à Vulker ?

« Vous avez vu ça ? » L'un des assistants de Vulker me tendit un rapport sous celluloïd. Je parcourus distraitement les colonnes de chiffres, repérai le nom de Harley suivi d'un astérisque et consultai la note correspondante en bas de page. Tiens donc ! Ils avaient commencé sans moi. Je m'en allai aussitôt, sans m'excuser. Quatorze heures plus tard, j'étais de retour à Darwin.

C'est ainsi que Harley devint conseil psychosanitaire de PiggiBank. Et l'on murmura par la suite qu'il rendit même de grands services au P-DG en personne. Je ne voulus rien savoir. Était-ce par orgueil ? Je ne pense pas. Je pense que c'était une prise de conscience plus forte de la direction que prenaient les événements. Autant la Théorie quantitative m'avait, à sa naissance, bercé dans une sorte d'inspiration onirique, autant je me sentais à présent dériver vers une forme d'indolence créatrice qui me faisait voir les choses telles qu'elles étaient réellement.

Aéroport de Denver. L'air de la montagne me précipite nu dans une salle de bains au carrelage blanc. Dagglebert se coltine les valises. Deux jours plus tard, et alors seulement, debout au milieu du campus, le regard perdu sur la ligne bleue des montagnes, je me rends compte que c'est mon tout premier séjour en Amérique. Mais peu importe : ma présence ici n'est motivée que par le besoin de confirmer un soupçon. Ils sont tous venus : Hurst de Hampstead, Harley de New York, Busner de Montreux, où on lui a décerné un trophée pour ses prestations télévisuelles. Je ne suis pas ici pour une confrontation, mais pour porter témoignage.

Cathcart, le représentant local de la théorie, qui a pris le temps d'organiser cette célébration, est un homme très vivant, d'une petite cinquantaine d'années, mystérieusement vrillé à la taille, comme s'il était sorti d'une moulinette tombée en panne à mi-hachage. Malgré sa voix flûtée et ses ridicules besicles en verre fumé, Cathcart sait se montrer aimable et, ce qui est plus important, respectueux. Il m'a alloué un pavillon isolé mais confortable au fond du campus. Depuis deux jours, je me suis suffisamment affiché dans les couloirs avec les étudiants, et même, un soir, dans un bistrot de Denver fréquenté par des universitaires en visite, pour ne pas être accusé de snobisme ou de crânerie.

Chaque fois que j'ai rencontré mes anciens collègues, j'ai fait de mon mieux pour être courtois et plaisant. Je sais qu'ils me considèrent comme un poseur, mais pourquoi devrais-je m'abaisser à affecter le maniérisme pseudo-culturel qui a entouré l'œuvre de ma vie ? Pourquoi devrais-je permettre que ma propre pensée devienne un objet de mode ?

Me voici sur l'estrade, devant le pupitre. Cathcart me présente et j'observe les visages tournés vers moi. Enfin mon heure est venue, enfin je vais pouvoir rectifier le tir et laisser à la postérité la version originale des faits… J'hésite, puis je prends la parole. Les lumières colorées balayent mon entrejambe. Dagglebert salive à mes pieds.

Mon allocution est un triomphe. Du moins je le pense. En tout cas, j'ai été bien perçu, me semble-t-il. Mais il est vrai que je n'ai rien tenté de folichon, je me suis limité à des domaines bien connus. Je n'ai pas voulu ennuyer mon auditoire avec des considérations trop complexes, je n'ai pas voulu leur donner une idée réelle de la prodigieuse chaleur conceptuelle produite par le fusible de la création. En un mot, mon discours – à mon propre avis – fut anodin.

Vers la fin de la matinée, tandis que mes yeux scrutaient les lointains pour éviter de contempler les visages fripés et impuissants de mes collègues, j'aperçus une forme blanche qui bougeait à l'orée du bosquet. Assez indéfinissable et intermittente au début – c'était un va-et-vient entre la pelouse et les arbres –, l'image gagna peu à peu en netteté une jeune femme d'une vingtaine d'années, vêtue d'une blouse d'hôpital, qui courait en tout sens, tantôt bras en croix, tantôt s'agrippant les cheveux. Elle faisait des sauts de cabri et se jetait, comme sous l'effet d'une masturbation sauvage, contre les troncs élégants des sapins argentés. De nouveaux personnages la rejoignirent bientôt, certains attifés comme elle, d'autres habillés en chirurgiens, d'autres encore ficelés dans des camisoles de force, d'autres, enfin, nus sous des pulls déchirés ou des pantalons troués.

Je continuai mon discours, l'air de rien, pendant que cette étrange farandole déboulait sur la pelouse. Je savais ce qui se passait, j'avais eu vent des rumeurs. Mes soupçons se confirmèrent quand une grande silhouette masculine apparut dans le sillage des danseurs. L'homme les dépassait de la tête et des épaules, torse nu, en collant d'arlequin, avec un ridicule cache-sexe en forme de godemiché priapique. Sa barbe pointait vers l'auditorium et ses yeux semblaient chercher les miens, malgré les centaines de mètres qui nous séparaient. C'était le dernier membre de l'équipe originale. Sikorski venait d'arriver, avec ses déconstructivistes radicaux du champ psychique

Si Hurst incarnait la corruption thérapeutique de la Théorie quantitative, Sikorski s'était employé à la corrompre politiquement. Son premier article publié avait été une vive réfutation de l'idée selon laquelle les quotients psychosanitaires étaient mesurables dans le contexte d'un regroupement social. Pour lui, la notion même de « société » était fallacieuse. On ne pouvait pas quantifier un secteur « social », mais seulement un secteur local. Sikorski lança donc l'idée de « champs psychiques » – un concept assez simpliste, en vérité, puisque, par « champ », il entendait simplement « lieu ». À l'intérieur de chacun de ces champs psychiques, il y avait bien sûr un quotient psychosanitaire donné. La délimitation de ces champs, expliquait-il, était dans l'intérêt de l'*establishment*, car elle permettait de circonscrire les principaux foyers de troubles mentaux (schizophrénie, alcoolisme, délire monomaniaque) dans le périmètre des milieux défavorisés : la classe ouvrière, les minorités ethniques, etc.

Il était urgent de contrecarrer cette déviance fascisante. Sikorski, rejeton d'une riche famille de propriétaires terriens vieille Angleterre, naguère brillant clinicien avec une carrière prometteuse devant lui, avait fait le plongeon et s'était finalement laissé guider par ses tendances profondes. Après la dislocation de l'équipe initiale pluridisciplinaire de la Théorie quantitative, Sikorski avait disparu. On murmura qu'il avait ordonné son propre internement, avait subi plus de vingt électrochocs et survécu à une overdose de Halpéridol avant de se faire lobotomiser… en privé… par un ami.

Il avait réémergé deux ans plus tard, aux abords de la métropole, et était maintenant à la tête d'une bande d'illuminés, autoproclamés « déconstructivistes radicaux du champ psychique ». Le but de ce ramassis d'universitaires ratés, de drogués, d'acteurs et autres sociopathes était d'intervenir en urgence dans le secteur psychosanitaire, à l'instar des pompiers d'élite dans le secteur pétrolier.

En adeptes de l'Actors' Studio, ils essayaient de « vivre » de l'intérieur les symptômes de la maladie mentale. (À l'occasion, les membres de la troupe se produisaient dans des émissions régionales ouvertes aux « nouveaux talents » pour offrir une démonstration aux téléspectateurs.) Ensuite, ils allaient faire de l'agit-prop devant les centres de soins, les asiles d'aliénés, les hôpitaux de haute sécurité pour criminels psychopathes et, bien sûr, les cabinets de psychanalystes et de psychothérapeutes. Les happenings, hallucinations collectives et autres délires publics des déconstructivistes radicaux du champ psychique devinrent des spectacles familiers en

Grande-Bretagne. Leurs incursions bigarrées dans la foule avaient un peu de ce charme étrange qui, dix ans auparavant, caractérisait les troupes de Haré Krishna.

J'avais toujours eu une faiblesse pour Sikorski. C'était un homme si séduisant, si enthousiaste, si passionné. Très slave. C'était vraiment le Bakounine de la psychologie, asexué et enclin à emprunter d'énormes sommes d'argent qu'il était incapable de rembourser, même en rêve.

Maintenant, il se campe, puis se pavane sur la pelouse. Bras écartés, il pétrit des mottes de gazon et les presse contre son front. Sa bouche s'ouvre et se ferme, mais je n'entends pas ce qu'il dit. Il paraît que son invitation est un cadeau des organisateurs du colloque à la municipalité de Denver. Les déconstructivistes radicaux du champ psychique doivent pratiquer leur art dans le voisinage de l'hôpital psychiatrique régional afin d'améliorer l'état mental des habitants… enfin, à ce qu'ils disent.

Quantité de gens, parmi lesquels des penseurs tout à fait respectables, croient implicitement à l'efficacité de la déconstruction radicale du champ psychique. Quelle blague ! Ils n'ont aucune notion de ce qu'est réellement la Théorie quantitative. Elle ne traite pas des causes physiques, elle opère au niveau du signifiant. Les gens sont des moutons, ils arrivent par troupeaux en clamant que les actes de Sikorski et de ses épigones les ont soulagés. Et il n'est pas rare de voir des intellectuels « branchés » partir, sac au dos, pour une randonnée de déconstruction de champ afin de soulager quelque névrose latente – se sortir d'un ménage à trois ou « clarifier » un affect. Je me suis laissé dire qu'il était pratiquement impossible, de nos jours, de passer devant un établissement psychiatrique, quel qu'il soit, sans voir un ersatz de nef des fous en réduction amarré près de la porte d'entrée.

Mon allocution terminée, j'attends que l'ovation s'estompe et je me porte immédiatement au-devant de Dagglebert. Je suis scandalisé.

« Qu'est-ce que ces hurluberlus viennent faire ici ? Comment les organisateurs ont-ils pu les laisser franchir le périmètre de l'université ?

– Oh, eux… », dit Dagglebert – et, une fois de plus, je me demande comment j'ai pu être assez stupide pour engager un assistant de recherches qui postillonne. « Ils ont été invités pour remercier la municipalité de Denver…

– Oui, ça, je sais, je sais ! » Je me détourne et file vers la cafétéria, à l'autre bout de la cour. Dagglebert, pas gêné, m'emboîte le pas, en bavant toujours.

À l'abri des regards, dissimulé jusqu'à mi-poitrine derrière un rideau de pousses de bambou, j'observe le flux et le reflux des participants : dans un sens, mes auditeurs qui sortent, dans l'autre, les déconstructivistes radicaux du champ psychique qui entrent. Ça se télescope, ça s'évite, ça zigzague et, ici ou là, d'anciens collègues, qui se reconnaissent vaguement à travers un brouillard de tranquillisants, s'arrêtent pour tailler une bavette.

Moi aussi, je repère d'anciens collègues. Zack Busner s'entretient avec une grande fille ténébreuse, en enroulant et déroulant nerveusement sa cravate en mohair. Phillip Hurst, le pied sur un bac à fleurs, un cartable ouvert calé sur son genou, farfouille dans des paperasses en expliquant quelque chose à un individu corpulent qui se tâte les biceps. Là-bas, j'aperçois Adam Harley, en grande conversation avec Janner, l'anthropologue, que je connais de vue. Janner porte une espèce d'imperméable Burton d'occasion et un sac plastique marqué du logo d'un grand magasin du sud de Londres. C'est un individu repoussant, avec un faux air d'Alkan : sa façon de renverser la tête en arrière pour ravaler son catarrhe est particulièrement frappante. Je ne sais absolument pas ce qu'il est venu faire ici.

D'autres silhouettes familières parsèment la cour. Des visages du passé qui se fendent et se reforment en parlant. Un Juif maniaque, ressemblant à un comptable, avec des revues de marketing sous le bras, écoute attentivement Stein, le charlatan millénariste, lui exposer sa nouvelle loi. Sikorski déambule parmi la foule, son godemiché pointé devant lui comme une tête chercheuse ou un éperon – ce qui prête à l'hilarité quand on sait, comme je le sais, qu'il est complètement impuissant. Il s'arrête pour serrer des mains et bavarder avec des flatteurs, mais sans se laisser détourner de sa tâche. Un filet de salive, dégoulinant parmi les entrelacs de sa barbe blonde hirsute, dessine de scintillants méandres qui reflètent la lumière solaire tombant du ciel.

Et, en observant Sikorski et sa clique, je sens que mon énervement – qui me taraudait depuis mon arrivée à Denver – commence à s'apaiser. Je me dis que cette conférence, ce spectacle, est une plaque tournante pour la Théorie quantitative. C'est une seconde chance qui m'est ici offerte de rétablir mon école de pensée à sa juste place, dans sa juste signification. Où la Théorie a-t-elle péché ? Dans son application ? Son élaboration en tant que thérapie ? En tant que méthode de contrôle social ? En tant qu'outil de psychiatrie radicale ? Dans tous ces domaines à la fois, et dans aucun en particulier. Comme toujours, la vérité m'apparaît dans un éclair de lucidité pure. Je renverse le gobelet de café tiède que Dagglebert a posé à côté de mon coude en fouillant dans mes poches. Vite, un stylo et un carnet. Je jette sur le papier une première tentative de formalisation de mon idée :

$$Q(Q><[Q]) = Q(Q><[Q])$$

Bien sûr, il faudrait développer, il faudrait définir la valeur de Q par référence à une valeur extérieure, mais la formule en elle-même est si aveuglante, si élégamment simple que, pour le moment, elle me semble exprimer idéalement ce que je vois autour de moi.

Les déconstructivistes radicaux du champ psychique ; les étudiants américains en survêtement automnal bouffant ; les présidents d'une douzaine d'universités qui s'agitent avec passion sur un sujet auquel ils ne connaissent ni ne comprennent rien. Et tous autant qu'ils sont, je dis bien *tous*, confinés dans des groupes sociétaux définissables.

La Théorie quantitative de la démence vient d'atteindre sa première grande ligne de partage épistémologique. Comme la physique théorique, elle doit maintenant tenir compte du phénomène même qu'elle a contribué à identifier. Elle doit reconstruire la preuve de son propre fondement sur la base de son propre accomplissement. De toute évidence, en concentrant autant de personnages aberrants ou frisant l'aberration en un lieu unique ou une série de lieux identiques, l'existence même de la Théorie quantitative a joué un rôle sur le quotient psychosanitaire en soi.

Il s'agira maintenant de faire dériver une équation permettant de vérifier si ce que je soupçonne est vrai, à savoir que, plus on concentre la démence dans les institutions éducatives, plus le niveau de maladie mentale augmente dans le reste de la société…

Choix bibliographique

Ford, Hurst, Harley, Busner & Sikorski, « Certains aspects des mécanismes du quotient psychosanitaire dans une communauté d'abrutis des Shetland », *British Journal of Ephemera*, septembre 1974.

Ford, H., « De la nécessité d'enseigner le ring dancing aux agents de change », *Practical Mental Health*, janvier 1975.

Ford, H., *La Théorie quantitative de la démence*, Londres, Publish Yourself Books, 1976 (tirage limité).

Ford, H., « Pour en finir avec les gens qui rient tout seuls – Vers une politique efficace des transports en commun », *The Bus*, octobre 1995.

Harley, A., « Chamanisme et avenir du soja », World Bank Research Briefs, septembre 1979.

Hurst, P., « Onychophagie à Bournemouth contre énurésie nocturne à Poole : action et amélioration », *Journal of Psychology*, mars 1976.

Hurst, P., « Recensement général des quotients psychosanitaires au Royaume-Uni », *HMSO*, janvier 1980.

Sikorski, A., *« Papa, maman est morte. Bien »*, Londres, Shefcott and Willer, 1976.

Monocellulaire

Quand j'étais enfant, j'avais un jeu. Enfin, pas vraiment un jeu, plutôt un passe-temps. Couché dans mon lit, je plissais les yeux et je voyais les rais de lumière, qui filtraient par les rideaux, se solidifier. Des tubes solides de clarté, qui se dilataient et se contractaient selon que je plissais plus ou moins les yeux. Et ça me donnait la sensation d'avoir un contrôle total sur le monde périphérique qui sous-tendait le mince voile d'illusions tissé par les apparences quotidiennes. Un monde secret. Des tas de choses me sont arrivées pendant mon enfance, qui, sans être ni heureuse ni malheureuse, fut riche en événements, mais ce dont je me souviens le mieux, ce sont ces tubes de clarté.

Je m'en souviens parce qu'ils sont de nouveau là, quoique sous une forme différente. Je suis assis dans le living-room, et ces tubes solides de clarté s'accrochent à tout ce que je vois. Un halo bleu surligne le dossier du divan en cuir contre le mur du fond et chatoie au-dessus des chamarrures du tapis Wilton, comme un ectoplasme, en suspension à dix centimètres de hauteur, reproduisant ses motifs en losanges. Devant les étagères, c'est un halo vert. Et, à travers les carreaux déformants de la porte à double battant, j'aperçois mes enfants dégénérés dans la salle à manger. Ils sont allongés en rangs ordonnés, le dos rond, comme une école militaire de cétacés miniatures. Au-dessus de chacun d'eux, un petit croissant de lumière noire. Si je plisse les yeux, le croissant devient un nuage. Si je force encore, le nuage s'estompe, n'est plus qu'une image rémanente sur la rétine, disparaît presque.

Voici comment je sens la chose : je vais rester assis ici encore quelque temps. Probablement trois bonnes heures. Vous comprenez, si je bouge, il y a une espèce de petite verrue de douleur – une petite chose dure – fichée dans le creux de mon bras, qui me crée des fourmillements très désagréables au moindre mouvement, même le geste le plus simple, comme l'acte de boire une gorgée de bière. Alors, Dieu sait ce que ça me ferait si je traversais la cuisine pour frire quelques champignons spéciaux. Ce serait une terrible erreur.

Une erreur que je n'ai pas l'intention de commettre. J'ai adapté mon environnement. Je me suis construit une bulle. Je suis comme ces enfants allergiques à tout, je ne peux pas quitter ma bulle. Je risquerais la mort. Une mauvaise stimulation pourrait m'être fatale, en ce moment. Je dois surtout éviter les champignons spéciaux. De toute façon, ils ne me font pas vraiment envie. Même leur emballage argenté ne m'attire pas.

Il y a de nombreux autres enfants en haut. Ils dorment paisiblement. Demain matin, quand Gavin appellera… ils me seront enlevés. Par le service compétent. Ah, il me plaît, ce mot-là, tiens. « Service », avec un S majuscule. Ils dorment emmaillotés dans des gaines de plastique à bulles, ceinturés de carton ondulé. Mais je crois que je vais aller les rejoindre. C'est à cause de cette verrue, cette exaspérante verrue qui me lancine. Oui, je crois que je vais m'allonger un peu dans la petite chambre du fond. J'entrerai dans la chambre d'ami, puis je passerai dans la chambre de maître et je m'étendrai parmi eux comme un patriarche. Oui, je vais peut-être faire ça. Je pourrais, si je voulais. Si je le voulais vraiment. Mais je ne le veux pas. Je veux être ici et pas ailleurs quand l'aube fera pétiller les bandes blanches sur la route. Quand la lumière dévoilera la statue de femme nue de Hensley's Corner. Quand Gavin appellera…

En fait… en fait, je pense… je pense que Gavin ne va pas tarder à appeler. Il est presque 6 heures du matin et il faut tenir compte du décalage horaire. Cela dit, j'ai une crainte. Si, si, je tiens à mettre les choses au point, je crains que vous ne me trouviez inutilement sibyllin : enfants, verrues, champignons spéciaux, lambrequins violets… je m'en rends compte, rassurez-vous, mais laissez-moi procéder à ma manière. Parce que j'ai déjà fini. Dans mon esprit, chaque phrase, chaque clause que j'énonce contient toute l'histoire. Commencement, milieu et fin. Pour être fidèle à mon idée, je devrais me taire maintenant. Je pourrais, vous savez. Je pourrais secouer la tête et m'évaporer dans un tourbillon floconneux de lumière fragmentée, si je voulais… alors, laissez-moi être sibyllin. Comme ça, je peux faire semblant de ne pas avoir fini l'histoire. Et ça m'incite à la raconter, vous voyez ?

Il y a plein de livres autour de ce fauteuil. C'est comme un petit village. Ils sont entrouverts, dos vers le haut, et forment des toits, vous voyez, comme de petites maisons de savoir. J'ai toujours aimé les manuels du genre « Comment faire ceci ou cela ». *Comment jouer en Bourse, Comment réussir en économie, Comment créer une entreprise, Comment faire des émaux, Comment construire un bateau.* Depuis une heure environ, je les ai tous regardés tour à tour. Et je vais continuer pendant encore une heure environ. J'ai fait de même avec la myriade de journaux et de magazines qui jonchent le sol entre mon fauteuil et le mur. Ensuite, je passerai aux disques.

Donc, je regarde chaque livre tour à tour. Je lis une phrase ou un paragraphe court. Et puis, c'est tout. J'ai construit le bateau. J'ai fait le pendentif en émail. J'ai lancé l'entreprise. J'ai le même problème qu'avec ma propre histoire. Tout est contenu dans tout. Mais je ne désespère pas, je continue à piocher chaque livre, l'un après l'autre. Je les feuillette, je me concentre sur un paragraphe et je les abandonne. J'ai fait la même chose, plus tôt dans la nuit, dans les autres pièces de la maison. Dans la cuisine, avant que les champignons spéciaux ne fassent leur effet, j'ai lu des recettes. Dans les toilettes, des illustrés. En haut, des romans. Et les livres sont toujours là, comme des villages abandonnés.

Je parcours les pages à la recherche d'un fait, d'un élément d'information qui me donnerait la clef… mais je la connais déjà. Ce que j'ai oublié de vous dire, c'est que je suis vieux, très vieux. Inhumainement vieux. Aussi vieux qu'une conduite souterraine en brique, dont les briques s'effritent et laissent apparaître la boue. Je suis un énorme doigt fripé. Je suis resté trop longtemps dans le bain. Mes chairs pendouillent comme des caroncules. La sueur poisse mes vêtements. Et je ne parle pas de la pulsation sonore. Une résonance caverneuse. La grande lessive de l'océan qui fait brinquebaler ma tête autour de mon cou.

C'est reparti. C'est mieux. C'est bien de tendre la corde à linge. C'est affreusement déprimant de voir ces chemises cent fois lavées traîner leurs manchettes dans la crasse. Ha ! Ha, ha… Nous avons acheté une entreprise, clefs en main. J'aime bien ce « clefs en main ». Ça m'évoque un placard à serrure, avec plein de petits cadres commerciaux alignés comme des boîtes de conserve. Mais ce n'est pas ça du tout. Notre entreprise, je veux dire, à Gavin et à moi : Ocean Ltd. Anciennement, c'était une ferme de plancton. Oui, oui, c'est le mot en usage. Ils produisaient des aliments pour les poissons, vous voyez. Pour les poissons de compagnie. Estuaire… quelque chose. Maintenant, elle est à nous. Et avec de nouveaux directeurs : Gavin, moi-même et M. Rabindarath. Par procuration, en ce qui concerne M. Rabindarath. Il ne quitte jamais sa chambre, sauf pour faire exécuter ses ordonnances. Gavin l'a gentiment dispensé de lire toute correspondance relative à Ocean Ltd – et, par voie de conséquence, d'assumer ses responsabilités de directeur financier. Un bon point pour Gavin. M. Rabindarath est un névrosé incurable. Il se ferait du mouron.

Je me sens beaucoup mieux. Assez bien pour rallier la cuisine. Les contours violets des choses ont cessé leurs furieuses oscillations – à moins que les vibrations n'aient accéléré leur fréquence jusqu'à paraître statiques. En tout cas, les objets ont atteint une pureté de lignes cristalline. Cette boîte de bière, par exemple. Avez-vous jamais vu boîte de bière plus pure ? C'est vrai, quoi, le dessin de la brasserie Castlemaine de Brisbane est si net qu'on a l'impression d'être debout devant la porte. Je bois. Ce goût plat. Absolue pureté de lignes.

Je me lève du fauteuil. Un peu raide. C'était prévisible. La cendre de cigarette forme un réseau de lignes pointées vers mes parties. Un gratte-couilles à distance ! Ha ! Ha, ha…

Marcher, comme la plupart des autres activités humaines, demande beaucoup d'assurance. Si vous voulez avoir de l'allure, il faut y aller franco, en confiance. On reconnaît généralement un marcheur jeune ou inexpérimenté à son manque de style, ou à sa mauvaise imitation d'un style trop vieux et trop complexe pour lui. Une démarche prétentieuse peut être un vrai problème. Mais là, non, j'aborde le hall en souplesse, avec une classe naturelle. Je me dirige vers la cuisine… « Champignons spéciaux », dites-vous ? Et ta sœur ? sera ma réponse. Je vous ai eus, avec mes salades.

Il n'y a pas de discontinuité dans le revêtement de sol entre la pièce de devant et le hall, ce qui est réconfortant. La forme « en escalier » de l'escalier est également rassurante. Cette aquarelle, là, au milieu du mur, au-dessus de la table ovale du hall, je l'ai achetée chez Betys-Y-Coed. Elle représente une maison campagnarde avec, au premier plan, un champ et un mur en pierre sèche, et, en arrière-plan, des nuages. Elle est merveilleusement chaleureuse, cette aquarelle, de même que la table, achetée chez Beccles, qui paraît si sombre et si… ligneuse dans la lumière indirecte de la porte d'entrée. Elle donne à ma maison un côté vieil acajou, qu'elle ne mérite pas.

Même les enfants, les fruits de mes peines, ont l'air assez innocents, ici, arc-boutés sur les marches par groupes de deux ou blottis autour de la porte du placard sous l'escalier. Ils ont perdu leur allure militariste. Je peux m'arrêter ici, poser négligemment la main sur la table ovale, écraser du courrier épars et raconter.

Gavin dit que cette maison est une vitrine mal rangée de bric-à-brac petit-bourgeois. Qu'elle trahit mon désir de respectabilité. Tout ce que je sais, c'est que je ne pourrais jamais me sentir à l'aise dans son environnement minimaliste : spots lumineux, fines moulures, bois verni, petites carpettes… Trop austère.

Quand j'ai acheté cette maison, contribution nécessaire au déficit financier d'Ocean Ltd, je voulais en faire un endroit vraiment reposant. À l'époque, je passais presque toutes mes journées assis contre des cloisons mobiles couvertes de tissu vert lustré, à parler avec des hommes coiffés en brosse qui ponctuaient tous leurs gestes de petits coups de stylos-billes en aluminium. Rentrer dans cette maison, c'était une évasion. Il y a quelques mois à peine que j'habite ici, mais je m'y sens complètement chez moi.

Trouver des crédits pour Ocean Ltd fut la chose la plus facile du monde. Gavin sait être très persuasif, et sans jamais vous forcer la main. C'est dans sa nature : il donne simplement aux gens l'envie d'être ses amis. Du coup, ils le deviennent et font ce que font les amis, ils lui rendent des services. Gavin les endort avec sa voix de velours, dans laquelle on sent passer juste une très légère nuance de supériorité sociale. Tout est dans la légèreté de cette nuance : les gens ne l'entendent pas, c'est comme un message subliminal qui les fait réagir favorablement. Ocean Ltd emprunta donc sans difficulté son capital de départ.

« Tout le monde n'est pas sensible aux prospectus sur papier glacé », m'a dit Gavin en touillant son whisky avec le doigt – il avait une petite bosse tubéreuse de chair plastique à la place de la cuticule – « mais il nous en faut un. » Ocean Ltd eut donc un prospectus sur papier glacé : des planches en vélin pliées en accordéon, des photos bichromes de nos bébés tout lisses, de petits carrés de texte avec des icônes par-ci par-là, et le logo d'Ocean Ltd : un bébé stylisé, d'un trait rapide.

Il y a une sournoise ondulation dans l'air, ici. Dans le hall. C'est trop rapproché, voilà le problème. Je me laisse obnubiler par les détails. Oui, c'est ça, mon problème, d'après Gavin : « Tu es le constipé classique, me dit-il, tu chipotes trop, tu es extrémiste dans la minutie. Heureusement que tu n'es pas chargé de la stratégie générale, de la pensée abstraite. » Peut-être, mais la pensée abstraite de Gavin a conduit à des choses remarquablement concrètes, comme l'appartement de Bloomsbury, les restaurants chic, les costumes de chez Bromsgrove, les chemises de chez Barries. Tandis que ma mentalité concrète, mon attention au détail m'ont mené…

… à la cuisine. Ouééé !… Pauvre crétin. Un éclair de lumière blanche. J'ai appuyé sur l'interrupteur, les tubes au néon ont émis un signal d'alarme trop tardif pour mes rétines en papier buvard, que la lumière crue frappe comme un marteau. Je suis une caméra ultrasensible. Ouah !… Tout est en feu. Le buffet est dénudé dans le coin – une vieille femme retirant ses vêtements. Les pots à épices sont comme des lunes : une face argentée, une face cachée, enfouie à jamais dans les ténèbres. Tout est lunaire, dans cette cuisine, polarisé. Le dîner de la veille traîne sur la table rectangulaire mélaminée. Les champignons diaboliques gazouillent dans leur papier d'aluminium. Dans la chair, ils sont bien moins terrifiants que je ne l'imaginais. Je sens que l'étau se desserre, ma tête émerge du fond de la mare stomacale dans laquelle la lumière l'avait enfoncée. Je vais juste aller me remplir un verre d'eau au robinet de l'évier.

Euh, euh, hou, ggh… j'avais oublié. Je suffoque. J'ai du mal à tenir debout. Une conduite d'égout amère me remonte dans le cou. Je peux juste attraper une boîte dans le frigo, éteindre la lumière et battre en retraite jusqu'à mon fauteuil dans la pièce de devant. J'avais oublié les ailes de poulet tandoori, tapies dans leur barquette. Rien qu'à voir ces membres rouges ficelés dans du film alimentaire, badigeonnés de crème pâteuse au curcuma, je suis déstabilisé. Me voilà rassis. Et rien n'a de sens. Plus rien n'a de sens. J'ai le vertige. Je tombe en avant. Je regarde en bas, vers le bas, vers le bas. Oh, comme je regrette ces lambrequins violets. Et cette verrue maligne, ce nodule de douleur dans le creux de mon bras, qui palpite, qui palpite. Ce n'est pas une simple douleur organique, c'est une douleur insidieuse qui sape l'idée même de la chair, une douleur qui parle d'un avenir où nous serons tous changés en cybernautes. La verrue est un écrou vissé comme une jauge dans mon bras et qui broie mes tendons rouillés…

« Garde à vous, fixe ! » Il faut que je mate cette armée d'occupation provisoire. Allez, repos, repos. Quand ils sont arrivés, hier après-midi, leurs gardes avaient du mal à croire que c'était la bonne adresse. Debout dans leurs blousons en faux denim, avec un nom de société sur la poitrine, ils ont lorgné ma maison et sonné le carillon. L'un d'eux brandissait dans son gros gant une liasse de factures en papier pelure.

Avec l'indolence mesurée de tous les portefaix du monde, qui doivent lutter quotidiennement contre la déperdition de leurs forces, ils ont déchargé le camion et déposé les enfants n'importe où dans la maison. Des caisses et des caisses, un cent au total, éparpillées dans toutes les pièces. Après, je me suis amusé à les sortir un à un pour jouer avec eux, les disposer en ordre de marche et les faire défiler, puis je me suis lassé et je les ai alignés en rangs, principalement dans la salle à manger : quatre compagnies en formation serrée sous la table.

Juste après le déchargement et la signature des diverses factures, j'ai voulu arrêter les trois hommes qui retournaient à leur camion orange. J'éprouvais un terrible sentiment d'abandon et d'aliénation. Cet après-midi tout en grisaille avait une espèce de réalité coupante qui m'entrait dans la chair. J'ai essayé de les rappeler, mais sous quel prétexte ? Un sifflement de freins pneumatiques, un bruit de moteur, et les voilà qui filaient déjà vers le boulevard circulaire.

Ce qu'il y a, voyez-vous, c'est que je ne suis plus convaincu par Gavin. C'est ça, le truc. J'ai des doutes. David Hangleton, avec qui nous avions rendez-vous il y a deux semaines pour un « petit dîner italien » à Hampstead, était autrement plus convaincant. Moi, je n'ai jamais fait semblant, je ne me suis jamais pris pour ce que je n'étais pas, je n'ai jamais eu d'entregent et je n'étais pas là pour donner du charisme à Ocean Ltd. Ma place était dans l'arrière-boutique, je devais seulement veiller à ce que notre comptabilité ait l'air présentable. Or, à côté de Hangleton, Gavin semblait insubstantiel, comme s'il ne m'avait offert jusque-là qu'un astucieux pastiche de l'original. Tout ce que faisait Gavin, les manières qu'il affectait, les choses qu'il disait, les costumes qu'il portait, était forcé. Un jeu d'acteur. Avec Hangleton, c'était une autre paire de manches, c'était un vrai entrepreneur, lui, pas un bonisseur. Il était naturel, sans fard et, quand il se vantait d'avoir des fonds, c'était du solide ; l'argent ne venait pas forcément de sa poche mais, au moins, ce n'étaient pas des emprunts à taux usuraire.

« Acheter quelque chose à bas prix, avec l'argent d'un autre, et le revendre rapidement à un prix moins bas. » C'était la maxime de Gavin, et la devise d'Ocean Ltd. Il m'avait même demandé de rédiger un petit panonceau et de l'afficher au-dessus de l'ordinateur.

« Ensuite on pourra rembourser les emprunts.

– Ensuite on pourra rembourser les emprunts.

– Et les cartes de crédit.

– Et les cartes de crédit.

– Et les comptes courants.

– Et les comptes courants.

– Et les billets à ordre.

– Et les billets à ordre, ouais, pas de problème.

– Et réinvestir le capital dans une vraie entreprise.

– Ben tiens. Bien sûr, à première vue, comme ça, on pourrait croire qu'on est des escrocs à la petite semaine, mais c'est pas du tout ça, hein ? On est des hommes d'affaires, des entrepreneurs. »

Oui, des hommes d'affaires, des entrepreneurs. Gavin en avait l'allure, c'est certain. Il incarnait bien le personnage. Du moins, je l'ai cru. Au début. Parce qu'il avait vraiment la tête de l'emploi, avec ses cheveux cendrés coupés au petit poil, ses traits réguliers, son nez à l'arête fine (pas comme mon espèce de patate écrasée) et son teint impeccable, si frais et si lisse que je n'aurais pas été surpris de découvrir une couture verticale sur sa nuque.

Au début de notre association, il m'a emmené voir ses amis. Ils avaient tous les mêmes manières que lui, cette même aisance facétieuse, ce genre de charme dont j'avais toujours été victime. Gavin et ses amis, avec leur jargon de collège privé, leurs parties de backgammon et leurs virées en voitures de sport sur les grands boulevards, m'évoquaient les gosses de nouveaux riches avec qui j'allais à l'école. Ils avaient la même attitude consumériste devant la vie. Comme Gavin, ils allaient droit au but, sans s'embarrasser de précautions. Ce qui faisait la différence, je crois, c'était que Gavin ajoutait à tout cela une espèce de solidité, de sécurité mondaine à la Virginia Water[1]. On imaginait des épagneuls, des femmes en tailleur surpiqué, enfin vous voyez le tableau. Il avait aussi le don de vous mettre en valeur, de vous distinguer. Le genre : « Je te dis ça parce que je sais que tu peux garder un secret et… » une pause appuyée « parce que je crois que je te considère comme l'un de mes meilleurs amis. » Un air gêné, les yeux baissés, puis levés furtivement, mais droit dans les vôtres, pour bien montrer qu'il vous faisait une confiance absolue.

En fait, vous savez, j'ai tort de le dénigrer de la sorte. J'ai tort et c'est idiot de ma part. Très idiot. Il est tout seul dans une chambre d'hôtel, il a hypothéqué tout ce qu'il possède pour Ocean Ltd. Moi, je n'ai jamais rien eu à hypothéquer. Il a été mon ami – un peu capricieux peut-être, mais ça n'empêche pas. C'est peut-être ça, l'amitié, au fond, une tape et une chatouille. Je suppose

1. Site résidentiel sélect, dans le Surrey. *(N.d.T.)*

que je suis un peu nerveux parce que j'attends son appel et parce que la dernière chose que j'ai lue dans *Comment créer une entreprise* était : « Les associations peuvent être très épineuses, même les amis proches doivent faire superviser leurs accords par un avocat d'affaires expérimenté. » Mais, évidemment, nous ne sommes pas en association, nous avons une société à responsabilité limitée, avec des directeurs. M. Rabindarath et, bien sûr, Sandy – dont la réelle identité reste d'ailleurs à préciser. J'y viendrai.

Du coin de l'œil, j'aperçois le coin du jardin. D'un coin l'autre… L'aube va se lever. Gavin va appeler. Il fait humide, dehors, la rosée luit dans la lumière orange, sur les troènes et sur l'herbe. Idem à l'intérieur. Mon fauteuil. Le divan. La console. L'espace triangulaire, jonché de journaux en vrac, entre mon fauteuil et le mur. C'est comme un paysage miniature, ces journaux : des crêtes de rédactionnel et des vallons de publicité. Qui peut dire si c'est vraiment plus petit que la pièce, que le jardin, que le monde ? Si je frotte ma main de haut en bas sur le bras du fauteuil, les poils du revêtement se hérissent et s'aplatissent alternativement. La coordination, tout est là. Ce n'est pas dans les livres qu'il faut chercher la sagesse, ils n'ont rien de nouveau à dire : une seule longue phrase dans laquelle tout est contenu. Tout et rien. Tandis que, par ce rite simple – rebrousser le revêtement du fauteuil avec le plat de ma main, en respirant rythmiquement et en suivant des yeux les froissements des journaux –, j'arrive à une maîtrise. Je crée un petit univers ordonné, où il est entendu que Gavin va appeler. Il va appeler parce que l'univers est ordonné. Les rayons solides se dilatent et se contractent. Les enfants sont tous allés sagement au lit. Les champignons attendent, réduits en pâte, les ailes de poulet s'enfoncent dans leur matelas en polystyrène. Et la verrue, qui avait commencé comme une piqûre, devient une ouverture. Une porte sinistre. Sa *subcutanéité*. Beurk… sa *stratification*. Je hais les strates de ma peau, parce qu'elles sont partout et que, en dessous, il y a des couches de *viscères*. Quelqu'un a saupoudré du sable entre les couches de mes viscères. Et la bière est éventée. Et je connais cette chanson, je l'ai entendue mille fois. Où est ma télécommande…

En réalité, elle n'a rien de particulièrement abominable, cette chanson. Elle a une sorte d'innocence populaire, une nostalgie qui convient assez bien à mon état d'âme. Ça pourrait être ironique… mais pas forcément. Je suis assis là et, ma foi, je me trouve encore assez frais, pour un type qui a passé une nuit blanche. Mes habits ont un aspect flottant, à cause de la lumière, peut-être : je suis assis dans une flaque projetée par le lampadaire, où se mêlent les lueurs orange du réverbère de la rue et les pâleurs grisées de l'aurore. Et les rayons, ces rayons solides, que je contrôle et ordonne partout ailleurs dans la pièce, dansent et fredonnent autour de moi, s'entrelacent… Je suis leur pôle.

Je suis comme une petite tache de vie colorée, captée dans un microscope. Beau, sans poids, rétréci par la gravitation ou les effets du soleil, je nage dans l'air amniotique du living-room. Le papier peint susurre gentiment. Et puis, sans avertissement, un rayon hostile entre dans la pièce, transperce le mur, un rayon différent des autres, réfractaire à mon contrôle optique : un rayon de pure anxiété. Qui me sonde avec sa tête d'épingle, me touche une seule fois. Pique mon diaphragme mou, le cœur héliotropique de mon organisme pathétiquement simple. Et je me contracte. Je me ressaisis. Je serre mon petit poing gélifié. Lentement, lentement, je me relâche, m'épanouis, flotte dans le fluide limpide qui grossit mon corps transparent par un effet de loupe. Et voilà que ça recommence. Je suis une créature monocellulaire capable d'un prodigieux réflexe du genou. C'est une petite digression par rapport à mon principal centre d'intérêt, ou en tout cas mon actuel sujet de discussion, fondé sur des expressions telles que « connaissement de fret », « police de chargement », « facture *pro forma* », des mots terre à terre comme un tarmac encadré de clôtures grillagées. Le monde d'Ocean Ltd est un monde actif, fait de phénomènes quantifiables, non un fantasme amibien mijoté dans un living-room de banlieue à… hum, pas loin de 6 heures 30.

Et qui osera dire que Sandy, le vieux labrador arthritique de M. Rabindarath, avec son museau grisonnant et sa démarche traînante, n'a pas le droit de figurer dans le conseil d'administration d'Ocean Ltd ? Même si son identité a été fabriquée de toutes pièces, avec extrait de naissance, passeport, compte bancaire. M. Sandy Eccles est un fait accompli, maintenant. Son nom apparaît sur notre papier à en-tête. On parle souvent de lui et les gens se le représentent au volant de sa Vauxhall sur l'autoroute, écoutant Radio Two. En bras de chemise, la veste suspendue à l'appui-tête, impatient de décrocher ce fameux contrat…

Je considère que j'ai droit à des félicitations et je n'hésite pas à me les décerner… Chapeau, mon petit gars ! Ce living-room est le fier testament de ta lutte contre l'angoisse. Tout semble à sa place. Rien qui choque l'œil. Le village de livres, le fauteuil idéalement positionné, le relief des journaux, l'éventail des pochettes de disques… un bon petit tapis de médias, tout ça, qui rehausse joliment le beige discret de la moquette. Le magnolia n'était peut-être pas un excellent choix pour le papier peint, mais c'est reposant. Quant au mobilier, il est parfait : moderne mais pas trop, juste ce qu'il faut… Dans une pièce comme celle-ci, avec ses fenêtres à six carreaux et jointures métalliques, il faut des trucs anguleux et des couleurs pastel.

Cette chanson populaire. Je la déteste, elle n'a rien à me dire. Mais, bon, j'ai essayé du jazz, repassé du classique, réécouté du rock, du reggae, de la fusion, de la soul… en vain, ça ne donnait rien, ça tombait à plat sur les haut-parleurs comme sur des tympans morts. Je ne veux entendre ni rythme ni mélodie, je veux en rester aux chansons qui parlent d'enfants battus et de pères alcooliques. C'est plus réaliste. Pas le temps de changer de disque, de toute façon. Voyons ce que racontent les journaux…

Et que voyons-nous, dans le *Hendon Advertiser* du mois dernier ? Eh bien, que le mont-de-piété a organisé une braderie au profit de l'hôpital des Enfants-Malades d'Osmond Street, qui a remporté un énorme succès et rapporté cent soixante-seize livres sterling. Félicitations spéciales à… à qui… à Mme Tyler, qui a organisé la manifestation et confectionné vingt pains d'épice à elle seule. Hmmmm, hmm, ça mérite un gros titre, en effet, et il y a d'autres articles tout aussi poignants sur les nouveaux Abribus, un déambulateur pour personne âgée et le départ en retraite d'une serveuse de cantine scolaire. On la voit en page 5, radieuse, devant un baromètre ornemental. L'éditorial ? Attendez, attendez… je feuillette, je feuillette… Ah ! Les déjections canines, je m'en doutais. Cette question récurrente et tortueuse. Elle ne se réglera pas comme ça, tss-tss. Elle a une importance politique aussi cruciale pour la municipalité de Finchley que la Question irlandaise pour la Grande Bretagne à la fin du dix-neuvième siècle.

Mais les vraies nouvelles sont en fin de journal. Après une publicité pleine page pour des protections antichocs, nous trouvons les petites annonces. Le vrai pathos de la vie est là. Un pathos qui appartient non seulement aux annonces elles-mêmes :

Valises de voyage, état neuf, propres intérieur et extérieur. 3,00 £.
671 0042 (après 18 h)

ou :

Eléments pour étagères murales. Sept 1,50 m × 0,45 m.
15,00 £. Possibilité échange contre table basse.
229 5389 (heures bur.)

et :

Tit Bits, *numéros 148 à 546. Pour collectionneur.*
40,00 £.
229 4917 (après 20 h 30)

mais encore à la façon dont on les regarde. Je me trahis, là. Gavin ne lirait jamais les petites annonces du *Hendon Advertiser*. Il regarde seulement les photos en couleurs où des femmes, avec des hanches si hautes qu'elles ont dû connaître le Dr Moreau, se dandinent sur la promenade des Anglais pour vendre des eaux de Cologne, des voitures Euro-box, tout ce que vous voudrez…

Les caractères flous de ces publicités me donnent le bourdon ; pire : je me vois les lisant et je me vois me voyant. Trop vertigineux, tout ça. Oublions les journaux. Je prends un livre… *Comment… Comment…* quelque chose… Avec une couverture bleue à pois blancs, de tout petits pois blancs qui dansent devant mes yeux fatigués. Je veille depuis trop longtemps pour assimiler :

I.21 Les dettes infrastructurelles ne peuvent pas être gérées au jour le jour.

Tout à fait… tout à fait… et il s'ensuit que :

I.22 Les faux frais doivent être séparés avant tout plan stratégique à moyen terme.

C'était ça, mon erreur. Je n'ai pas séparé ces foutus faux frais. Non, mais de quoi j'ai l'air, franchement ? J'ai un poste à responsabilité, je suis membre du conseil d'administration d'une grosse société d'import, comptable diplômé, et je me laisse encore avoir par des faux frais ! Les faux frais et les faux-semblants – comme le goût métallique du curcuma, le pathos des petites annonces… Ah, j'ai envie de vomir, tiens. Je suis un vomisseur-né, avec mon intarissable réserve de bile amère, mon gosier en fromage fondu. Je sens mon diaphragme qui gondole… allons, allons, pas devant les enfants, pas devang les engfangs. Il faut que je me concentre sur quelque chose, une tâche apparemment inutile mais thérapeutique. Je vais ranger le village autodidacte, de manière que les toits soient parallèles et tous inclinés selon le même angle. Oui, je peux les atteindre de mon fauteuil. Je tends mon bras, comme une grue miniature et, ouh là, le sang afflue dans ma tête. Putain de verrue ! Vérole de verrue ! C'est une vis qui me taraude le bras, un bras saturé comme une éponge d'hydropisie infectieuse. Vanité de la tâche. Vous ne comprenez pas que je souffre ?

« Je n'ai aucune crainte pour la sécurité de ce prêt. » Il n'y avait pas la moindre ride sur le visage de l'Enfant banquier, assis derrière son buvard.

« Tout me semble en ordre, dans la mesure où les clauses annexes sont… » Le café refroidissait dans des gobelets Star Trek. Gavin bougea sur sa chaise. Son costume formait une vague tache bleue dans le brun Rembrandt du bureau de l'Enfant banquier. Dans son attaché-case, ouvert sur un coin de la table, il y avait tout un monde en réduction : calepin, filofax, prospectus pour Ocean Ltd, clefs, stylos et quelques échantillons de nos enfants. Présentement à l'orphelinat mais, avec l'aide du banquier, en partance pour l'adoption. Je vis l'Enfant banquier tirer vers lui un bloc-notes et aligner délicatement des colonnes de chiffres, avec de jolies caresses de son stylo à plume. Une petite fille en tailleur rayé flottait dans la pénombre au-dessus de son épaule droite, inscrivait des données sur un écran vert, balayé de bas en haut par des traits lumineux intermittents. L'Enfant banquier tourna vers nous la feuille de papier à en-tête pour nous permettre de lire ce qu'il avait écrit. La dernière ligne disait : trente-huit pour cent. Trente-huit pour cent. Nous devions élever ces enfants et les expédier dans le monde le plus vite possible.

« Aucun problème. » Gavin déverrouille la porte verte et nous entrons dans le couloir glacial.

« Regarde ça… » Le courrier de M. Rabindarath et de M. Eccles était entassé pêle-mêle, contre le mur, sur un coffrage en contreplaqué masquant une hernie de la maison malade, le compteur de gaz ou d'électricité, qui saillait du mur ventru. Gavin ouvrit l'enveloppe et parcourut la lettre.

« Ils sont en route. Un cent. Toutes les formalités ont été réglées par l'expéditeur. Ils seront ici après-demain. »

M. Rabindarath dégringolait l'escalier en pressant le pas, avec Sandy, alias « M. Eccles », sur ses talons. M. Rabindarath portait une très longue gabardine qui lui descendait jusqu'aux pieds. Il passa sans nous voir, les yeux renfoncés dans son visage gris érodé. Dans une main, il serrait son ordonnance et, dans l'autre, une épée bleue en plastique marquée de l'empreinte dentaire de M. Eccles.

« Ça s'annonce mal, dit Gavin en lisant une lettre adressée à Sandy en qualité de directeur du marketing d'Ocean Ltd, il paraît qu'ils se gèlent les pieds à Hambourg, il va falloir que j'y aille. Je suis sûr que tout s'arrangera dès que je serai là-bas, Horst a juste besoin de quelqu'un pour pouponner. Tu restes ici pour réceptionner les marchandises. Pas question de les stocker, ça entamerait nos bénéfices. Garde-les chez toi. Il n'y en a que pour une nuit… »

Et nous sommes sortis dans la rue. Le ciel pesait comme un couvercle sur North End Road, avec ses alignements de fenêtres aux carreaux sales. Cela ne semblait pas affecter Gavin, qui se tenait droit et marchait d'un pas décidé, mais, moi, je me sentais englué dans la ville comme dans un cambouis séché où se reflétait le mur en Artex au-dessus du compteur où nous avions trouvé le courrier de M. Rabindarath et de M. Eccles.

Gavin m'a emmené au Savoy pour un thé d'adieu. Nous avons mangé des *crumpets* et bu du Earl Grey au milieu d'un grand déploiement de moquette. Les serveurs allaient et venaient à pas feutrés en portant de la porcelaine et de lourds récipients en inox. Le lin blanc et empesé de la nappe se confondait avec le lin blanc et empesé de ma serviette sur mes genoux. Gavin s'est mis à parler d'Ocean Ltd et de sa vie sexuelle, comme s'il s'agissait d'une seule et même chose, en brassant l'air avec ses mains – des mains massives, aux doigts en spatule et aux ongles courts. Je ne sais pas pourquoi, les mains de Gavin me faisaient penser à des épaules.

Je ne pouvais pas me concentrer. J'étais, comme toujours, obnubilé par les détails : la face inférieure d'une feuille de caoutchouc en pot, la semelle de crêpe d'un serveur, la panse à trois boutons d'un gros homme attablé à côté de nous, et finalement les lambrequins vert et or qui surmontaient les draperies au fond de la salle. Un lambrequin n'est ni un élément de mobilier, ni un simple élément décoratif. Ces lambrequins étaient vastes : des versions adultes de mes petits lambrequins violets personnels. Ils étaient frangés de tortillons en fil d'or. Gavin brandissait un toast beurré et, moi, je n'avais qu'une envie : regagner mes pénates, mon fauteuil, ma bulle et la tranquillité de la nuit.

Cela se passait il y a trente-six heures. Pendant trente-deux de ces heures, je suis resté assis ici, immobile, à part quelques excursions aux toilettes ou au frigo et la supervision du déchargement des enfants. Il y a eu un coup de téléphone de Gavin : tout se passe bien. Je dois me contenter d'attendre son prochain appel, puis remplir la facture *pro forma* qui rebique sur la table de la salle à manger. Une façon peu contraignante de gagner sa vie, au fond. Enfin, il me semble. Je suis comme un coq en pâte, ici. Les maisons mitoyennes touchent à peine la mienne et elles sont toutes disposées autour d'un rectangle de verdure, un havre de paix au cœur de la banlieue. Mon petit jardin est bordé par deux jardins identiques, à l'est et à l'ouest. Je suis même privilégié, ma maison mord un peu sur le terrain voisin – oh, mais seulement de l'épaisseur d'une brique. Et, à l'intérieur, c'est beaucoup plus grand qu'on ne croirait. Non, je suis bien, ici. C'est une île, séparée du reste de Brent, une île flottante dans un bain visqueux de fluide salé et grumeleux.

Bon sang, je devrais faire une déclaration à la CEE chaque fois que je transfère des objets d'une pièce à l'autre dans cette maison, ou même des objets mentaux dans ma propre tête. Oui, c'est ça. Une déclaration d'intention : établir le but de la pensée, sa valeur de revente, etc. L'ennui, c'est que, même si chacune de mes pensées était accompagnée d'une déclaration en bonne et due forme (et en trois exemplaires), il n'y aurait personne pour la viser. Pas un seul douanier en vue, ici, rien que des kilomètres et des kilomètres de toundra brunâtre sous un ciel assorti, plat, flottant, informe, avec, de proche en proche, la plaie ouverte d'une fondrière saumâtre frangée de laîche.

La télévision du petit déjeuner commence dans une demi-heure. Je viens juste de regarder ma montre. Il y a deux certitudes. Deux pièces à conviction… qui, l'une dans l'autre, prouvent que je suis arrivé à une maîtrise totale de mon environnement… Il y a quelque chose de réconfortant dans le spectacle d'un cardigan… à 6 heures 30 du matin… porté par un homme avunculaire… sur un écran. C'est le genre de réconfort dont j'ai besoin. Il faut impérativement que je mette la main sur cette salope de commande à distance… tout à fait mal nommée, d'ailleurs. Il n'y a rien de distancié dans la commande que j'exerce au moyen de ce petit boîtier, j'effleure la touche appropriée et la télévision s'éveille à la vie… je peux contempler la mire et les annonces des programmes à venir.

Où est passée cette salope ? Mes doigts patinent nerveusement sur la moquette, je vois les barreaux violets, naguère fermes et solides, se dilater sur ma rétine. Elle n'est plus là… disparue… envolée… plus rien ! Plus rien que le bain gris de l'aube et la flaque jaune pâlissante autour de mon fauteuil, délimitant les contours de ma bulle. Les images sur le mur d'en face, qui, tout au long de la nuit, m'avaient semblé si appropriées… si pleines de sens… de bon goût, sont maintenant de vieux timbres-poste, des affiches cornées sur le mur d'une chambre d'adolescent : Snoopy, une femme en tenue de tennis grattant sa fesse nue et pis encore. Le schéma colorique ici est aussi anonyme et inhospitalier qu'une travée de supermarché, ou le hall sans âme d'une multinationale.

J'ai la main gonflée de sang. Où elle est, cette télécommande ? Je veux serrer sa forme noire et froide, palper ses boutons mous… leur douce mollesse… si différente de… de la verrue ! Qui palpite dans le creux de mon bras, toute dure, et n'a que la douleur pour promesse. J'ai envie de la presser, tiens. Je m'imagine en train de le faire… beurk ! Seigneur Jésus ! Sééégneur Jésuuuu ! Dure, mais pulpeuse… et si je la presse… alors… qu'est-ce que je télécommande ? Rien, je ne suis plus aux commandes… je ne suis plus maître chez moi. Plus maître de moi…

Ah, te voilà, salope. Tu étais là, hein, pelotonnée dans ma main, comme si tu ne l'avais jamais quittée, et la mire gondole doucement sur l'écran. 6 heures 45, *Good Morning Britain*. Vous de même. Pareillement. Good morning à vous aussi. J'ai ouvert la fenêtre pour mieux respirer. Un courant d'air frais, parfumé de troène, souffle du jardin. Au loin, j'entends le ronronnement des voitures qui essaient de rattraper le temps perdu le long du circulaire nord.

C'est l'aube… Si je m'étire dans mon fauteuil, la bulle qui m'enserre accompagne le mouvement, s'étire aussi, adhère à ma main comme une pellicule de cellophane qui fait de moi un cyberman. Allez, debout, il est temps. Mes habits me collent au corps, je vais m'ébrouer un peu, faire quelques pas dans la pièce, secouer ces membres engourdis. Encore une nuit… encore un dollar. Quel charabia. Du gribouillage, tout ça. Ouh ! Que c'est futile, vraiment, de lire autant de livres sur l'amélioration de soi… Là… Je vais les ramasser et les ranger sur l'étagère. Ça manque d'ordre, ici. Et il faut de l'ordre pour affronter la matinée. Chh… clonk. Tous casés sur l'étagère… Bon, les disques à présent… ils sont tous éparpillés par terre… je vais les fourrer par ici… voilà… et les journaux aussi, qui jonchent l'espace entre mon fauteuil et le mur… hop, hop, hop. Parfait, au moins ça ressemble à quelque chose, maintenant, j'ai devant les yeux une pièce conventionnelle dans une maison conventionnelle, avec bientôt la première émission matinale à la télévision, regardée par… moi-même en personne, ci-devant directeur de société.

Nous sommes sortis en ville. Nous, c'est-à-dire ceux des directeurs d'Ocean Ltd qui ne se balançaient pas spasmodiquement dans leur chambre ou ne s'acharnaient pas sur des épées bleues en plastique. Nous venions juste d'obtenir les derniers crédits dont nous avions besoin pour notre gros achat et nous étions de bonne humeur, Gavin et moi. Deux jeunes hommes en ville. Rien ne vaut ça, pas vrai ? Ce sentiment d'être… comment dire… connecté, au centre des choses. Vous marchez dans Old Compton Street et vous êtes dans votre fief, dans votre village.

On a dragué des filles dans un pub de Cambridge Circus, comme les marins en permission dans les films de Hollywood. Ça ne m'était encore jamais arrivé… je le dois à Gavin. Il y avait une rousse et une brune, elles portaient des tailleurs et ce n'était pas le genre à se laisser aborder par des inconnus, pas du tout, elles riaient tout le temps, échangeaient des signes de tête complices et de petits mots codés. Et nous, eh bien, on s'intéressait, on leur parlait de leur travail, de leur appartement, on faisait connaissance, quoi, parce que la nuit nous appartenait et qu'on était deux jeunes mâles lâchés dans la ville.

Et on a continué la soirée ensemble. Je me souviens moins bien de la suite, c'était toujours très sympathique, mais plus flou. L'une des filles a dit : « Qu'est-ce que vous faites dans la vie ? » Et j'ai répondu qu'on avait une société, Ocean Ltd, et je lui ai donné ma carte – bêtement, je le reconnais, vu qu'elle n'était pas dans les affaires. Je nous revois tous autour d'une table de La Capresa, grignotant des gressins et buvant du vin rouge qui me brûlait la gorge. Quand elles sont allées aux toilettes – et Dieu sait pourquoi je me souviens de ça, ce n'est vraiment pas important –, Gavin m'a demandé de lui signer une procuration garantie sur le capital d'Ocean Ltd. Oui, ça, je m'en souviens bien. Sur le moment, j'ai signé sans réfléchir. Il me donnait toujours des documents à signer en ma qualité de directeur, et puis c'était flatteur, il faut le dire, de sortir mon stylo à plume en plein restaurant pour apposer ma jolie petite signature sur un document… voilà, c'est tout. Je ne sais plus très bien comment s'est poursuivie la soirée. Ce dont je suis sûr, c'est que je n'ai pas ramené la fille chez moi, parce que je ne le fais jamais… et que Gavin l'a sûrement fait, lui, parce qu'il le fait toujours. Et je ne sais pas pourquoi cette histoire de signature me revient tout à coup à la mémoire, parce que ça n'a vraiment aucune importance, n'est-ce pas ?

Debout sur le tronçon d'escalier à mi-palier. Affligé par les petites dunes de filoche qui se sont accumulées entre le bord du tapis et les striures du sol. Affligé aussi par la fine pellicule de poussière qui ternit mes enfants. Je suis un triste sire devant une fenêtre sur un demi-palier… demi-souvenir d'un poème surréaliste appris à l'école, il y a bien longtemps. Je m'apprêtais à faire une tournée d'inspection à l'étage, mais je suis cloué sur les marches, je ne peux plus lever un pied. Subjugué de nouveau par un monde miniature, où les barres de cuivre qui maintiennent le tapis sont des mirages dans un désert onirique. Parce que tout, au fond, contient tout. Et pourquoi ce demi-palier n'aurait-il pas le droit d'être considéré comme un monde en soi, au même titre qu'un autre, hein ? Bah, c'était une question rhétorique, allez, pour vous faire bisquer, hé hé ! Si on ne peut plus dire de bêtises, alors…

Ouh… C'est peut-être une erreur d'aller là-haut, j'ai intérêt à me méfier de cette espèce de tortue géante qu'est devenu mon lit, avec tous les fruits de mon labeur entassés dessus. Et je ne crois pas que j'aurai la force de recommencer à ranger les livres. Je ne veux pas être en haut quand Gavin appellera, parce que je déteste courir pour répondre au téléphone. Dans l'état où je suis, je peux me laisser glisser au bas des marches comme sur des flotteurs. Je me sens soutenu par des plans de financement, qui se cristallisent comme les barres violettes, les barres brillantes de mon enfance, mais en plus clair, en plus diaphane, en plus liquide. Je flotte vers une nasse faite de chiffres entrelacés, qui ondulent autour de moi, m'entraînent et me ramènent dans le living-room. Je peux toujours allumer la télévision. Et Gavin peut appeler d'un moment à l'autre. Je l'imagine en culotte de cuir, debout dans une cabine téléphonique internationale ressemblant à un gigantesque poêle en porcelaine. Nous sommes sur un écran dédoublé : moi dans mon fauteuil, lui dans son poêle ; il introduit sa télécarte – ornée d'une aigle à deux têtes – dans la fissure en fonte… J'entends un cling, puis un clong, il y a de la friture dans le circuit, la communication traverse le continent et… et rien… ça ne sonne pas ici. Patience, il va sûrement appeler tout à l'heure.

Je vois apparaître l'atelier. Et ça me donne la nausée. Cet endroit a un aspect irréel, manufacturé, il ne sert qu'à abriter des mannequins. Des poufs en peluche, des banquettes à rayures turquoise… C'est un étal pour exposer des poissons humains… Ça me répugne de les regarder béer vers moi… J'ai d'autres problèmes plus urgents, comme cette platitude de goût… et la verrue maligne… Vous connaissez ça ? Parce que, attention, retenez bien ce que je vous dis, cette verrue est cancéreuse. C'est une nouvelle forme virulente de cancer qui m'est particulière. C'est un cancer *implosif.* Les autres cancers infectent les cellules dans une réaction en chaîne, mais celui-ci agit sur lui-même, annihile les cellules, qui se changent en matière morte, gélatineuse, de plus en plus épaisse, soudée dans le creux de mon bras. Les symptômes ? Eh bien, platitude de goût pour commencer, puis platitude de vue, d'ouïe… L'odorat ? Mmmm'en ppparlez pas. Le seul traitement est la chimiothérapie… et les effets secondaires peuvent être gênants…

La télévision m'observe d'un œil humide. Il faut que j'élabore un stratagème pour amener Gavin à me téléphoner maintenant. J'en ai soupé d'attendre. Il y a certains rituels que je peux accomplir pour l'amener à me téléphoner. Je le sais. Il ne faut jamais sous-estimer les pouvoirs de la magie. On peut penser que la cause et l'effet sont des billes de billard qui s'entrechoquent, mais on peut aussi renverser la table. Et c'est ce que je vais faire, je vais renverser la table.

Qu'est-ce qui me retient ici, raide, dans une copie de fauteuil Reine Anne achetée par correspondance, quand je pourrais dormir tranquillement ? Je pourrais me la couler douce entre des draps chauds en coton peigné et jouir de ce merveilleux sommeil du petit matin qui vous retrousse le corps comme une chaussette. Au lieu de ça, j'attends, raide comme un piquet, les yeux ouverts. Je vais dresser une liste des choses qui m'empêchent de dormir et agir en conséquence :

1. La verrue.
2. Le manque d'appétit.
3. L'attente du coup de téléphone de Gavin.

L'appétit, la verrue et Gavin sont intimement liés. Je m'en rends compte maintenant seulement, alors que c'est évident depuis le début. Si j'agis sur le premier point, les suivants se régleront. (Je plaisante, faut pas croire, allez. Ç'est juste pour m'occuper l'esprit. Je ne pense pas vraiment pouvoir influencer Gavin par des actes magiques, mais ça détend, pas vrai ?) Je conçois cette verrue comme une chose affamée… disons une entité affamée. Vous noterez que je parle très librement de cette verrue, à présent. C'est parce que, dans l'immédiat, elle n'a pas faim. La verrue est la valvule qui détermine mon cycle, ma dilatation et ma contraction. Il faut que je lui donne une nourriture consistante, quelque chose qui la rassasiera complètement. Puisque cette verrue doit son existence à la création d'Ocean Ltd, l'apaisement de sa faim vorace entraînera nécessairement la conclusion favorable des affaires d'Ocean Ltd. Vous me suivez, j'espère ?

La verrue absorbe la matière et la condense. Si vous préférez, c'est l'équivalent biologique d'un trou noir, infiniment lourd. Et quel type d'aliment réclame-t-elle ? Eh bien, une combinaison de vraie nourriture – champignons spéciaux, ailes de poulet tandoori, baguette de pain rassis, cerises aigres en conserve, cubes de fromage pasteurisé – et de matière relative à Ocean Ltd. Pour mémoire : factures, polices de chargement, reçus de livraison, déclarations douanières, analyses comptables et deux brochures, une pour présenter le produit – avec les photos des enfants – et une pour présenter Ocean Ltd.

Je vais être obligé de me déplacer pour rassembler les ingrédients de mon sortilège. Dans la salle à manger, d'abord, pour les documents d'Ocean Ltd, puis dans la cuisine pour la nourriture. Mais avant laissez-moi réfléchir. Est-ce le seul mode d'action qui me reste ? Ou mon monde m'offre-t-il une solution plus simple, plus terre à terre ? Je dis « mon monde » en connaissance de cause, parce que le cœur du problème est là : puis-je faire en sorte que mon monde s'éclipse pour redevenir « le monde » ? Un monde de robes de chambre, de lavettes pour vaisselle, d'accords bilatéraux, de taxes impayées, de relations sexuelles et d'intermittents du spectacle. Le puis-je ?

La réponse est un non catégorique. Les choses sont allées trop loin. Je n'aurais jamais dû commencer avec cette histoire de tubes solides de clarté. J'ai fait mon lit épiphénoménal, désormais je dois m'y tenir. Debout ! Direction : la salle à manger. Je ramasse les papiers nécessaires et je passe dans le hall, avec naturel et insouciance. « Bonjour, aquarelle. » « Bonjour, table. » Il fait jour dans la cuisine, maintenant, mais je vais quand même allumer le néon. Je veux voir ce que je fais. Ah ah ! Les champignons gazouillent pour me saluer, les ailes de poulet attendent sur l'égouttoir. Arrachez-moi cet emballage !

Bon, j'ai tous les ingrédients, ça y est. Bien disposés sur la table. Une question subsiste… comment les manger ? Une prise orale est inconcevable. D'une part à cause de la platitude… la faute à la verrue… et, d'autre part, à cause de la rigole qui déverse un fret de salive métallique dans ma gorge. Non, il faut que j'ingère la potion par la peau. Je vais faire un sandwich avec les champignons entre deux factures, emballer ça soigneusement, me le coller dans le creux de la nuque et frotter pour faire pénétrer le gras. J'ouvre ma chemise… je plaque des cubes de fromage sur ma poitrine, j'entortille mes poils autour… voilà, pas trop longtemps… La baguette de pain, faut la broyer dans la main… là… les miettes tombent sur mon pantalon comme des copeaux de contreplaqué… les cerises aigres sur mon front… c'est pas trop collant quand on s'immerge bien dedans… puis faut plâtrer avec la facture à trois volets… et pour la verrue… l'aile de poulet… comme un bras fœtal… tu retrousses ta manche et tu étales la pâte au curcuma sur la verrue… la vache ! ça fait mal ! Mais ça fait du bien aussi… ouais, ça fait du bien… Qu'est-ce que c'est que ça ? Une vibration dans le living-room… un « bing » et une vibration… le téléphone sonne… ça a marché… je sors de la cuisine en coup de vent… je sens les miettes qui dégringolent entre mes cuisses… la sauce des cerises m'englue les yeux… l'émulsifiant et l'E207 implosent dans la verrue.. vite, le temps m'est compté… dans le living-room, la première sonnerie est sèche, péremptoire… eh, j'ai fait vite, mince ! J'ai parcouru la distance séparant la cuisine du living-room en moins de temps qu'il n'en a fallu pour que le téléphone se connecte… Pas mal… mais où est le téléphone… Où est le téléphone ? Je ne le vois pas… je ne m'en suis pas servi depuis deux jours et je ne sais pas où il est passé… Halte. D'où vient la sonnerie ? Pas d'ici… je l'entends à travers le plafond… Ça vient de la chambre à coucher… Et hop, toujours aussi rapide, me voilà en haut… mais il n'y a pas de téléphone… c'est sur le lit que ça sonne… ça vient de cette carapace de tortue… c'est un des enfants ! Je déchire l'emballage avec les ongles, les bulles de plastique éclatent sous mes doigts… le carton ondulé est étrangement lisse… Mes enfants… avec leurs boutons et leurs nœuds papillons… avec leurs petits pénis caoutchoutés… il y en a un qui m'appelle… Mais lequel ? Pas celui-ci… pas celui-ci… pas celui-ci… Je déchire les vestes les unes après les autres… Et maintenant c'en est un autre qui commence… et un autre… et un autre… En haut et en bas… dans le living-room… dans la cuisine… dans le hall… dans la chambre du fond… et maintenant tous les cent qui appellent en même temps, tous synchrones mais quelle cacophonie… des cigales électroniques démentes… qui stridulent, qui palpitent… se dilatent et se contractent… se dilatent…

Attendre

« J'en ai marre, je me tire. » Les avant-bras appuyés sur la circonférence plastifiée du volant de la Ford Sierra, Jim fixait le pare-brise d'un œil morne. Je remarquai, tout à fait incidemment, que ses avant-bras, à cause de leur angle particulier, semblaient faire partie des commandes du véhicule – comme des indicateurs de niveau saillant du tableau de bord. Et puis il sortit. Il poussa la portière du coude, glissa de côté et planta ses pieds sur le trottoir avec une soudaineté qui emporta le reste de son corps dans leur élan. Il partit en courant, sauta la barrière d'acier rainurée séparant les deux voies de l'autoroute et traversa la chaussée opposée, en évitant de justesse les voitures qui arrivaient en sens inverse dans la chicane. On aurait pu croire qu'il le faisait exprès, comme pour dissuader les automobilistes d'aller vers l'ouest. Il y eut un chorus de klaxons, crescendo, decrescendo, puis Jim disparut dans l'obscurité.

La portière vacilla sur ses gonds, créant un appel d'air qui provoqua un afflux de vapeurs de gasoil vers le siège du passager. La nuit était chaude et aussi vinylée que l'intérieur de la voiture – comme si l'autoroute, avec son terre-plein central et ses bas-côtés non terminés, était enchâssée dans un autre intérieur d'automobile, plus grand, moins renfermé. Le ciel était platement bidimensionnel ; un immense pare-brise maculé d'insectes, rayé de gouttelettes sales et de projections desséchées.

Pendant trois bonnes minutes après que Jim en eut eu marre d'attendre, je pensai que les choses pouvaient encore s'arranger. Dans ce genre de situation, quand on ne sait pas conduire, abandonné sur le siège passager d'une voiture en plein embouteillage sur la M25 au milieu de la nuit, on essaie de prendre son mal en patience. Mais, au bout de trois minutes, la circulation commença à se débloquer et je paniquai. À la longue, des automobilistes furieux en chemise beige et bermuda à fleurs – pères de famille, magasiniers et clercs de notaire – sortirent de leurs voitures et poussèrent la Sierra en travers de la voie jusqu'à la bande d'arrêt d'urgence. Puis ils réintégrèrent leurs Daihatsu cinq portes et autres breaks Passat, et se propulsèrent poussivement vers le méli-mélo de cônes rayés et de tractopelles pantelantes qui matérialisaient la genèse du bouchon.

Je restai sur mon siège. Un voyant rouge, au-dessus de la colonne de direction de la Sierra, s'alluma et s'éteignit – capricieux –, envoyant un faux message au petit bonheur, vers nulle part.

Deux heures plus tard, un très gros homme attacha des harnais aux essieux de la voiture, tira un levier à l'arrière de la dépanneuse et un moteur électrique ronronna. Le câble se tendit et souleva l'avant de la Sierra. Nous montâmes dans la cabine, et nous voilà partis sur les voies de dégagement creusées d'ornières qui entourent la rocade comme les défenses d'un fortin moderne, pour regagner la capitale. Le service de dépannage fut impitoyable : le garage désigné voulait un paiement en liquide. Il était presque 3 heures du matin quand je réveillai la femme de Jim. L'origine du problème attendait lamentablement, comme une épave, sur la cambrure de la route, avec son voyant qui clignotait toujours. Carol, la femme de Jim, paya sans broncher. Le gros garagiste vaqua à ses occupations et Carol me lança un regard tristement résigné avant de me claquer tranquillement la porte au nez.

Jim et moi avions passé la journée dans le Norfolk. « J'aime les plats pays, disait Jim, j'aime que le paysage soit délimité par le ciel. J'en ai marre de cette espèce de relief décoratif de la région londonienne, on se croirait sur une avant-scène. Si je voulais faire du théâtre pendant mon jour de congé, j'irais m'inscrire dans une troupe de comédiens amateurs. » Il parlait souvent comme ça, en martelant des observations pour dégager un point de vue. On ne pouvait jamais discuter avec lui, on ne pouvait que prendre acte ou lui donner raison. Pendant tout l'après-midi, nous avions erré de village en village. Jim avait pris des tas de photos avec son nouvel appareil. C'était un bon photographe, ses clichés avaient une apparente absence de composition – comme des apartés visuels. Il s'arrangeait toujours pour qu'il y ait des objets au premier plan. Il ne s'intéressait pas aux gens, ni à la nature, d'ailleurs. Évidemment, il avait aussi un point de vue sur la photographie. « Faut pas déconner, c'est un jouet, simplement un jouet, pas une arme pour transformer la réalité. Tu vises un objet, tu appuies sur le bouton et, quelques jours après, tu vois la "chose" et tu ne peux pas t'empêcher de béer d'émerveillement. »

Nous avons pris le chemin du retour vers 22 heures. À la tombée de la nuit, la fraîcheur promise ne se matérialisa pas. Au contraire, la touffeur de l'après-midi fit place à une étuve nocturne. La première partie du trajet fut agréable et tranquille. Nous filions à travers la plaine du Norfolk, nos pneus chuchotaient gentiment sur les gravillons et la confortable suspension de la Sierra absorbait les nids-de-poule sans regimber.

Balancé par les oscillations, je regardais Jim conduire avec application. Le dossier de son siège renversé en arrière lui donnait une assiette basse qui, malgré la longueur démesurée de ses bras, l'obligeait à tenir le volant à 7 heures 25, position peu recommandée. Ses yeux étaient à peu près au niveau de la partie supérieure du tableau de bord, dont les lumières vertes et rouges semblaient l'intéresser davantage que celles des feux devant nous. Mais il conduisait bien, avec une aisance intuitive, comme si les commandes de la voiture avaient été des extensions naturelles de ses propres membres.

Toutefois, les choses changèrent quand nous atteignîmes l'A45 – comme si nous avions été aspirés par un gigantesque tourbillon de circulation. Bien que nous fussions encore à quatre-vingts kilomètres de Londres, je sentais déjà l'attraction magnétique de la ville. Les voitures qui se dépassaient et se redépassaient au long des tronçons à double voie étaient comme des rails de fer tous pointés dans la même direction et gondolés par une force contraire. J'avais l'impression d'être non pas dans une voiture, mais dans un train miniature à un seul wagon. La voie était toute tracée devant nous. Nous pouvions varier notre vitesse, mais il était impossible de changer de direction. Même aux carrefours et aux ronds-points, nous étions aiguillés automatiquement. Les courbes étaient prédéterminées, les roues suivaient le parcours d'elles-mêmes.

Trente minutes plus tard, nous quittâmes l'A11 pour entrer dans une station-service. Pendant que Jim faisait le plein, je continuai à regarder distraitement par le pare-brise. L'endroit était brillamment éclairé. Des meubles de jardin à vendre étaient exposés devant le guichet du caissier, des fauteuils à fleurs et des chaises longues en aluminium brossé. Et tout autour de moi, dans des effluves d'octane, sous la lumière orange des lampadaires halogènes, c'était un bal incessant de T-shirts et de bermudas sur la piste en macadam, comme un divertissement parodique.

Jim paya avec sa carte d'abonnement. Il jeta la facturette froissée sur la banquette arrière, où étaient entassées nos vestes, et nous reprîmes la route. Il attendit que la Sierra monte en puissance et, dès qu'il eut passé la cinquième, s'affala de nouveau sur son siège.

Nous avions cessé de parler depuis longtemps quand nous approchâmes de l'intersection de la M11 et de la M25, la fameuse rocade « orbitale ». Jim ralentit. Je sentis qu'il hésitait sur l'itinéraire à suivre pour rallier le sud-est de Londres. Je savais qu'il détestait la M25. « Avec un nom pareil, c'est sûr. Quand on arrive sur une route qui s'appelle "orbitale", faut pas s'étonner si on a l'impression d'être dans un vaisseau spatial. »

La solution pour éviter la M25 était de continuer tout droit et de rejoindre le circulaire nord à Gants Hill. Jim se raidit curieusement au volant. Un corps se raidit pour esquiver un coup attendu, et Jim se raidit comme pour esquiver l'embouteillage qui s'annonçait avant l'échangeur routier où l'A404 rejoint Great North Road. La Sierra hésita un peu, puis le sort en fut jeté : nous nous engageâmes dans la bretelle de sortie. En deux secondes, nous pûmes mesurer deux fois notre erreur : une première fois en comprenant qu'il était trop tard pour revenir en arrière, une deuxième fois en voyant la grande pancarte jaune avec sa légende familière : « Circulation réduite pour travaux jusque fin 91. » Il n'y avait plus rien à faire. C'était le destin. Les cyniques avaient raison, le libre arbitre n'est qu'une impression que l'on éprouve lorsque, entre deux options imposées, nous choisissons celle qui nous séduit le plus. Plus rien à faire, donc, sinon regarder bêtement le mobilier autoroutier défiler par saccades au rythme de nos arrêts et redémarrages dans le serpentin de véhicules qui se faufilait cahin-caha dans la chicane.

« Un bouchon sur trois files à minuit, un dimanche !

Putain, je le crois pas. Je le crois pas. Je refuse de le croire. Regarde-moi ces connards. » Il désignait rageusement les profils jaunes alignés comme une frise d'Assyriens. « Ils savent même pas ce qu'ils font. Ils attendent. Tu m'entends ? Ils attendent. Et pendant qu'ils attendent, il ne se passe rien et quand ils auront cessé d'attendre, il ne se passera rien non plus et pendant qu'ils auront attendu, il ne se sera rien passé – hormis, peut-être, l'extinction de quelques molécules de carbone. Mmmmm ! Respire, vieux. » Il brassa de l'air, en recueillit une bouffée dans le creux de sa main et inhala. « Subtile destruction de l'ionosphère, admirable assèchement des réserves de carburant fossile. J'adore ! J'adore ! Divine semence, future patine fuligineuse sur les feuilles des jardins municipaux d'Osterley, Eggham et, pendant qu'on y est, Stockholm ! Mmm, mes bronches ne se sont jamais senties aussi bien !

« Hello ! Hello ! Comment ça va ? Qu'est-ce que vous diriez d'un peu d'interaction, hum ? Après tout, on est tous dans la même galère. Pourquoi ne pas briser la glace ? Je m'appelle Jim. Et vous ? » Jim s'adressait aux profils, mais les profils ne l'écoutaient pas, ils végétaient sur leurs sièges, vert-de-grisés par les lueurs blafardes de leurs tableaux de bord. « Eh, les gosses, vous jouez avec moi ? Pourquoi on ferait pas une petite partie de cricket sur le terre-plein ? Six *runs* si vous arrivez à renvoyer la balle de l'autre côté de l'autoroute. » Mais les gosses ne voulaient pas jouer au cricket. Leurs bouches bourgeonnantes, marbrées de Tango et de Sprite coagulés, étaient collées sur les épaules parentales, et les épaules parentales étaient braquées vers l'avenir. Dès que le serpent d'acier tressautait et rampait sur quelques mètres, les conducteurs reprenaient vie et essayaient de changer de file pour gagner un peu de terrain – parce qu'il y avait toujours une file qui avançait mieux.

Jim renonça à ses tentatives de communication. Il sortit son appareil photo et le posa sur le volant. Puis il regarda dans le viseur sans cesser de bougonner dans sa barbe. « En augmentant le temps de pause, je devrais avoir la photo. Ça me tue, un bouchon sur trois files à minuit sur la M25. Non, mais t'as vu un peu ? Queue leu leu contre rang d'oignons, pare-chocs contre pare-chocs, immanence contre imminence. Tout est là. Tout est dit... » Il enchaînait les clichés en maugréant d'une voix de fausset.

Je pivotai sur mon siège pour regarder derrière. Nous avions atteint le fond de l'anticlinal dans lequel serpentait la chicane et il y avait autant de véhicules empilés derrière nous que devant. J'avais le sentiment étrange que ce que je voyais était absolument dépourvu de profondeur. Dans les deux directions, le même schéma de carrosseries en accordéon se répétait. Sur les voies opposées, la circulation grossissait et diminuait sans extension. Les voitures étaient des bulles d'huile multicolores en expansion et contraction, comme dans ces lampes ridicules des années 60. Jim et moi étions de minuscules tranches d'humanité entre deux lamelles sous le microscope de la Sierra.

Il se tourna vers moi. « Tu sais pourquoi j'aime tellement cette voiture ? » C'était une question rhétorique. « À cause de sa quiddité, de son être-là. Elle n'a pas d'autre qualité : elle *est*. Elle n'a pas besoin d'accéder à l'existence, elle existe déjà, dans une totale médiocrité. Ils ont vendu vingt-cinq mille bagnoles comme ça l'an dernier. Vingt-cinq mille ! On pourrait être dans n'importe laquelle. On pourrait être encore dans la chaîne de fabrication, à la vitesse où on avance. D'un moment à l'autre, un OS va se pointer et te visser de nouvelles prothèses sur le corps, de nouvelles formes d'ingénierie biologique que tu n'imagines même pas. Cette voiture n'attend pas. Tu comprends ça ? Cette voiture est déjà arrivée. Nous sommes où nous allons, ceci... », il désigna d'un geste les Assyriens, les Daihatsu, les Passat, la nuit orange, « ... est notre destination. »

Il garda les mains sur le volant un moment, avança par à-coups dans la farandole avec les autres, dansa comme eux la danse des canards, puis : « J'en ai marre, je me tire. » Et il décampa.

Je travaillais à deux rues du bureau de Jim et je m'y rendis le lendemain, pendant la pause déjeuner. J'avais deux mots à lui dire sur son attitude de la veille. Chacun se démarque des autres à sa façon, et tout le monde a droit à son quart d'heure de folie. Mais les facéties de Jim devenaient une habitude. J'avais vu sa détestation de l'« attente » passer de la râlerie occasionnelle – toujours amusante et appréciée en société – à l'obsession caractérisée et, comme toujours avec les comportements obsessionnels, ça commençait à être pénible pour les autres. Jim devenait un égocentrique destructeur. Si nos relations devaient se poursuivre, il faudrait qu'il admette la vérité : son attitude n'avait été qu'un caprice, un réflexe névrotique et non, comme il aurait pu le prétendre, un commentaire profond et inspiré sur la Façon d'Être et la Façon de Vivre.

Je le trouvai derrière son bureau, en conversation téléphonique. Le combiné calé entre son oreille et son épaule, il prenait des notes et tapait sur son clavier à dix doigts, avec une prodigieuse dextérité. Il grommelait dans l'appareil, en s'interrompant de temps en temps pour relire une phrase. Quand il eut fini et raccroché, il se tourna vers moi, la main tendue.

« Non, non, pas un mot. Je sais ce que tu vas me dire et je te présente d'avance mes plus plates excuses. Je me suis conduit comme un égocentrique. Je deviens obsessionnel et ma critique de notre Façon de Vivre n'est que le fruit aigre d'un caprice puéril.

– Carol t'a déjà remonté les bretelles ?

– Ouaip. Elle n'est pas contente, mais elle reconnaît la profondeur de ce que j'ai à dire.

– Oh, mais comment donc, je n'en doute pas. Seulement, vois-tu, je t'aime mieux comme ami que comme conférencier.

– Arrête de jouer les moralistes. Allez, viens, je t'invite à déjeuner. »

Mais je dus attendre encore dix minutes pour déjeuner. Le rédacteur en chef du canard de Jim entra avec une série de feuillets logorrhéiques qui avaient besoin d'un élagage drastique. Jim s'exécuta. Je n'ai jamais vu un rédacteur aussi rapide. Il semblait capable de photographier mentalement une page de texte, puis d'en analyser simultanément les différentes parties. Sa connaissance des règles complexes de l'usage anglais était également superbe ; il savait comment se démarquer des formules convenues pour arriver à une phrase claire, où chaque virgule était à sa place et tous les mots dans le bon ordre.

Partout où Jim avait travaillé, il était rapidement devenu un élément précieux de la rédaction mais, dans le même temps, hélas, un pavé dans la mare des relations humaines. On pouvait toujours compter sur lui pour semer la zizanie. Tôt ou tard, il se faisait virer et, désormais tricard dans la plupart des journaux nationaux, il avait dû se rabattre sur les magazines.

« Eh bien, si tu veux que je te dise, je suis très content de travailler pour *Bicycling* », me confia-t-il en me précédant dans l'escalier. Il s'arrêta sur une marche et ajouta, en prenant une pose : « Tu veux savoir pourquoi ?

– D'accord, Jim. Pourquoi ?

– Parce que je n'ai pas besoin d'attendre, imbécile. Pas

besoin d'attendre le jour du bouclage pour voir le résultat de mon travail. Je n'ai qu'à tourner le coin et tout ce que j'ai tapé sur mon clavier est affiché sur un autre écran. Avant, je devais attendre des heures pour voir une page terminée. Ici, tout est formaté. Les pigistes écrivent dans un cadre bien précis et, avant même d'avoir commencé à travailler, je sais à quoi ressemblera ma page.

– Et ça te plaît, ça ? Moi, ça me barberait. Autant travailler pour un catalogue.

– Un catalogue, mmm... tiens, c'est peut-être une idée. Je n'y avais jamais pensé, mais il y a une certaine pureté dans les catalogues. »

Je poussai la barre de la porte de secours et nous nous retrouvâmes dans la rue. C'était le coup de feu de midi. Dans High Holborn, tout ce qui avait des roues roulait et tout ce qui avait des pieds marchait. Les gaz d'échappement bleuissaient l'air. Les passants jouaient des coudes sur les trottoirs et entre les voitures qui ahanaient vers New Oxford Street. Les gratte-papier et les secrétaires formaient des nodules disséminés en dentelles sur la grande artère, harcelés sans relâche par des flux d'anticorps tels que guichetiers de banque, informaticiens et magasiniers. En regardant devant et derrière moi, je ressentis la même impression que la veille au soir sur la M25. La scène semblait bidimensionnelle. J'avais une existence sans profondeur, pris en sandwich entre des lamelles aux couleurs changeantes.

Jim était dans son élément. Il exécuta un petit entrechat sur la bordure.

« Regarde ça. Tu sais ce que font ces gens ?

– Ils vont déjeuner.

– Oui, oui, bon, d'accord, si on veut, mais ce n'est pas ce que je veux dire. Qu'est-ce qu'ils font en réalité ? Regarde. »

Il leva les mains comme pour diriger un orchestre imaginaire. Ses doigts s'écartèrent pour capter les délicates modulations de la foule. Il battit une mesure et demie, puis baissa les bras. Une mèche brune tomba sur son front et pointa vers le trottoir. Les passants ne lui prêtèrent strictement aucune attention.

« Et voilà le travail, dit-il, triomphant. Tu as vu ça ? Pendant une mesure et demie, je les ai tenus, je les ai jaugés. Tous autant qu'ils sont. J'ai interrompu le tempo de la foule. Ils attendaient.

– Ils attendaient ! Ils attendaient quoi ?

– La fin de la pause déjeuner, la guerre nucléaire, les résultats de l'effet de serre, la vieillesse, le passage du millénaire, le Jugement dernier, le blanchissement de leurs cheveux, la retraite, un billet de loterie gagnant, une expérience sexuelle étrange, la main de Dieu sur leur épaule, la réussite sociale de leurs enfants, le grand amour, une voiture neuve, la baisse des taux d'intérêt, les prochaines élections, la fin de leur constipation. Qu'est-ce que ça peut faire ? Je l'ai déjà dit et je le répéterai mille fois s'il le faut : tout le monde attend.

« Le vingtième siècle finissant ne connaît que deux grands sentiments. Et ces deux grands sentiments ont dévoré tous les autres, tous les petits comme l'amour, la loyauté, l'exaltation, la colère et l'aliénation, qui ont fondu aussi sûrement que du krill aspiré par les mâchoires d'une baleine. Immanence et imminence, immanence et imminence. Tout le monde est persuadé que quelque chose va arriver, mais ils ne savent pas quoi. Certains soupçonnent que ce sera l'implosion du noumène, un grand déshabillage du transcendant. Les autres ne savent pas… encore. Mais ça viendra, ça viendra.

– Jim, il était question d'aller déjeuner et tu m'avais promis d'arrêter de débloquer. »

Il se ressaisit. Nous allâmes prendre un verre et un sandwich à La Mitre. Jim se montra très raisonnable pendant le repas et j'étais presque prêt à lui pardonner son esclandre dans la rue. Il ne parla plus de l'attente, bien que le service fût d'une lenteur accablante et que le bar fût comprimé sous une quintuple épaisseur de costumes croisés. Sur le chemin du retour, je lui dis que je le reverrais plus tard.

« Oh, pas si tard que ça. On se revoit sur le coup de 18 heures, dans Houghton Street. Nous allons à une conférence.

– Ah bon ? Quelle conférence ? »

Il me colla un tract dans la main. Un papier bleu avec l'écusson de l'université de Londres en en-tête. Je lus :

Sens et millénarisme
Transition vers une nouvelle Ère
Une conférence publique de Richard Stein,
Professeur émérite d'Histoire des Idées
à la London School of Economics
18 heures. Vieil Amphithéâtre

« D'accord, je viendrai. » Jim dissimula mal sa surprise. « Ce sera un plaisir d'entendre une conférence d'un autre que toi. »

Je le laissai à la porte de son bureau et marchai vers Central School dans Southampton Row. Je me retournai au coin pour lui faire un signe de la main, mais il ne me remarqua pas. Il était en grande conversation avec deux coursiers motocyclistes, dont les engins étaient garés le long du trottoir. L'un était un petit rouquin à la lippe pendante et aux incisives écartées, l'autre un Noir anguleux, avec une crête de cheveux triangulaire sur le sommet du crâne. Ils portaient tous deux l'uniforme des coursiers : blouson de cuir à boudins, pantalon de cuir et bottes caoutchoutées, cannelées et crénelées. Je les observai un instant. Il était clair que Jim les connaissait bien. Leur façon de se tenir, de gesticuler et de sourire indiquait l'amitié ; or j'étais aussi son ami, même un ami intime, et il ne m'avait jamais parlé de ses copains coursiers. Je tournai les talons pour regagner mon bureau.

Les appels téléphoniques et les Post-it ont un cycle biologique propre. Ce ne sont pas de simples serviteurs de l'homme, mais d'astucieux parasites qui utilisent l'industrie humaine pour assurer leur propre croissance en tant qu'espèces. En tout cas, c'était ce que je pensais en approchant de Houghton Street pour mon rendez-vous avec Jim après le travail. Je le trouvai debout devant le consulat d'Australie. Appuyé contre la baie vitrée, il regardait, comme dans un aquarium d'humains, la file d'attente qui clapotait devant le comptoir des demandes de visas.

Je me préparai à une nouvelle tirade, mais il n'en fut rien. Nous traversâmes Aldwych et il m'entraîna vers Houghton Street. Toutefois, au lieu de tourner à gauche vers le hall central de la LSE, il prit à droite et entra dans la Maison des Étudiants. Il semblait familier des lieux. Au détour d'un coin, nous nous retrouvâmes face à un ascenseur un peu spécial.

En fait, ça ressemblait davantage à un escalator vertical qu'à un ascenseur normal. Une noria de compartiments défilait lentement, mais continûment, devant notre palier. Le truc consistait à sauter dedans au moment propice. À gauche, les compartiments descendaient, à droite ils montaient. Nous restâmes quelques minutes en contemplation devant cette bizarrerie mécanique, puis Jim pivota sur ses talons et dit, admiratif : « Pas d'attente. » Nous retournâmes vers l'entrée.

Le vieil amphithéâtre avait dû être conçu pour les conférences dès la construction de l'immeuble de Houghton Street, dans les années 30. Il était plus large que profond, et sa forme évoquait une tranche de gâteau découpée pour lui-même par un boulimique. Le public était peu nombreux. Je vis les têtes rondes de quelques étudiants diligents dans la galerie, déjà occupés à prendre des notes, mais les auditeurs des premiers rangs, où nous prîmes place, étaient surtout des octogénaires ou de ces hommes sans âge ni visage, noirs ou café au lait, de ces éternels étudiants venus des pays en voie de développement, qui passent de longues années à rédiger des thèses de doctorat sur le droit public à Coventry en envoyant la moitié de leur bourse à leur famille au Bangladesh.

Le Pr Stein et l'universitaire chargé de le présenter étaient déjà installés sur l'estrade quand nous entrâmes, une estrade en bois sombre, comme presque toutes les autres surfaces visibles, qui occupait le devant de l'amphi. L'ensemble donnait l'impression d'un enclos suranné, pour ne pas dire frappé de nullité par le temps. Une carafe poussiéreuse et un vase de fleurs fanées étaient posés sur la table de l'orateur, devant le professeur, qui regardait l'assistance d'un œil morne, comme une vache qui n'a plus de lait. Dans mon siège droit, dur et trop petit, je cherchais la meilleure position pour dormir.

Le président se leva. « Rrrhumpf... Il est euh... 18 heures 15 et je ne crois pas qu'il y ait encore beaucoup de retardataires à attendre, donc je pense que nous pouvons commencer. » J'avais les paupières lourdes et gommeuses. « La plupart d'entre vous connaissent, bien sûr, les travaux du Pr Stein. Ceux qui ne les connaissent pas voudront bien m'excuser, mais le professeur m'a expressément demandé de ne pas me lancer dans un trop long récapitulatif de ses publications et prises de position passées pour m'en tenir uniquement aux écrits se rapportant directement à la conférence qu'il va donner ce soir. Cela étant, je me permettrai tout de même de rappeler que, depuis qu'il a quitté la chaire qu'il occupait dans cette même école il y a trois ans, le Pr Stein a consacré l'essentiel de son temps à l'organisation, l'administration et l'enseignement au Centre d'études millénaires qu'il a lui-même fondé à Erith Marsh. Ses publications, durant cette période, reflètent son intérêt pour la fin prochaine de notre ère. Je pense ici à son article intitulé "Wittgenstein et le réseau routier du sud-est de l'Angleterre" et, bien sûr, à "Image-miroir – La réduction de l'identité culturelle en Grande-Bretagne à la fin du xxe siècle", tous deux parus dans le *BJE*[1].

« La conférence de ce soir a pour but de présenter en avant-première le nouveau livre du Pr Stein, *Sens et Millénarisme*, et d'entendre de la bouche même de l'auteur quelques-uns des arguments avancés dans son ouvrage, à paraître la semaine prochaine. Vous pourrez évidemment poser toutes les questions qui vous intéressent à la fin de la conférence, mais je dois, d'avance, vous prier d'être brefs, car nous devons libérer la salle pour la troupe de l'Association dramatique des étudiants qui, je crois, répète actuellement *Oklahoma*. Euh… Professeur Stein. »

Le professeur s'avança vers le pupitre en traînant le pas, s'arrêta à quelques mètres et observa sinistrement le public. Je fus très étonné de voir qu'il était vêtu avec beaucoup de coquetterie pour un professeur émérite, d'un costume italien à fines rayures blanches. Il avait aussi une contenance plus virile que je ne l'avais d'abord supposé. Malgré sa soixantaine, il n'avait ni calvitie ni cheveux gris. Il serrait les mâchoires et, dans la lumière blafarde de l'amphi, deux veines grimpantes palpitaient sur ses tempes. Il se campa devant le pupitre comme un chirurgien devant une table d'opération et parla sans notes.

« Imaginez l'avenir. Imaginez-le ainsi. » Il avait une voix sonore, insistante et persuasive, plus mystique qu'académique. « Une phalange ordonnée de flagellants, quatre

1. *British Journal of Ephemera. (N.d.A.)*

cents environ, descend le toboggan routier de Marylebone. Ils se flagellent en cadence avec des lanières de cuir. Ils occupent toute la voie centrale. La mortification est consciencieuse et cruelle. Chaque coup sur le dos fait jaillir le sang, qui éclabousse les pare-brise des voitures sur les voies latérales, jusqu'à Lisson Grove. L'air du matin est saturé d'écume rose, les automobilistes actionnent leurs lave-vitres et leurs essuie-glaces pour essayer d'empêcher la coagulation sur leurs pare-brise.

« Ou, si vous préférez, imaginez-vous ceci : Speaker's Corner[1] un dimanche après-midi. L'activité bat son plein. Les excentriques habituels – les doux dingues et les extrémistes politiques – sont, à leur grand dam ce dimanche-là, totalement éclipsés par des bandes d'hommes en haillons et de femmes en sarrau gris crasseux. Ces gens circulent entre les badauds en les invitant à entrer en état de grâce et à rejeter les chaînes de la moralité humaine ordinaire.

« “Réjouissez-vous ! crient-ils. Nous sommes déjà sauvés !” Ils se roulent par terre sans vergogne, se bagarrent, copulent et boivent pour prouver leur fait. Avec d'autres adeptes, ils forment dans Hyde Park une communauté sécessionniste consacrée à l'attente de l'Apocalypse. Pouvez-vous vous représenter cela ? Ou cela dépasse-t-il votre entendement ? »

Stein s'interrompit pour promener son regard méditatif sur les gradins obscurs. Personnellement, je pouvais très bien me représenter ça. J'étais captivé. Je ne m'étais pas attendu à un discours de ce genre. Jim se représentait clairement la chose, lui aussi. Il était penché en avant sur son siège, le souffle court. J'observai le reste du public : les octogénaires dormaient toujours, les éternels étudiants prenaient des notes. Stein continua :

1. Tribune de libre expression dans Hyde Park. *(N.d.T.)*

« Mon propos est ici simplement de brosser les grandes lignes de l'argument principal de mon livre. Évidemment, le temps me manque pour vous en donner un aperçu complet, mais j'espère néanmoins réussir à vous faire comprendre que le type de scénario que je viens de soumettre à votre imagination est une façon erronée d'envisager les effets qu'aura le millénarisme sur les populations occidentales au moment où nous abordons la troisième ère depuis la naissance de la figure christique. Ces choses ont pu se produire dans le passé, mais je crois qu'il y a désormais des facteurs dominants qui rendent improbable la récurrence de tels phénomènes et… »

Et, là, je l'ai perdu. Le reste de la conférence était alambiqué, touffu et difficile à suivre. Stein ne facilita pas les choses en se livrant à de constantes digressions pour vilipender les autres universitaires spécialisés dans le même domaine, digressions elles-mêmes truffées de digressions. À ce que j'ai cru comprendre, elles se référaient spécifiquement aux difficultés touchant à l'exégèse de certains textes abscons, rédigés dans les dernières années du dix-neuvième siècle par des moines disséminés à travers l'Europe. Stein haussa le ton et contourna le pupitre pour se planter sur le devant de la scène, un peu à la manière d'un chanteur sur le retour tentant un come-back à Las Vegas.

Pour moi, c'était peine perdue. La pesanteur des détails érodait mon attention. Ses digressions étaient comme des Post-it qui papillotaient dans ma tête… et je finis par couper le son. Quand je repris l'écoute, il était 18 heures 50 et Stein récapitulait.

« … Je récapitule : l'existence de la possibilité de la destruction du monde par les hommes eux-mêmes, sous de nombreuses formes différentes – guerre nucléaire, catastrophe écologique, pandémies provoquées –, signifie que, même si nous vivons dans une époque plus consciente qu'auparavant de la possibilité d'une forme d'Apocalypse, cette Apocalypse n'est cependant plus une preuve de l'immanence ; elle est simplement une imminence possible. Dans le passé, la fin d'une ère, ou même d'un siècle, était grandement redoutée et provoquait une recherche spontanée du salut, réaction qui ne peut se comprendre que dans le contexte de la dialectique culturelle judéo-chrétienne. La fin de l'ère présente sera, je crois, accueillie avec, au pire, de l'indifférence et, au mieux, quelques bonnes rétrospectives télévisées. »

Avant que le président ne se lève pour demander s'il y avait des questions, l'un des éternels étudiants posait déjà la sienne. C'était un homme gris-noir, grand et dégingandé dans un pull raglan légèrement effiloché, avec trois cicatrices en forme de poisson sur chaque joue.

« Monsieur le professeur, dans quelle mesure, monsieur, les arguments que vous venez de présenter, monsieur, peuvent-ils être pris au sérieux, au vu du *fait* » – accentuation particulière sur le mot « fait » – « que de tels arguments ont déjà existé dans d'autres cultures à la fin d'autres ères ? Ce fait, monsieur, le fait que ce n'est pas la première fois que des gens croient avoir le pouvoir de détruire le monde, n'invalide-t-il pas, monsieur, dans une certaine mesure, votre argument ? Eh bien, monsieur, qu'en pensez-vous ? »

L'Africain scarifié se rassit aussi brusquement qu'il s'était levé. Il s'ensuivit un silence gêné. Le Pr Stein se penchait en avant. À voir sa tête, il était évident qu'il n'avait pas entendu un seul mot de l'Africain. Le président finit par s'incliner vers lui pour lui chuchoter à l'oreille. Stein acquiesça plusieurs fois, puis se leva.

« Je pense que la réponse est non. Quant à savoir pourquoi, la réponse est que, même si les civilisations précédentes ont cru détenir le pouvoir de détruire le monde, elles ne l'avaient pas en réalité. C'est là une vérité qui peut être vérifiée empiriquement. »

Je sentais que Jim ne tenait pas en place sur son siège à côté de moi. Il transpirait abondamment et ses longs bras mécaniques agrippaient le dos du siège devant lui, comme pour l'arracher du sol et le lancer sur l'estrade. Il ne laissa pas à l'Africain le temps de répliquer à Stein : il était déjà debout.

« Professeur Stein ! Selon vous, ce qui différencie notre ère des ères précédentes est que l'humanité possède aujourd'hui une capacité réelle de détruire le monde dans lequel nous vivons et que, pour cette raison, les manifestations les plus sauvages du millénarisme ont peu de chances de se produire à l'approche du vingt et unième siècle. Cependant, ne pourrait-on pas dire que cette conférence même en est, à sa manière, une manifestation encore plus sauvage ? Cette ère est sûrement la première dans laquelle les historiens peuvent se permettre de dire : “Bon, par le passé, le millénaire affolait les gens, qui redoutaient Armageddon et autres horreurs, mais nous sommes au-dessus de ça.” N'est-ce pas une incroyable arrogance ? Ne voyez-vous pas qu'un sentiment d'angoisse mine notre société, que les gens attendent désespérément quelque chose… un événement ? Regardez-les. » Il embrassa d'un même geste les vieux sages et les éternels étudiants. « N'attendent-ils pas quelque chose ? Je ne pense pas que votre discours, votre calme, votre raisonnement mesuré aideront à apaiser le grand courant d'impatience qui emporte déjà la population comme une lame de fond. Alors ? Qu'avez-vous à répondre à ça ? »

Jim se rassit, toujours tremblant et suant. À mon humble avis, son coup de gueule n'était pas véritablement une question, mais Stein parut estimer que cela méritait une réponse. Il reposa son stylo et nous scruta.

« Il y a une incontestable puissance émotionnelle dans ce que vous dites, jeune homme. Et je pense que vous avez peut-être raison, mais dans un certain sens seulement. Les pensées et réflexions sur lesquelles vous attirez notre attention ne sont que cela : des pensées et des réflexions. Elles ne sont pas réellement liées à la motivation de la grande masse des gens. Il y a quelques années, quand les discussions préparatoires aux accords SALT s'enlisaient, et avant l'accession au pouvoir du secrétaire général de l'époque, il semblait y avoir de réelles raisons de s'alarmer et les mises en garde de certains groupes politiques marginaux étaient effectivement millénaristes mais, aujourd'hui, pfuit ! Les crises politiques de ces quarante dernières années n'ont servi qu'à souligner le fait que la dialectique imposée par le progrès technologique est irréfutable, inexorable – et plus primaire qu'elle ne le pensait elle-même. Malgré votre éloquence, jeune homme, je suis enclin à voir dans votre dénonciation de cet apparent cercle vicieux une réaction de la jeunesse contre le pouvoir grisonnant de l'âge mûr. C'est plus une attitude qu'une perception raisonnée. Et je ne l'en admire que davantage, peut-être. »

Jim n'attendit pas la fin de la réponse de Stein. Il avait déjà disparu derrière la porte brune à double battant. Je m'extirpai à tâtons de la rangée de sièges, avec de laborieux frottements, exhibant au passage mes parties ratatinées à une série de visages désapprobateurs. La dernière chose que je vis avant de franchir la porte fut le président qui faisait des ronds avec le doigt sur la poussière de la table.

Jim marchait de long en large dans le hall, devant un tableau d'affichage couvert de feuilles punaisées, de publicités et d'annonces manuscrites, parmi lesquelles, bien en évidence, une invitation pour la conférence de la semaine suivante : « Exposé autorisé sur les derniers développements de la Théorie quantitative de la démence ». Visiblement, la politique de l'école était d'alterner les conférences pour vieilles barbes et les grands sujets populaires d'intérêt général. C'était étrange, et ça ne m'avait jamais frappé auparavant, mais, pour une civilisation prétendument indifférente à la fin du millénaire, je trouvais que nous nous intéressions beaucoup aux théories ésotériques. Jim me lança un regard furieux et haussa les épaules.

« Je ne m'attendais à rien de mieux de sa part.

– Oh, tu es sévère, ça ne m'a pas paru si nul comme conférence. Mais il est vrai que j'ai somnolé la plupart du temps.

– Ah, Stein est très fort, je ne dis pas, mais il ne comprend rien. C'est un universitaire. Il croit faire une analyse microscopique de la société contemporaine, mais il regarde par le petit bout de sa lorgnette théorique. Ce n'est pas ça, l'attente. C'est une expérience physique immédiate. S'il voyait Carlos en action, il comprendrait. »

Jim tourna les talons et s'en alla vers la sortie. De derrière, il avait une dégaine curieuse, avec son long torse musculeux et ses ridicules petites jambes. Sur le moment, il me fit penser à un chimpanzé PG Tips[1]. Sa tirade millénariste sonnait comme une voix off. Le vrai Jim était peut-être resté en coulisse. « Ooh, ooh, ooh ! Ahh ! Ahh ! » Sa chemise écossaise, au col débraillé, sortait de son pantalon. Il se négligeait. Je le suivis à travers le hall avec un sentiment de culpabilité, comme s'il avait entendu mes pensées.

Dehors, sur le trottoir. Dans le froid et sombre canyon nocturne de Houghton Street, je le retrouvai en compagnie des deux coursiers avec qui je l'avais vu à midi. Le

1. Allusion à une publicité montrant des chimpanzés buvant du thé. *(N.d.T.)*

rouquin tempêtait, tandis que le type à la crête triangulaire restait en retrait, les bras croisés. Ils étaient trop préoccupés pour remarquer ma présence. J'entendis ceci :

« Carlos ne veut personne d'autre sur le coup. Carlos n'en a rien à cirer.

– Mais c'est exactement le genre de personne que nous devons convaincre. Tôt ou tard, Carlos aura besoin de se dévoiler… et alors…

– Et alors, des clous !

– J'ai autre chose à foutre qu'à écouter ces conneries. »

Ça, c'était la Crête. Il avait une voix de fausset qui surprenait chez un homme de sa taille. En prononçant ces mots, il ramassa son casque sur la selle de sa moto et l'enfonça sur sa tête, avec un « plop » étanche. Ce fut la fin de la conversation. Sans autre forme de procès, les deux motards enfourchèrent leurs engins et décampèrent. En laissant une odeur âcre dans leur sillage.

« De quoi s'agit-il ? demandai-je à Jim comme nous quittions Houghton Street pour nous diriger vers la station de métro Strand.

– Rien, je t'assure. Rien qui vaille la peine d'en parler.

– Arrête, Jim, tu me dois une explication. Ces mecs n'étaient pas en train de faire une dernière livraison. En tout cas, je ne t'ai pas vu signer quoi que ce soit. Ils parlaient de moi.

– Bon, d'accord, je leur ai dit que tu serais peut-être intéressé…

– Par quoi ? Intéressé par quoi ?

– Par une rencontre avec Carlos.

– Je ne sais même pas qui c'est. Qu'est-ce qui te fait penser que ça m'intéresserait de le rencontrer ?

– Eh bien, la conférence de Stein t'a intéressé. Et Carlos, c'est un peu le même genre, sauf que ce n'est pas seulement un professeur, c'est aussi un guide.

– Il professe quoi ? Il guide qui ?

– Ce petit groupe de coursiers. Je suppose que tu trouves ça un peu tordu. Une autre facette de mon obsession dévorante. Mais ces motards sont arrivés à des conclusions proches des miennes. » Il s'interrompit. « Ils en ont marre d'attendre.

– Bah, moi aussi, j'en aurais marre d'attendre si j'étais coursier. Ça doit être très énervant. Je crois bien que c'est une des professions qui ont le plus fort taux de mortalité. Ils s'énervent tellement qu'ils finissent par avoir des accidents, c'est normal.

– Tu ne comprends pas. Ces gars-là sont constamment à la limite. » Jim s'emportait. Il passait en mode râleur. Il s'arrêta au milieu du trottoir et se tourna vers moi, les mains sur les hanches, le sourcil mobile. « Ils se shootent à la méthédrine, sniffent du sulfate comme de la coke. Ils roulent à n'importe quelle heure du jour et de la nuit, ils ont un degré de réaction neuronale que nous pouvons à peine imaginer. Ils fonctionnent à un autre niveau que nous, tu comprends, pas au simple niveau de l'action et de l'anticipation, mais au niveau de la nuance, de la pure nuance. Ils perçoivent les stimuli les plus subtils avec une prodigieuse lucidité et réagissent au quart de tour. Mets-toi un peu à leur place. Se frayer un chemin entre les voitures sur des engins monstrueusement surmotorisés, constamment sous pression à cause des délais à respecter, avec une perfusion d'éther dans le casque. Ils doivent muter pour survivre ! »

Après ce petit éclat, nous marchâmes quelque temps en silence. Dans Essex Street, nous passâmes à côté d'un des plus grands cabinets de comptabilité du monde. Entre les lattes d'un store vénitien ouvert aux trois quarts, j'aperçus un homme en bras de chemise, encore accoudé sous une lampe de bureau à cette heure tardive, devant un ordinateur scintillant. Au moment où je regardai, il appuya sur une touche et l'écran déroula une colonne de chiffres dans un balayage de lumière verte.

Jim respirait péniblement, mais il s'était un peu calmé. Je ne savais pas quoi dire. J'étais curieux, mais je ne voulais pas le relancer. Pour la première fois, j'avais l'impression très nette qu'il vacillait sur la délicate frontière séparant l'excentricité de la folie furieuse. Je finis par rompre le silence.

« Ces coursiers, Jim, est-ce qu'ils croient aussi à l'"attente" ?

– Bien sûr, bien sûr, bien sûr. Ce sont les vrais guetteurs. L'attente est chevillée en eux. À n'importe quel moment, il peut y avoir un arrivage, un colis à enlever ou à déposer, voire l'ultime livraison : la mort ! Pas étonnant qu'ils comprennent ce qui se passe. Ils sont au point de jonction exact entre l'imminent et l'immanent ! Carlos a vu leur potentiel. C'est un homme aux pouvoirs extraordinaires, il comprend que l'avenir appartient à ceux qui savent clairement formuler la Grande Attente ! »

Nous étions devant la bouche de métro. Quelques ronds-de-cuir attardés se mêlaient au flux et au reflux des touristes, qui entraient et sortaient, décontractés et multicolores. La nuit était claire et l'enseigne au néon du National faisait clignoter son message sur les eaux calmes. Je saisis l'humérus de Jim, avec une poigne que j'espérai ferme et avunculaire.

« Jim, tu ne crois pas que tu en fais un peu trop ? Cette histoire te mine. Tu es surmené. Tu devrais consacrer plus de temps à Carol. Emmène-la en week-end, ça vous fera du bien. Pardonne-moi de te dire ça, mais le monde t'attendra. »

Sa réaction me surprit.

« Mouais... tu as peut-être raison. Je la trouve distante depuis quelque temps. Elle ne supporte pas mes insomnies. Tu as peut-être bien raison, ouais. Mais ça n'empêche pas que tu devrais rencontrer Carlos. Ce n'est pas un tordu, ce n'est pas un illuminé, ses pouvoirs sont réels, crois-moi. Je n'ai jamais eu aucun penchant pour les sectes et les cultes mystiques, tu le sais bien. »

C'était vrai, me disais-je en le quittant, ce n'était pas son genre. Et peut-être qu'il y avait de l'idée dans ce qu'il racontait, au fond. Mes yeux errèrent sur les rails, entre lesquels gît le renoncement typique. Je repérai la silhouette de Jim sur le quai d'en face. Les épaules voûtées, il avait casé sa carcasse entre un seau suspendu et un tuyau enroulé dans un placard en bois. Il avait l'air tout engoncé, comme enchaîné. À voir sa posture et son regard absent, il n'était pas difficile de deviner ce qu'il faisait. Il attendait le métro.

J'essayai de ne pas penser à lui les jours suivants. S'il faisait une dépression nerveuse, je ne pouvais rien pour lui – et s'il n'en faisait pas, je pouvais encore moins. En outre, après Norfolk et la conférence de Stein, j'avoue que je n'avais plus vraiment envie de le voir. J'avais besoin de voir d'autres têtes, de côtoyer des gens un peu plus légers. Je pris le parti de sortir, d'aller au cinéma, de dîner en ville, de me saouler gentiment. J'eus des conversations hoquetantes avec des rencontres de hasard – de ces conversations dans lesquelles chaque hoquet semble, sur le moment, une preuve irréfutable d'empathie. Sur le moment seulement.

Mais j'avais beau faire, je ne pouvais pas oublier Jim. Il me hantait et je me sentais fautif : je devais au moins essayer de l'aider. Chaque matin, en m'asseyant devant mon ordinateur, quand l'écran s'allumait, je le voyais apparaître tel un fantôme vacillant : il était là devant moi, dans le vieil amphithéâtre, agrippé sur son siège, le visage distordu.

Au bout d'une semaine, mon angoisse s'affirma. Jim ne m'avait pas contacté, ce qui ne lui ressemblait pas. Je décidai d'aller voir Carol, sa femme. Après tout, me disais-je, avant que cette histoire d'« attente » ne lui monte à la tête, on se voyait souvent. J'allais régulièrement dîner chez eux. Les couples sans enfants adoptent facilement les célibataires pour les nourrir et tenter de les marier. Et ça s'était passé ainsi entre nous. Carol m'invitait volontiers le mardi soir pour me présenter ses collègues esseulées et me gaver de lasagnes aux épinards et aux tomates.

Peu à peu, les mardis s'étaient espacés. Je les regrettais. Je regrettais cette atmosphère domestique de cuisine quotidienne. Et Carol me manquait aussi, je l'aimais bien. Elle ne me jugeait jamais, malgré l'échec répété de ses entremises. Elle était de ces femmes réservées, tranquilles, dont la présence physique émet constamment le même message rassurant : je vais bien, je suis contente de faire ceci ou cela, mais je peux aussi m'en passer. Quand Jim et elle s'étaient mariés, leurs amis avaient dit que c'était « l'alliance des contraires ». Et il était significatif de constater que personne, au fil des années, n'avait jugé bon de corriger cette observation.

Carol travaillait à domicile, comme rédactrice freelance. J'étais donc sûr de la trouver chez elle en arrivant à l'improviste. Je pris une matinée de congé et le train pour Wandsworth. Ils habitaient tout près de la gare. En marchant, je sentais le catarrhe matinal gargouiller dans mes bronches. J'avais un vieil arrière-goût de fer amer derrière le gosier et un pressentiment derrière la tête.

La Sierra de Jim était plantée sur le bas-côté de la rue comme un scarabée décoratif. Je suivis le sentier dallé, le long de la haie de troènes, et appuyai sur le bouton de l'interphone. Le haut-parleur grésilla.

« Qui c'est ?

– C'est moi, Carol. Il faut que je te parle. C'est au sujet de Jim.

– Attends une minute, je suis encore au lit. »

J'attendis plus d'une minute. Mais quand je vis, à travers le panneau vitré de l'entrée, la porte de leur appartement s'ouvrir, ce ne fut pas Carol qui apparut. Ce fut un jeune homme. Un grand jeune homme, qui poussa le battant et passa à côté de moi avec un joyeux signe de tête et un « bonjour » plus jovial encore. Il enfonça énergiquement les poings dans les poches de son blouson et s'éloigna d'un pas décidé, laissant supposer qu'il s'apprêtait à affronter une dure journée de travail – mais un travail gratifiant.

Carol me fit entrer quelques minutes plus tard. Elle portait une robe d'intérieur pastel à fleurs, s'était toilettée à la va-vite et dégageait ce subtil parfum suave des femmes qui ont fait l'amour au réveil. Je la suivis dans le couloir et m'assis à la table de la cuisine pendant qu'elle me faisait du café.

« Alors, qu'est-ce que tu voulais me dire ? demanda-t-elle en enfonçant vigoureusement le piston en inox dans la cafetière Bochum.

– Je crois que Jim fait une dépression, Carol. Je crois qu'il a besoin d'aide. Je ne l'ai pas vu depuis une semaine et, la dernière fois, il délirait carrément.

– Je ne l'ai pas vu non plus. Tout juste aperçu. Tu sais qu'il fait le taxi le soir, maintenant ?

– Le taxi ? Pourquoi ? Pas pour l'argent, tout de même ? »

Elle rit et rejeta une mèche de son front.

« Oh non, pas pour l'argent. Pour se détendre. C'est ce qu'il dit. Il fait ça pour se détendre.

– Il est fou.

– Peut-être, peut-être, mais on ne peut pas aider quelqu'un qui ne veut pas être aidé, crois-moi », dit-elle très sérieusement en s'asseyant en face de moi, une tasse de café à la main.

Je la croyais. Quel que fût le rôle joué dans sa vie par le jeune homme en blouson, son affection pour Jim n'était pas douteuse. Si elle ne pouvait pas le raisonner, personne ne le pouvait.

« Il rentre du boulot le soir et repart aussi sec. Je ne crois pas que ça lui rapporte beaucoup d'argent. Ce qui l'intéresse surtout, c'est de garder le contact avec son copain Carlos.

– Ah, tu es au courant.

– Oh oui.

– Et les coursiers. Qu'est-ce que tu en penses ?

– Ma foi, à strictement parler, il n'a peut-être pas tort, mais il me semble qu'il y a déjà assez de problèmes comme ça dans le monde, sans faire une fixation sur les impondérables. »

Je repris le train pour la ville. J'avais quelques heures à tuer avant de retourner au bureau. J'eus envie de me balader dans Soho et de boire un expresso au bar Italia. La vive clarté du matin avait cédé la place à cette espèce de ton sépia et nébuleux qui, à Londres, précède les orages d'été. L'augmentation de la pression barométrique était tangible. Ma conversation avec Carol m'avait oppressé et troublé. Je refusais d'admettre qu'il n'y eût rien à faire pour Jim. C'était à croire que ceux qui l'aimaient se préparaient confusément à une sorte de catastrophe.

Je traînai mes pieds fourbus dans Oxford Street et tournai dans Soho Square. Une soudaine bourrasque me jeta de la poussière dans les yeux. Momentanément aveuglé, je m'appuyai contre un mur et des larmes embuèrent mon visage. Quand ma vue s'éclaircit, j'aperçus Jim.

Il était debout contre la portière ouverte de sa voiture, en conversation avec un autre coursier, encore plus singulier que les deux précédents. Il avait la veste réglementaire et la surveste en vinyle brillant. Mais, au lieu de bottes, il portait des tennis élimées et, au lieu d'un pantalon de cuir, un pantalon en velours qui godait. Il était perché sur sa moto, une 250 MZ noire déglinguée, et regardait Jim avec un léger dédain. Sa tête était tout à fait repoussante. Un albinos raté. Les cheveux jaune pâle, la figure blanchâtre, les traits mous et affaissés, les yeux mi-bleus mi-roses.

Je traversai la rue pour les héler. L'albinos raté se tourna vers moi. Je vis sa main serrer la poignée des gaz – une main plate comme un patin, aux ongles rongés jusqu'à l'os, comme de petits croissants de corne.

« Je reviens de chez toi, Jim, et j'ai vu ta voiture dehors. Tu étais à la maison ?

– Non, camarade, je faisais mes exercices dans la cité. Je termine juste. Le temps de récupérer ma bagnole et je suis venu voir Carlos. » Il désigna l'albinos raté d'un rapide geste de la main.

« Tu devrais être au bureau.

– Je pourrais te dire la même chose. »

Il y avait dans ses manières une légèreté et une jovialité qui me rassurèrent. Rétrospectivement, je pense que cela aurait dû me terrifier, au contraire. Après tout, la dernière fois que je l'avais vu, il était complètement cinglé. Mais, bon, malgré cette curieuse saute d'humeur et son étrange compagnie, j'étais content de voir mon ami redevenir lui-même.

« Carlos m'emmène en tournée, aujourd'hui. Tu veux venir ? »

Carlos ne me laissa pas le temps de répondre :

« Est-ce qu'il peut venir, James ? Est-ce que j'accepte qu'il vienne ? Voilà la question. »

Carlos avait une voix flûtée et s'exprimait comme un comique troupier du pays de Galles. Il était évident que son propos était ironique et ses questions rhétoriques.

« Carlos, c'est l'homme dont je t'ai parlé. Mon vieux copain. C'est lui qui est venu avec moi à la conférence de Stein. Il sait déjà l'essentiel.

– Il y a une différence entre savoir et voir, n'est-ce pas, James ? Tu ne me contrediras pas sur ce point, n'est-ce pas, James ? »

Je ne prêtai guère attention à leur échange. Carlos me fit l'effet d'un rigolo. Il fallait que je retourne à mon travail. J'étais soudain furieux contre Jim. Ses grands discours m'apparaissaient désormais comme la manifestation d'une maladie. Je ravalai d'un seul coup toute l'émotion contenue que j'avais investie sur lui. Qu'est-ce qui m'avait pris de vouloir l'aider ? Je le connaissais assez vaguement, au fond. Je pouvais très bien me passer de lui. Il s'estompait déjà dans mon esprit.

« Qu'est-ce que t'attends, mec ?

– Pardon ? »

Carlos s'adressait à moi. « Viens avec nous. J'attache une grande valeur à l'opinion de frère James, une très grande valeur.

– Écoutez, Carlos, je sais pas de quoi vous parlez au juste, Jim et vous. Tout ce que je sais, c'est que mon *ami* ici présent » (geste du pouce et accentuation très marquée sur le mot « ami ») « est sujet, depuis quelque temps, à une obsession dangereuse et louche. Il a essayé de m'entraîner dans l'univers fantasmatique qu'il a élaboré autour de cette obsession, mais je ne suis pas intéressé. Je pense qu'il a besoin d'aide. Comme vous jouez apparemment un rôle actif dans cet univers fantasmatique, je ne peux qu'adopter la même attitude envers vous. »

À peine avais-je fini de parler que je me sentis ridicule. Les mots m'avaient paru justes au moment où je les prononçais. Mais, maintenant, suspendus dans l'air comme un écho durable, ils prenaient la forme d'un reproche.

L'albinos raté et mon ancien ami étaient toujours appuyés contre leurs véhicules respectifs. Les feux de détresse de Jim clignotaient. Dans le square, des femmes mangeaient des sandwiches, étendues sur l'herbe, entravées par des jupes moulantes qui leur interdisaient de bouger les cuisses, comme des pouliches infirmes attachées sur un pré. Jim et Carlos me regardèrent de travers.

« Viens et ouvre les yeux. »

L'inflexion du Gallois rose et mou était insidieuse, insistante, tranquillement autoritaire. Nous marchâmes à la queue leu leu jusqu'à Oxford Street. Debout sur le trottoir, en groupe serré, nous formions tous trois une étrange protubérance au milieu d'une grande rivière de piétons. Carlos s'appuya contre la vitrine de Tie Rack. Il avait laissé son casque sur sa moto et ses cheveux pâles flottaient autour de ses oreilles. Sa posture faisait remonter sa surveste en plastique sur ses épaules. Ses yeux semblèrent se dissocier de sa personne, se décentrer et s'abstraire pour devenir de simples bulles ovales et ternes, collées sur sa face incolore et floue. Nous nous tenions à ses côtés, immobiles et mal à l'aise.

Peu à peu, de la sueur perla sur ses tempes. Son regard chavira. Je n'avais jamais vu personne transpirer comme ça : la sueur ne ruisselait pas du cuir chevelu, elle jaillissait de la peau comme d'une fondrière écrasée par une botte et dégoulinait, laiteuse, sur sa chair blême. Je ressentis un mélange de peur et de nausée. Mais la transe fut de courte durée, Carlos eut un frisson et se réveilla brusquement.

Il se tourna vers moi.

« Quel est ton niveau de connaissances ? »

J'étais pris au dépourvu.

« Suffisant, je pense. Enfin… je m'y retrouve.

– Combien de temps faut-il, d'après toi, pour aller d'ici au Hornimans Museum via Shootup Hill ?

– Eh bien… » Je regardai autour de moi. Il était presque 13 heures et les rues étaient bondées. Les gaz d'échappement tournoyaient dans l'air. Je calculai l'itinéraire, évaluai le flux des voitures, des camionnettes, des camions, des bus, essayai de visualiser les routes. « Avec de la chance, je dirais une heure vingt-cinq, mais je m'accorderais une heure et demie.

– On va le faire en quarante-cinq minutes. »

Carlos était emphatique. Il épongea ses tempes avec un grand mouchoir rouge et fit demi-tour. Nous lui emboîtâmes le pas, et nous voilà revenus à notre point de départ. Un agent de la circulation, en uniforme sombre et ceinture fluorescente, glissait un papillon sous l'essuie-glace de la Sierra. Jim l'arracha et le déchira pendant que Carlos enfourchait sa MZ. L'agent haussa les épaules. Le verrouillage centralisé fit « chonk » et je pris place sur le siège passager, avec la sensation d'entrer dans un bocal, isolé du reste du monde.

Nous nous éloignâmes de la bordure du trottoir pour nous engager dans le carrousel de la place, derrière Carlos, qui prit à gauche dans l'allée menant à Charing Cross Road.

« Faut pas se laisser intimider par la police secrète de l'Attente. » Un précepte définitif, que Jim énonça d'une voix plate, presque sans desserrer les dents. Je ne me laissai pas intimider. Je marinais dans une sorte de torpeur, avec pour seul point de mire le pantalon de velours de Carlos qui flottait au vent comme un fanion dans les sinuosités du trafic.

Jim conduisait avec son aisance habituelle. Des bruissements modernistes, clonc, tchoup, accompagnaient les virements de bord de la voiture. Nous semblions reliés à Carlos, arc-bouté sur sa moto, par un cordon ombilical invisible. Il ne nous guidait pas, il nous aspirait.

Après la traversée de Gower Street, nous prîmes à

droite par le Royal Ear Hospital, puis à gauche et encore à droite vers Tottenham Road. Pas d'attente au feu d'Euston Road. Nous coupâmes dans le fromage derrière Hampstead Road. Je remarquai au passage que, au lieu de restaurer les vieux immeubles, la municipalité avait préféré les habiller de plaques de caramel. Notre petit convoi accéléra dans Outer Circle. Avec la vitesse, l'architecture n'était plus qu'un unique pâté de maisons étiré en longueur. Nash, Regent's Park, Belsize Road. Nous faillîmes accrocher une vieille Datsun 180D rouge, bulbeuse et rouillée, qui refusait de se laisser dépasser avant le rétrécissement de la voie après le virage en coude. Brusque tension du cordon ombilical entre la MZ et la Sierra. Queue de poisson. Dans le rétroviseur latéral, je vis la Datsun faire des appels de phares à travers une buée chassieuse. Le tronçon à sens unique entre Finchley Road et West End Lane fut avalé en cinq sec, puis nous pénétrâmes dans une auge de squats et de magasins de meubles d'occasion, qui nous déversa dans les ocres sales et les callosités de Kilburn High Road.

J'enregistrais toutes les images, mais vaguement. Le trajet était empreint d'une sorte d'irréalité statique. Les longues artères londoniennes étaient un décor panoramique déroulé derrière nous pour donner l'illusion du mouvement. La MZ et la Sierra étaient immobiles, dans une quatrième dimension.

Nous atteignîmes Shootup Hill en dix-sept minutes. Carlos nous menait avec une facilité surnaturelle. Chaque fois que s'offrait une alternative, il faisait le bon choix ; chaque fois, en vérifiant dans le rétroviseur, je constatais que les véhicules qui avaient opté pour l'autre file restaient plantés sur le macadam ; chaque fois, la direction suivie réduisait le temps de parcours. Carlos n'avait pas seulement sélectionné le meilleur itinéraire, il avait anticipé tous les ralentissements, visualisé toutes les issues d'urgence, réfléchi à la position et à la synchronisation des feux tricolores. Comment pouvait-il posséder un tel savoir ? C'était impossible. Même s'il avait bénéficié d'un routage par radio, il lui aurait fallu une table de calcul trigonométrique pour ajuster les changements de cap qu'il semblait effectuer intuitivement.

Au bout d'une quarantaine de minutes, nous montions Shootup Hill vers Kilburn quand, tout à coup, Carlos posa le pied droit à terre et fit un brusque demi-tour. Jim suivit sans se poser de questions, sans même regarder les véhicules qui arrivaient en sens inverse et, avant que j'aie pu mesurer l'étendue du risque que nous venions de prendre, nous redescendions en direction du pont de chemin de fer.

Un tunnel souterrain – sensation d'engouffrement –, une passerelle surélevée – saut de puce –, une rangée de rétroviseurs extérieurs qui défile, les toits qui montent et descendent… Les bras de Jim – l'avant-bras appuyé contre le volant – insectoïdes et préhensiles… L'univers des rues de Londres est comme un dessus-de-lit d'enfant : on tourne un coin et c'est une perspective lointaine qui s'ouvre sur un horizon d'oreillers, on descend une côte et le temps s'arrête, c'est un instant d'éternité, un microcosme où la lumière ne change jamais, où des papiers de bonbons se pourchassent à l'infini dans une infatigable pavane.

Quand nous traversâmes Blackfriars Bridge, l'eau scintilla brièvement ; à droite, un aperçu sur des bâtiments circonstanciellement pompeux – une incrustation d'administration pouvant appartenir à n'importe quelle ville sur terre – et puis hop, retour dans le Londres homogène et indifférencié, où les rues commerçantes succèdent aux voies rapides, à leur tour flanquées de jardins publics où des silhouettes solitaires attendent, attachées à des chiens empaillés.

Pas d'affolement, pas de précipitation. Pas de doigt d'honneur. Carlos filait et nous filions avec lui, dépassant tout le monde, louvoyant dans les carrefours. Autant la montée vers Shootup Hill avait été harmonieuse, autant la descente vers Hornimans Gardens fut dangereuse, réclama ruse et culot. Dans l'habitacle précaire et suffocant de la voiture, j'eus le frisson. Un frisson de peur.

À travers Dulwich Park, le moteur de la Sierra pétarada dans un air moins vicié et le pantalon de Carlos chatoya dans les rayons de soleil qui transperçaient les feuillages.

Nous arrivâmes au Hornimans Museum exactement quarante-cinq minutes après notre départ de Soho Square. Carlos rangea sa moto le long de la lèvre de macadam qui retrousse la chaussée et nous le suivîmes. Derrière nous, le panorama s'élargissait pour la première fois depuis que nous avions traversé le fleuve. À mi-distance, une crête de bâtiments crénelés et oblongs se dressait au-dessus de la mer des frondaisons et des toits. En arrière-plan, Londres s'estompait vers l'horizon septentrional, plus bleu et plus gris.

Je me propulsai d'un bond hors de la Sierra pour me secouer et dissiper l'étourdissement qui me déboussolait. Carlos retirait ses gants. Il en portait deux à chaque main. La paire extérieure, en vinyle, laissait apparaître à travers l'usure les touffes laineuses de la paire intérieure. Je ne sais pourquoi, cette usure m'obnubila, elle avait quelque chose d'anatomique. Le sang me battait aux tempes. Je regardais les gants… les gants… J'eus envie de vomir. Carlos s'appuya contre le panneau annonçant les prochaines expositions du musée.

L'exaspérante voix galloise : « Tu vois, mon petit gars, quand j'entre en transe comme ça », ses yeux se révulsèrent, exposant un réseau de veines sous leurs globes roses, « j'évalue la densité du trafic à un endroit précis, pendant un temps précis. Je sais tellement de choses sur tout ça » (il désignait l'horizon) « que le mouvement se fige. Je vois TOUT. » Il roulait les syllabes avec des trilles de soprano. « Tous les ralentissements, tous les bouchons, toutes les camionnettes de livraison en double file, toutes les ruptures de canalisation… je visualise l'ensemble de la métropole en un instant. Emmène-moi n'importe où, dans n'importe quelle rue saturée de Londres et, rien qu'en la regardant, je peux t'indiquer le niveau d'encombrement de toutes les autres artères de la ville. Comme ça, j'attends pas. Tu piges ? J'ai jamais besoin d'attendre. »

Le front grêlé de l'albinos bougea de côté, ce qui me permit de voir, sur le panneau, l'affiche d'une exposition d'artefacts amazoniens. Un bus, en provenance de Forest Hill Station, gravissait péniblement la colline. Je consultai ma montre. Il était 13 heures 50. Je repris mes esprits d'un seul coup et sortis de mon état second comme je serais sorti d'un bain, pour courir derrière le bus.

« Tu vois ! cria Jim derrière moi. Il n'a pas besoin d'attendre ! Tu ne comprends pas ? Il est au-delà de l'attente. Où qu'il aille, il est déjà arrivé ! Oh, imbéciiile… »

Les derniers mots étaient un cri, mais je n'y prêtai pas attention. Je sautai sur la plate-forme du bus au moment où il quittait l'arrêt et commençait la longue descente vers East Dulwich.

Une semaine passa, puis un mois. J'étais sans nouvelles de Jim et n'essayai pas de le contacter. Puis un Post-it apparut sur le clavier de mon ordinateur. Le message me demandait d'appeler un M. Clifton, dans un cabinet juridique de Camden. En fait, ce fut Clifton qui m'appela. Il avait une façon très désagréable de téléphoner, il respirait fort, articulait mal et parlait avec une espèce de juridisme affecté.

« C'est au sujet de notre client, M. Stonehouse.

– Ah, Jim, oui, oui. Qu'est-ce qu'il a fait ?

– Il a été inculpé de délit de fuite et de coups et blessures.

– Il est coupable ?

– Il a fait une déposition en ce sens à la police et a comparu devant le tribunal de Highgate, qui a transmis l'affaire à Snaresbrook.

– Je vois, je vois. C'est un coup dur, mais je ne peux pas dire que je sois surpris.

– Surpris ?

– Eh bien, il avait un comportement assez bizarre depuis quelque temps.

– Précisément. Il nous semble que notre meilleure méthode de défense serait de soumettre M. Stonehouse à une expertise psychiatrique.

– Et sinon ?

– Il risque entre trois et six ans.

– Je vois, je vois… Ce que je ne vois pas, c'est en quoi ça me concerne…

– Eh bien, comme vous l'avez dit vous-même, M. Stonehouse a eu un comportement bizarre et vous en avez été témoin. Une déposition au tribunal, de la part de quelqu'un comme vous, avec votre situation, pourrait être un facteur décisif.

– C'est donc ça… vous voulez que je témoigne à la barre ?

– Et que vous nous fournissiez, si possible, une déclaration écrite.

– Je présume que vous la voulez sur une lettre à en-tête.

– Ça pourrait être un facteur décisif.

– Pourriez-vous m'expliquer exactement ce qui s'est passé ?

– Je crains que non, c'est à M. Stonehouse de vous raconter les détails. Si je vous dis quoi que ce soit, je trahis le secret professionnel. »

Jim m'appela plus tard dans la matinée. Il n'avait absolument aucun repentir.

« Juste un petit accrochage en sortant de Marylebone Flyover. C'est absurde que cette histoire soit allée jusqu'au tribunal.

– Ton avocat a l'air de vouloir te faire examiner par un psychiatre.

– Oui, oh, euh, je… c'est… une tactique de la défense. Personnellement, je m'en fous, je veux dire, quelques semaines de repos ne me feraient pas de mal. Si c'est pour fabriquer des cendriers en terre cuite et tailler une bavette avec des psys insignifiants…

– Qu'est-ce qui s'est passé, Jim ?

– Eh bien, j'étais en route pour le boulot. J'avais dormi chez Carlos, à Acton, et il devait être quelque chose comme 7 heures et demie, pas plus. J'étais sur Westway et mon petit doigt me disait que j'avais intérêt à continuer jusqu'à Marylebone plutôt que de prendre la sortie de Paddington. Mais, quand je suis arrivé en haut du toboggan de Marylebone, tout était bouché. À 7 heures et demie du mat ! Je ne sais pas, je crois que je me suis senti humilié. Je suis resté coincé pendant cinq bonnes minutes. J'étais furieux, tu comprends, je m'étais fait avoir bêtement, et tout ça pour m'être laissé influencer intellectuellement par mon petit doigt ! Si j'étais entré en transe comme Carlos me l'a appris, il n'y aurait pas eu de problème.

– Qu'est-ce qui s'est passé, Jim ?

– J'arrivais enfin au bas du toboggan, quand cette espèce de connard a essayé de passer en force par la gauche. Il venait de la bretelle qui va sur Edgware Road, tu vois. Un petit mec en minivan Datsun. Je revois très bien la bagnole, elle avait une couleur pisseuse, crème, avec une inscription au pochoir : “Exodus Fruitiers, Crouch End & Stanmore”, et un numéro de téléphone. Le mec était tout ratatiné sur son petit volant, avec une queue de tigre ou je ne sais quel ridicule chichi accroché au rétroviseur, et il faisait brailler une musique débile, fenêtre ouverte, beurk !

« Ça faisait cinq minutes que j'étais dans ce bouchon ! Alors je l'ai un peu poussé avec mon pare-chocs avant, juste poussé, comme ça… pour le virer de ma route. J'ai même pas abîmé sa camionnette à la gomme, juste éraillé la peinture, c'est tout, mais il s'est foutu en rogne, il est sorti, tout rouge, en gueulant : “Pourquoi vous faisez ça ? Pourquoi vous faisez ça ?” En me tapant sur la poitrine. Je lui ai dit : “Parce que j'en avais envie.” Et ça l'a énervé encore plus. C'était un rien du tout, ce mec, un attentiste, un sous-fifre. Alors je l'ai cogné, juste pour le faire taire.

– Juste pour le faire taire… ?

– Je te le dis, c'était un rien du tout, un attentiste.

– Alors, explique-moi pourquoi tu plaides la folie.

– Ben, quand les flics m'ont interrogé, je leur ai dit la vérité et ils ont commencé à se regarder en faisant une drôle de tête, tu vois, si bien que… je sais pas, ça s'est imposé de soi-même, en quelque sorte, c'était logique, quoi. Mais laisse-moi te dire que ça va beaucoup plus loin qu'une simple histoire de coups et blessures. Ça pourrait être la fin de l'attente pour des tas de gens. »

Et il me rabâcha indéfiniment le même refrain. Quand je parvins enfin à raccrocher, je n'étais pas convaincu. J'étais enclin à penser qu'il était plus méchant que fou. Le souvenir de mon étrange périple avec lui et de l'albinos raté tournait sinistrement dans ma mémoire. Je n'aimais pas Carlos et je n'aimais pas son influence sur Jim. L'image de Jim m'apparaissait distordue, comme dans un miroir déformant. Ses bras mécaniques s'allongeaient, ses hanches épicènes s'élargissaient et s'épaississaient.

Je décidai de rédiger la déposition, mais de ne pas me rendre à Snaresbrook – à moins qu'il ne se déclare prêt à rompre avec Carlos et avec toute la philosophie perverse qu'il avait élaborée autour de l'attente. Je voulais lui faire admettre qu'il avait besoin d'aide – et accepter cette aide.

Pendant les deux semaines suivantes, je l'appelai à plusieurs reprises, à la fois chez lui et à son bureau. Il était toujours absent. Carol fut très distante, quoique relativement compatissante. Je pense qu'elle avait le même sentiment que moi mais, évidemment, les choses sont un peu différentes quand il s'agit d'un homme dont on a partagé le lit pendant cinq ans. Je campai sur mes positions et lui dis que je voulais bien témoigner par écrit mais que je refusais d'aller au tribunal, à moins qu'il ne montre un peu de bonne volonté. Je la priai de lui transmettre le message. Il ne me rappela pas. Je laissai d'autres messages à son bureau. Il les ignora. Finalement, je me lavai les mains de toute l'affaire.

M. Clifton m'écrivit pour me remercier de ma déposition – qui établissait clairement ce que je pensais de Jim Stonehouse – et m'indiquer la date de l'audience, ainsi que le numéro de la salle. Je fis de mon mieux pour oublier l'information. Mais, le matin du jour dit, je fus incapable de me concentrer au bureau. Je déambulais dans la pièce en détachant les Post-it collés sur toutes les surfaces disponibles, je les chiffonnais, j'en faisais des boulettes de papier jaune. Je savais que j'avais raison de ne pas aller au tribunal, je savais que c'était la meilleure – et finalement la plus respectueuse – attitude possible.

À 9 heures 30, Jim téléphona.

« Je voulais juste te dire au revoir, je suppose qu'on ne se verra plus pendant quelque temps. »

La culpabilité me prit à la gorge. « Jim, je suis désolé... » J'étais à deux doigts de revenir sur ma décision.

« Non, faut pas. Clifton a sa petite idée mais, franchement, ça me plaît assez d'aller en prison. Carlos a fait deux ans de taule et il dit que ç'a été pour lui une expérience formatrice qui lui a permis de prendre pleinement conscience de la nature du millénaire. Je vais faire mes classes comme lui ! »

Il exultait. Il était fou. Il riait quand nous nous fîmes nos adieux et raccrochâmes.

À peine avais-je reposé le téléphone qu'il sonna de nouveau. C'était Clifton.

« Je dois faire appel à vous une dernière fois. Ne tenez pas compte de ce que dit mon client. C'est indubitablement un homme instable. J'ai des raisons personnelles de croire qu'il est tombé sous la coupe de gens… », il baissa la voix, « … diaboliques. Je vous prie instamment de venir à Snaresbrook à 10 heures 30. M. Stonehouse a besoin d'aide. Il ne pourra jamais s'acclimater à la prison. »

Quand Clifton eut raccroché, je me mis à déchirer spasmodiquement mes Post-it. Au bout d'un moment, je regardai ma montre. Il était 9 heures 50. Je sortis en courant dans la rue. J'étais déjà dans Gray's Inn Road quand je trouvai enfin un taxi.

« Je dois être au tribunal de Snaresbrook à 10 heures 30. Vous croyez que c'est possible ?

– Difficile à dire, chef. » Une déclaration laconique, mais franche. Le chauffeur tourna paresseusement le volant et engagea le taxi dans le flot de la circulation. « C'est possible, ça dépend de la traversée de Clapton.

– Pourquoi ne pas prendre par le nord et couper par le Marsh vers Leyton ?

– Naan, ça vaut pas le coup.

– Mais…

– Faites-moi confiance. Pourquoi vous êtes si pressé, au fait ?

– C'est pour un ami. Il a besoin de moi comme témoin de moralité, il risque la prison.

– Oh, je vois. »

Le taxi trémula dans le trafic du matin, en ronronnant bruyamment comme une énorme panthère bronchitique. Je me tripotais la lèvre, les joues. Je fumais, je m'agitais, je regardais les façades monter et descendre derrière la vitre. Le chauffeur finit par suivre mon conseil. Il quitta Green Lanes pour prendre à travers Stoke Newington vers Tottenham High Road. Quand nous bifurquâmes dans Lea Bridge Road, les maisons mitoyennes et les villas cédèrent la place à des entrepôts inachevés et de petites implantations industrielles. Il était 10 heures 25. Je me redressai sur mon siège. J'aurais voulu que les véhicules s'écartent sur notre passage.

« Et qu'est-ce qu'il a fait, votre ami ?

– Il en a eu marre d'attendre.

– Ha ! Si c'était un crime, on se retrouverait tous au trou, pas vrai ?

– Ouais, je suppose. Il a eu une réaction un peu drastique, cela dit. Il a embouti la camionnette d'un type et, pour marquer le coup, il lui a tapé dessus. Quand les flics sont venus le chercher, il leur a tapé dessus aussi.

– M'étonne pas. Mais c'est rien, vous savez. Samedi, j'étais à un mariage à la Voie Romaine et il y a un des invités qui a filé un coup de couteau au père de la mariée parce qu'il supportait pas d'attendre qu'on lui serve à boire.

– Vraiment ?

– Comme je vous le dis. Dans le cou, il l'a frappé. Le pauvre gars est encore dans le coma. Le mec s'est tiré vite fait mais ils l'ont rattrapé sur la route. Ils l'ont collé au sol et il y en a un qui lui a roulé dessus avec sa bagnole. Maintenant il est dans le coma aussi.

– Aussi ?

– Comme le père de la mariée.

– Ils sont sympas, vos amis.

– Oh, c'étaient pas des amis. Le marié était un collègue à mon fiston. J'y suis allé comme ça, pour rigoler.

– Ç'avait l'air marrant, en effet. »

Silence à nouveau. Le chauffeur faisait de son mieux. Chaque fois que ça bouchonnait, il sortait son plan et cherchait un raccourci. Ce n'était pas sa faute si cette partie du nord-est de Londres n'était qu'un dédale de rues tortueuses. Il n'y avait pas beaucoup d'alternatives.

Il était 10 heures 30. Nous étions immobilisés dans Leyton High Road. Je n'y croyais plus. Le compteur affichait déjà seize livres et plus. Un semi-remorque était immobilisé en travers du carrefour. Derrière nous, un vrombissement. Un cortège de motos arriva en slalomant à toute allure entre les véhicules arrêtés. Ce fut un défilé de bandes fluo, d'épaules de cuir, de visières sales, de survestes en vinyle. Loin devant, en tête de la horde, je vis flotter au vent un pantalon de velours familier.

Il y eut un tressautement dans la file. Le feu passa au vert et, deux minutes plus tard, nous arrivions devant le tribunal. Je sautai de la voiture en lançant une poignée de billets au chauffeur. Jim devait être jugé en salle 19, dans l'annexe moderne. Je traversai le parking en courant, m'engouffrai dans le bâtiment, puis ralentis le pas dans l'escalier pour reprendre mon souffle. Dans le hall supérieur, un grand Noir à la barbe vaporeuse s'approcha de moi. Il était 10 heures 40.

« Vous devez être.

– Oui, oui.

– Je suis Clifton. » Il me tendit la main. C'était le conseiller juridique de Jim. Carol se tenait dans un coin, avec un groupe de gens entourant une avocate en robe.

« Mais l'audience…

– Nous avons dû demander un léger report. M. Stonehouse n'est pas encore là.

– Pas là ? Mais où il est, bon Dieu ? Le juge est capable de le prendre mal.

– Ah, très capable, oui. »

Je rejoignis Carol qui conversait avec l'avocate – une femme au teint hépatique.

« Oh, salut », dit Carol. Elle fit les présentations.

« Jim n'était pas à la maison, cette nuit ?

– Non, c'était ce que j'étais en train de dire. Il a plus ou moins emménagé chez Carlos, maintenant. Il doit se taper toute la route depuis Acton et ça peut prendre du temps.

– J'espère qu'il aura au moins mis un costume pour l'occasion. »

Au même moment, le loup dont on parlait montra sa queue à l'autre bout de la salle. Il vint vers nous, droit comme un « i », en faisant pivoter sa tête de droite et de gauche, avec des regards méprisants vers le peloton des accusés, avocats, plaignants, témoins et officiers de police qui attendaient leur tour.

« Excusez mon retard. J'étais bloqué dans l'ascenseur. J'ai dû attendre une heure avant qu'on vienne me délivrer. »

À cet instant précis, les portes de la salle d'audience s'ouvrirent et un petit attroupement se forma. L'avocate hépatique joua des coudes et je la vis s'entretenir avec le greffier. Je me tournai vers Jim. « On dirait que c'est à nous. » Nous entrâmes.

Jim alla s'asseoir sur le banc des accusés, une longue stalle, sur la droite, qui occupait presque toute la largeur de la salle. Il fallait de la place pour loger tous les terroristes et les aigrefins de la finance. Je m'installai à côté de Carol sur le dernier des quatre bancs du public, immédiatement à droite de la porte par laquelle nous étions entrés. Les bancs du public et le banc des accusés étaient orientés vers la cour, qui faisait directement face aux accusés. Le cœur de la salle, l'arène de la justice, était réservé aux pupitres des avocats. L'ensemble était brillamment éclairé par des tubes au néon implacables, sans atermoiements. Chaque surface – le devant de la stalle, les pupitres, la barre des témoins, le siège – était revêtue de bois clair verni. Cela me rappela le vieil amphithéâtre de Houghton Street, à cette différence près que, là-bas, tout était sombre, alors qu'ici tout était illuminé : la vérité, semblait dire ce revêtement (même de mauvaise qualité), devait être recherchée dans la clarté.

Le président fit claquer son petit maillet et la séance fut ouverte. L'huissier se leva pour lire l'acte d'accusation :

« … que vous avez, le 21 août, volontairement endommagé le véhicule appartenant à M. Takis Christos, demeurant au 24, Rosemount Avenue, à Crouch End ; que vous avez ensuite agressé M. Christos susnommé ; que vous avez fui et omis de signaler l'accident aux autorités ; que vous avez agressé un officier de police venu vous interroger au sujet dudit accident, le 22 août, sur votre lieu de travail. Desquelles accusations ayant à répondre, vous déclarez-vous coupable ou non coupable ?

– Coupable. »

Jim avait parlé comme une poupée en plastique, en prononçant le mot « coupable » d'une voix blanche et étranglée, une octave plus haut que je ne m'y attendais. Il faisait moins le bravache, il avait peur, c'était clair. Un cure-dent de compassion me piqua le cœur. Mon ami passait en jugement. C'était douloureusement ridicule.

« Monsieur Stonehouse. » C'était le juge, une tête de fouine juchée sur un trône, un petit museau rose pointant sous une perruque, des yeux roses plissés comme s'ils avaient trempé dans du thé. « Pouvez-vous dire à la cour pourquoi vous vous êtes présenté en retard ce matin ? » Le juge avait une voix étonnamment puissante et judiciaire, à la fois imposante et menaçante. Il avait dû beaucoup s'entraîner tout seul.

« J'ai été pris dans les embouteillages, Votre Honneur.

– Je vois. D'où veniez-vous ?

– D'Acton, Votre Honneur.

– Et à quelle heure êtes-vous parti ?

– 8 heures 30, Votre Honneur.

– Je vois. Il vous a fallu presque trois heures ?

– Il y avait des travaux à Hackney, Votre Honneur.

– Je vois, je vois. »

Le substitut du procureur vint au secours de Jim :

« Il y avait effectivement de gros bouchons dans la traversée de Hackney, Votre Honneur, j'ai été bloqué moi-même.

– D'accord, d'accord. Ceci est un tribunal, pas un PC routier. Procédons. »

La parole fut donnée à l'accusation. Le substitut, les policiers et même M. Christos restèrent brefs et concrets. À les entendre, on devinait qu'ils tenaient tous Jim pour un fêlé et ne voulaient pas vraiment l'envoyer à l'ombre. Il n'y avait guère de vindicte dans leurs récriminations, ils semblaient se contenter de jouer leur rôle de rouage subsidiaire dans une machine bien huilée. Après chaque intervention, le substitut demandait au juge s'il voulait poser d'autres questions – ce qu'il fit une seule fois, en s'adressant à M. Christos :

« J'ai ici une note de la police disant que vous n'avez pas été en mesure de présenter votre permis de conduire et votre attestation d'assurance, monsieur Christos. Est-ce exact ?

– Oui, c'est vrai, mais j'ai tout, mais c'est à la poste, comme j'ai dit, de Swansea ça doit venir, comme j'ai dit. »

M. Christos était un individu très petit, globuleux, avec des touffes de cheveux plantées irrégulièrement sur une calvitie naissante. Il était très difficile de voir en lui un représentant de cette multitude silencieuse qui, d'après Jim, attendait l'avènement du prochain millénaire dans une effervescence mystique

« Veillez à présenter vos documents dès qu'ils seront disponibles.

– Bien sûr, bien sûr, comme j'ai dit… »

Le juge l'arrêta d'un revers de manche. Le fruitier rejoignit ses amis, assis sur le banc devant moi. Il y avait un couple de jeunes gens un peu pète-sec, qui pouvaient être des agents immobiliers, et une dame d'un certain âge, plutôt ronde, affublée d'un pantalon éléphantesque et arborant un badge de la Campagne pour le désarmement nucléaire sur son imperméable.

Je n'eus pas le temps de réfléchir à la signification de tout cela. L'audience se poursuivait. L'avocate hépatique de Jim se leva et posa un regard jaune sur l'assistance, sans doute pour s'assurer que ses témoins étaient bien là. Les témoins en question étaient moi et un certain Dr Busner, de l'hôpital Heath. Busner était l'expert psychiatrique désigné par les magistrats de Highgate pour évaluer l'état mental de Jim. Busner vint à la barre.

« Vous êtes le Dr Busner, chef du service psychiatrique de l'hôpital Heath ? »

Silence. Busner était un hippy vieillissant, aux longs cheveux gris. Il portait un costume rayé en popeline et une sorte de serpillière en guise de cravate. Je le reconnus vaguement, mais sans pouvoir le remettre exactement. Je ne l'avais jamais vu en vrai, de cela j'étais sûr, mais peut-être à la télévision. Il fallait qu'il soit un sacré bon expert pour justifier une apparition dans cet accoutrement. Si j'avais été le juge, j'aurais envoyé Jim au trou rien qu'à cause de la dégaine de son témoin.

Busner se caressa le menton. Pendant une effroyable minute, je crus qu'il allait se lancer dans une analyse philosophique sur la question de sa propre identité, mais il se ressaisit et répondit : « C'est bien moi.

– Veuillez exposer votre point de vue professionnel sur l'état mental de l'accusé, afin que la cour puisse apprécier s'il y a lieu de lui reconnaître une circonstance atténuante au nom d'une éventuelle irresponsabilité.

– J'ai vu M. Stonehouse à trois reprises, pendant une heure chaque fois, le mois dernier. Au cours de cette période, j'ai pu me faire une idée relativement exhaustive de l'homme. Il m'a longuement exposé, durant ces séances, une série d'opinions personnelles touchant à l'impact probable du changement de millénaire sur notre société, d'où émerge une dualité conceptuelle, “immanence et imminence”, selon ses propres termes. M. Stonehouse soutient que ses deux agressions, respectivement contre M. Christos et l'inspecteur Winch, ainsi que les dommages causés à la camionnette de M. Christos, étaient des actes révolutionnaires nécessaires à la propagation de ses idées. »

Busner se tut. D'abord, on crut à une simple interruption mais, comme le silence s'éternisait, il devint clair qu'il n'avait pas l'intention d'en dire plus. Un murmure parcourut l'assistance. Le policier que Jim avait frappé, et qui avait déjà fait sa déposition, chuchota quelque chose, de façon assez audible, à l'un de ses collègues. Le juge, plongé dans la lecture de l'expertise écrite de Busner, n'avait pas remarqué que le psychiatre avait cessé de parler.

L'avocate de Jim était visiblement prise de court. Elle finit par réagir.

« Vous considérez donc, docteur Busner, que M. Stonehouse était en pleine possession de ses facultés mentales quand il a commis ces crimes ?

– C'est difficile à dire. Soit ses théories sont fondées, auquel cas il était pleinement *compos mentis*, soit il est victime de bouffées délirantes complexes, auquel cas il n'est évidemment pas moralement responsable de ses actes. »

Le juge sursauta en entendant les mots « moralement responsable » et s'intéressa de nouveau à ce qui se disait dans son tribunal.

« Alors, l'est-il ou ne l'est-il pas ?

– Est-il ou n'est-il pas quoi, Votre Honneur ? demanda l'avocate, sentant que la bataille risquait d'être perdue.

– Est-il moralement responsable ?

– Nous pensons que non, Votre Honneur. »

Long soupir du côté de la cour.

« Monsieur Stonehouse, nous avons consacré beaucoup de temps à l'audition des plaignants. Nous avons entendu, de la bouche de M. Christos, que vous aviez percuté son véhicule et que, lorsqu'il vous a interpellé, vous avez ri et dit… » Le juge consulta ses notes : « "J'en ai marre d'attendre." Nous avons entendu, de la bouche de deux officiers de police, que vous aviez manifesté le même mépris envers les autorités qu'envers les biens et la personne de M. Christos. Tout, dans votre comportement, est répréhensible, immature et criminel. Toutefois, je suis troublé par les arguments avancés par… par…

– Le Dr Busner, Votre Honneur.

– Le Dr Busner, et c'est à lui que je m'en remets pour la suite de l'évaluation et, si possible, du traitement psychiatrique. Je vais vous imposer trois mois de mise à l'épreuve, sentence à surseoir. Monsieur Stonehouse, avez-vous quelque chose à ajouter ? »

Jim tenait sa chance. J'attendais qu'il la saisisse, qu'il allège son cas, c'était le moment. Il bougea sur son banc, mal à l'aise, ses bras mécaniques agrippèrent la barre devant lui, il chassa une mèche de son front…

« Seulement que je suis reconnaissant à la cour de me donner la possibilité de faire le point sur moi-même. J'étais vraiment sous pression, ces derniers temps. »

Seuls Carol et moi, et peut-être Clifton et Busner, pouvions avoir senti à quel point la voix de Jim sonnait faux. Pour le tribunal, c'était une amende honorable. Mais je connaissais cette voix, Jim bluffait.

La cour se leva et nous sortîmes du prétoire. J'allai retrouver Clifton et l'avocate, devant la fenêtre. Ils regardaient dans le parking.

« Félicitations, c'est un beau résultat et vous n'avez même pas eu besoin de ma déposition.

– Oui, je suis désolé pour le déplacement. » Clifton lissa sa moustache dégarnie avec le bord d'une liasse de papiers. « Mais je crois que nous ne sommes pour rien dans cette issue favorable. Ils avaient leur quota de prisonniers pour cette session. Ils ne peuvent pas se permettre d'en rajouter un. M. Stonehouse a échappé à l'incarcération parce qu'il n'y avait pas de place pour lui, non à cause du bien-fondé de sa défense.

– Eh bien, j'espère que vous ne le lui direz pas et que cette expérience le ramènera à la raison. »

De l'endroit où j'étais, je vis Carol sortir par la porte principale du tribunal et se frayer un chemin dans le parking, entre les voitures en stationnement. Elle traversa le tarmac, marcha sur la pelouse pour éviter une bande de coursiers motocyclistes qui fumaient autour de leurs engins, et se dirigea vers les grilles. Je me détournai de la fenêtre.

Jim vint vers moi. Il retirait sa veste et retroussait ses manches en souriant jusqu'aux oreilles. Il se mêla à notre groupe – sans Busner, qui s'était éclipsé – et s'exprima en ces termes :

« Bon, l'affaire est dans le sac. J'ai beaucoup réfléchi et je me suis dit que l'attente me serait plus profitable loin d'ici. J'irai en prison un jour mais, pour le moment, il vaut mieux que j'approfondisse mes connaissances.

Pour cette raison, je vous remercie tous… » Il bomba le torse, puis se raidit et regarda alentour. « Où est Carol ? Elle n'est pas sortie avec vous ? »

Je jetai un œil dans le parking. Carlos m'observait. Sa tête rose luisait faiblement sous le soleil. Un joint flétri pendait à sa lèvre. Sa surveste en vinyle flottait autour de ses épaules. Je me tournai vers Jim. « Si, elle était là, Jim, mais je crois qu'elle en a eu marre d'attendre. »

Table

Le Livre des morts de Londres-Nord
11

Service 9
33

À la découverte des Ur-Bororos
105

La Théorie quantitative de la démence
141

Monocellulaire
219

Attendre
251

DU MÊME AUTEUR

Vice-Versa
Éditions de l'Olivier, 1996
Éditions du Seuil, « Points », n° P551

Un roc de crack gros comme le Ritz
Éditions Mille et une nuits, 1997

Une histoire pour l'Europe
Éditions Mille et une nuits, 1997
(hors commerce)

Mon idée du plaisir
Éditions de l'Olivier, 1997
Éditions du Seuil, « Points », n° P676

Les Grands Singes
Éditions de l'Olivier, 1999
Éditions du Seuil, « Points », n° P778

Ainsi vivent les morts
Éditions de l'Olivier, 2001
Éditions du Seuil, « Points », n° P1025

RÉALISATION : PAO ÉDITIONS DU SEUIL
IMPRESSION : S.N. FIRMIN-DIDOT AU MESNIL-SUR-L'ESTRÉE
DÉPÔT LÉGAL : AVRIL 2001. N° 49750-2 (59845)

Collection Points

DERNIERS TITRES PARUS

P725. Le Capitaine Alatriste, *par Arturo Pérez-Reverte*
P726. La Conférence de Cintegabelle, *par Lydie Salvayre*
P727. La Morsure des ténèbres, *par Brigitte Aubert*
P728. La Splendeur du Portugal, *par António Lobo Antunes*
P729. Tlacuilo, *par Michel Rio*
P730. Poisson d'amour, *par Didier van Cauwelaert*
P731. La Forêt muette, *par Pierre Pelot*
P732. Départements et Territoires d'outre-mort *par Henri Gougaud*
P733. Le Couturier de la Mort, *par Brigitte Aubert*
P734. Entre deux eaux, *par Donna Leon*
P735. Sheol, *par Marcello Fois*
P736. L'Abeille d'Ouessant, *par Hervé Hamon*
P737. Besoin de mirages, *par Gilles Lapouge*
P738. La Porte d'or, *par Michel Le Bris*
P739. Le Sillage de la baleine, *par Francisco Coloane*
P740. Les Bûchers de Bocanegra, *par Arturo Pérez-Reverte*
P741. La Femme aux melons, *par Peter Mayle*
P742. La Mort pour la mort, *par Alexandra Marinina*
P743. La Spéculation immobilière, *par Italo Calvino*
P744. Mitterrand, une histoire de Français. 1. Les Risques de l'escalade, *par Jean Lacouture*
P745. Mitterrand, une histoire de Français. 2. Les Vertiges du sommet, *par Jean Lacouture*
P746. L'Auberge des pauvres, *par Tahar Ben Jelloun*
P747. Coup de lame, *par Marc Trillard*
P748. La Servante du seigneur *par Denis Bretin et Laurent Bonzon*
P749. La Mort, *par Michel Rio*
P750. La Statue de la liberté, *par Michel Rio*
P751. Le Grand Passage, *par Cormac McCarthy*
P752. Glamour Attitude, *par Jay McInerney*
P753. Le Soleil de Breda, *par Arturo Pérez-Reverte*
P754. Le Prix, *par Manuel Vázquez Montalbán*
P755. La Sourde, *par Jonathan Kellerman*
P756. Le Sténopé, *par Joseph Bialot*
P757. Carnivore Express, *par Stéphanie Benson*
P758. Monsieur Pinocchio, *par Jean-Marc Roberts*
P759. Les Enfants du Siècle, *par François-Olivier Rousseau*
P760. Paramour, *par Henri Gougaud*
P761. Les Juges, *par Élie Wiesel*

P762. En attendant le vote des bêtes sauvages
par Ahmadou Kourouma
P763. Une veuve de papier, *par John Irving*
P764. Des putes pour Gloria, *par William T. Vollman*
P765. Ecstasy, *par Irvine Welsh*
P766. Beau Regard, *par Patrick Roegiers*
P767. La Déesse aveugle, *par Anne Holt*
P768. Au cœur de la mort, *par Lawrence Block*
P769. Fatal Tango, *par Jean-Paul Nozière*
P770. Meurtres au seuil de l'an 2000
par Éric Bouhier, Yves Dauteuille, Maurice Detry, Dominique Gacem, Patrice Verry
P771. Le Tour de France n'aura pas lieu, *par Jean-Noël Blanc*
P772. Sharkbait, *par Susan Geason*
P773. Vente à la criée du lot 49, *par Thomas Pynchon*
P774. Grand Seigneur, *par Louis Gardel*
P775. La Dérive des continents, *par Morgan Sportès*
P776. Single & Single, *par John le Carré*
P777. Ou César ou rien, *par Manuel Vázquez Montalbán*
P778. Les Grands Singes, *par Will Self*
P779. La Plus Belle Histoire de l'homme, *par André Langaney, Jean Clottes, Jean Guilaine et Dominique Simonnet*
P780. Le Rose et le Noir, *par Frédéric Martel*
P781. Le Dernier Coyote, *par Michael Connelly*
P782. Prédateurs, *par Noël Simsolo*
P783. La gratuité ne vaut plus rien, *par Denis Guedj*
P784. Le Général Solitude, *par Éric Faye*
P785. Le Théorème du perroquet, *par Denis Guedj*
P786. Le Merle bleu, *par Michèle Gazier*
P787. Anchise, *par Maryline Desbiolles*
P788. Dans la nuit aussi le ciel, *par Tiffany Tavernier*
P789. À Suspicious River, *par Laura Kasischke*
P790. Le Royaume des voix, *par Antonio Muñoz Molina*
P791. Le Petit Navire, *par Antonio Tabucchi*
P792. Le Guerrier solitaire, *par Henning Mankell*
P793. Ils y passeront tous, *par Lawrence Block*
P794. Ceux de la Vierge obscure, *par Pierre Mezinski*
P795. La Refondation du monde, *par Jean-Claude Guillebaud*
P796. L'Amour de Pierre Neuhart, *par Emmanuel Bove*
P797. Le Pressentiment, *par Emmanuel Bove*
P798. Le Marida, *par Myriam Anissimov*
P799. Toute une histoire, *par Günter Grass*
P800. Jésus contre Jésus, *par Gérard Mordillat et Jérôme Prieur*
P801. Connaissance de l'enfer, *par António Lobo Antunes*
P802. Quasi objets, *par José Saramago*
P803. La Mante des Grands-Carmes, *par Robert Deleuse*

P804. Neige, *par Maxence Fermine*
P805. L'Acquittement, *par Gaëtan Soucy*
P806. L'Évangile selon Caïn, *par Christian Lehmann*
P807. L'Invention du père, *par Arnaud Cathrine*
P808. Le Premier Jardin, *par Anne Hébert*
P809. L'Isolé Soleil, *par Daniel Maximin*
P810. Le Saule, *par Hubert Selby Jr.*
P811. Le Nom des morts, *par Stewart O'Nan*
P812. V., *par Thomas Pynchon*
P813. Vineland, *par Thomas Pynchon*
P814. Malina, *par Ingeborg Bachmann*
P815. L'Adieu au siècle, *par Michel Del Castillo*
P816. Pour une naissance sans violence, *par Frédérick Leboyer*
P817. André Gide, *par Pierre Lepape*
P818. Comment peut-on être breton ?, *par Morvan Lebesque*
P819. London Blues, *par Anthony Frewin*
P820. Sempre caro, *par Marcello Fois*
P821. Palazzo maudit, *par Stéphanie Benson*
P822. Le Labyrinthe des sentiments, *par Tahar Ben Jelloun*
P823. Iran, les rives du sang, *par Fariba Hachtroudi*
P824. Les Chercheurs d'os, *par Tahar Djaout*
P825. Conduite intérieure, *par Pierre Marcelle*
P826. Tous les noms, *par José Saramago*
P827. Méridien de sang, *par Cormac McCarthy*
P828. La Fin des temps, *par Haruki Murakami*
P830. Pour que la terre reste humaine, *par Nicolas Hulot, Robert Barbault et Dominique Bourg*
P831. Une saison au Congo, *par Aimé Césaire*
P832. Le Manège espagnol, *par Michel Del Castillo*
P833. Le Berceau du chat, *par Kurt Vonnegut*
P834. Billy Straight, *par Jonathan Kellerman*
P835. Créance de sang, *par Michael Connelly*
P836. Le Petit Reporter, *par Pierre Desproges*
P837. Le Jour de la fin du monde…, *par Patrick Grainville*
P838. La Diane rousse, *par Patrick Grainville*
P839. Les Forteresses noires, *par Patrick Grainville*
P840. Une rivière verte et silencieuse, *par Hubert Mingarelli*
P841. Le Caniche noir de la diva, *par Helmut Krausser*
P842. Le Pingouin, *par Andreï Kourkov*
P843. Mon siècle, *par Günter Grass*
P844. Les Deux Sacrements, *par Heinrich Böll*
P845. Les Enfants des morts, *par Heinrich Böll*
P846. Politique des sexes, *par Sylviane Agacinski*
P847. King Sickerman, *par George P. Pelecanos*
P848. La Mort et un peu d'amour, *par Alexandra Marinina*
P849. Pudding mortel, *par Margarety Yorke*

P850. Hemoglobine Blues, *par Philippe Thirault*
P851. Exterminateurs, *par Noël Simsolo*
P852. Une curieuse solitude, *par Philippe Sollers*
P853. Les Chats de hasard, *par Anny Duperey*
P854. Les poissons me regardent, *par Jean-Paul Dubois*
P855. L'Obéissance, *par Suzanne Jacob*
P856. Visions fugitives, *par William Boyd*
P857. Vacances anglaises, *par Joseph Connolly*
P858. Le Diamant noir, *par Peter Mayle*
P859. Péchés mortels, *par Donna Leon*
P860. Le Quintette de Buenos Aires
par Manuel Vázquez Montalbán
P861. Y'en a marre des blondes, *par Lauren Anderson*
P862. Descente d'organes, *par Brigitte Aubert*
P863. Autoportrait d'une psychanalyste, *par Françoise Dolto*
P864. Théorie quantitative de la démence, *par Will Self*
P865. Cabinet d'amateur, *par Georges Perec*
P866. Confessions d'un enfant gâté, *par Jacques-Pierre Amette*
P867. Génis ou le Bambou parapluie, *par Denis Guedj*
P868. Le Seul Amant, *par Eric Deschodt, Jean-Claude Lattès*
P869. Un début d'explication, *par Jean-Marc Roberts*
P870. Petites Infamies, *par Carmen Posadas*
P871. Les Masques du héros, *par Juan Manuel de Prada*
P872. Mal'aria, *par Eraldo Baldini*
P873. Leçons américaines, *par Italo Calvino*
P874. L'Opéra de Vigata, *par Andrea Camilleri*
P875. La Mort des neiges, *par Brigitte Aubert*
P876. La lune était noire, *par Michael Connelly*
P877. La Cinquième Femme, *par Henning Mankell*
P878. Le Parc, *par Philippe Sollers*
P879. Paradis, *par Philippe Sollers*
P880. Psychanalyse six heures et quart
par Gérard Miller, Dominique Miller
P881. La Décennie Mitterrand 4
par Pierre Favier, Michel Martin-Roland
P882. Trois Petites Mortes, *par Jean-Paul Nozière*
P883. Le Numéro 10, *par Joseph Bialot*
P884. La seule certitude que j'ai, c'est d'être dans le doute
par Pierre Desproges
P885. Les Savants de Bonaparte, *par Robert Solé*
P886. Un oiseau blanc dans le blizzard, *par Laura Kasischke*
P887. La Filière émeraude, *par Michael Collins*
P888. Le Bogart de la cambriole, *par Lawrence Block*
P889. Le Diable en personne, *par Robert Lalonde*
P890. Les Bons Offices, *par Pierre Mertens*
P891. Mémoire d'éléphant, *par Antonio Lobo Antunes*

P892. L'Œil d'Ève, *par Karin Fossum*
P893. La Croyance des voleurs, *par Michel Chaillou*
P894. Les Trois Vies de Babe Ozouf, *par Didier Decoin*
P895. L'Enfant de la mer de Chine, *par Didier Decoin*
P896. Le Soleil et la Roue, *par Rose Vincent*
P897. La Plus Belle Histoire du monde, *par Joël de Rosnay Hubert Reeves, Dominique Simonnet, Yves Coppens*
P898. Meurtres dans l'audiovisuel, *par Yan Bernabot, Guy Buffet Frédéric Karar, Dominique Mitton et Marie-Pierre Nivat-Henocque*
P899. Tout le monde descend, *par Jean-Noël Blanc*
P900. Les Belles Âmes, *par Lydie Salvayre*
P901. Le Mystère des trois frontières, *par Eric Faye*
P902. Petites Natures mortes au travail, *par Yves Pagès*
P903. Namokel, *par Catherine Léprout*
P904. Mon frère, *par Jamaica Kincaid*
P905. Maya, *par Jostein Gaarder*
P906. Le Fantôme d'Anil, *par Michael Ondaatje*
P907. 4 Voyageurs, *par Alain Fleischer*
P908. La Bataille de Paris, *par Jean-Luc Einaudi*
P909. L'Amour du métier, *par Lawrence Block*
P910. Biblio-quête, *par Stéphanie Benson*
P911. Quai des désespoirs, *par Roger Martin*
P912. L'Oublié, *par Élie Wiesel*
P913. La Guerre sans nom *par Patrick Rotman et Bertrand Tavernier*
P914. Cabinet-portrait, *par Jean-Luc Benoziglio*
P915. Le Loum, *par René-Victor Pilhes*
P916. Mazag, *par Robert Solé*
P917. Les Bonnes Intentions, *par Agnès Desarthe*
P918. Des anges mineurs, *par Antoine Volodine*
P919. L'Ingénieux Hidalgo Don Quichotte 1 *par Miguel de Cervantes*
P920. L'Ingénieux Hidalgo Don Quichotte 2 *par Miguel de Cervantes*
P921. La Taupe, *par John le Carré*
P922. Comme un collégien, *par John le Carré*
P923. Les Gens de Smiley, *par John le Carré*
P924. Les Naufragés de la Terre sainte, *par Sheri Holman*
P925. Épître des destinées, *par Gamal Ghitany*
P926. Sang du ciel, *par Marcello Fois*
P927. Meurtres en neige, *par Margaret Yorke*
P928. Heureux les imbéciles, *par Philippe Thirault*
P929. Beatus Ille, *par Antonio Muñoz Molina*
P930. Le Petit Traité des grandes vertus, *par André Comte-Sponville*
P931. Le Mariage berbère, *par Simonne Jacquemard*

P932. Dehors et pas d'histoires, *par Christophe Nicolas*
P933. L'Homme blanc, *par Tiffany Tavernier*
P934. Exhortation aux crocodiles, *par Antonio Lobo Antunes*
P935. Treize Récits et Treize Épitaphes, *par William T. Vollmann*
P936. La Traversée de la nuit, *par Geneviève de Gaulle Anthonioz*
P937. Le Métier à tisser, *par Mohammed Dib*
P938. L'Homme aux sandales de caoutchouc, *par Kateb Yacine*
P939. Le Petit Col des loups, *par Maryline Desbiolles*
P940. Allah n'est pas obligé, *par Ahmadou Kourouma*
P941. Veuves au maquillage, *par Pierre Senges*
P942. La Dernière Neige, *par Hubert Mingarelli*
P943. Requiem pour une huître, *par Hubert Michel*
P944. Morgane, *par Michel Rio*
P945. Oncle Petros et la Conjecture de Goldbach
par Apostolos Doxiadis
P946. La Tempête, *par Juan Manuel de Prada*
P947. Scènes de la vie d'un jeune garçon, *par J. M. Coetzee*
P948. L'avenir vient de loin, *par Jean-Noël Jeanneney*
P949. 1280 Âmes, *par Jean-Bernard Pouy*
P950. Les Péchés des pères, *par Lawrence Block*
P951. Les Enfants de fortune, *par Jean-Marc Roberts*
P952. L'Incendie, *par Mohammed Dib*
P953. Aventures, *par Italo Calvino*
P954. Œuvres pré-posthumes, *par Robert Musil*
P955. Sérénissime assassinat, *par Gabrielle Wittkop*
P956. L'Ami de mon père, *par Frédéric Vitoux*
P957. Messaouda, *par Abdelhak Serhane*
P958. La Croix et la Bannière, par William Boyd
P959. Une voix dans la nuit, *par Armistead Maupin*
P960. La Face cachée de la lune, *par Martin Suter*
P961. Des villes dans la plaine, *par Cormac McCarthy*
P962. L'Espace prend la forme de mon regard, *par Hubert Reeves*
P963. L'Indispensable Petite Robe noire, *par Lauren Henderson*
P964. Vieilles Dames en péril, *par Margaret Yorke*
P965. Jeu de main, jeu de vilain, *par Michelle Spring*
P966. Carlota Fainberg, *par Antonio Munoz Molina*
P967. Cette aveuglante absence de lumière, *par Tahar Ben Jelloun*
P968. Manuel de peinture et de calligraphie, *par José Saramago*
P969. Dans le nu de la vie, *par Jean Hatzfeld*
P970. Lettres luthériennes, *par Pier Paolo Pasolini*
P971. Les Morts de la St Jean, *par Henning Mankell*
P972. Ne zappez pas, c'est l'heure du crime, *par Nancy Star*
P973. Connaissance de la douleur, *par Carlo Emilio Gadda*
P974. Les Feux du Bengale, *par Amitav Ghosh*
P975. Le Professeur et la sirène
par Giuseppe Tomasi di Lampedusa

P976. Éloge de la phobie, *par Brigitte Aubert*
P977. L'Univers, les dieux, les hommes
par Jean-Pierre Vernant
P978. Les Gardiens de la Vérité, *par Michael Collins*
P979. Jours de Kabylie, *par Mouloud Feraoun*
P980. La Pianiste, *par Elfriede Jelinek*
P981. L'homme qui savait tout, *par Catherine David*
P982. La Musique d'une vie, *par Andreï Makine*
P983. Un vieux cœur, *par Bertrand Visage*
P984. Le Caméléon, *par Andreï Kourkov*
P985. Le Bonheur en Provence, *par Peter Mayle*
P986. Journal d'un tueur sentimental et autres récits
par Luis Sepùlveda
P987. Étoile de mer, *par G. Zoë Garnett*
P988. Le Vent du plaisir, *par Hervé Hamon*
P989. L'Envol des anges, *par Michael Connelly*
P990. Noblesse oblige, *par Donna Leon*
P991. Les Étoiles du Sud, *par Julien Green*
P992. En avant comme avant !, *par Michel Folco*
P994. Les Aubes, *par Linda Lê*
P995. Le Cimetière des bateaux sans nom
par Arturo Pérez-Reverte
P996. Un pur espion, *par John le Carré*
P997. La Plus Belle Histoire des animaux
P998. La Plus Belle Histoire de la Terre
P999. La Plus Belle Histoire des plantes
P1000. Le Monde de Sophie, *par Jostein Gaarder*
P1001. Suave comme l'éternité, *par George P. Pelecanos*
P1002. Cinq Mouches bleues, *par Carmen Posadas*
P1003. Le Monstre, *par Jonathan Kellerman*
P1004. À la trappe !, *par Andrew Klavan*
P1005. Urgence, *par Sarah Paretsky*
P1006. Galindez, *par Manuel Vázquez Montalbán*
P1007. Le Sanglot de l'homme blanc, *par Pascal Bruckner*
P1008. La Vie sexuelle de Catherine M., *par Catherine Millet*
P1009. La Fête des Anciens, *par Pierre Mertens*
P1010. Une odeur de mantèque, *par Mohammed Khaïr-Eddine*
P1011. N'oublie pas mes petits souliers, *par Joseph Connolly*
P1012. Les Bonbons chinois, *par Mian Mian*
P1013. Boulevard du Guinardo, *par Juan Marsé*
P1014. Des Lézards dans le ravin, *par Juan Marsé*
P1015. Besoin de vélo, *par Paul Fournel*
P1016. La Liste noire, *par Alexandra Marinina*
P1017. La Longue Nuit du sans-sommeil, *par Lawrence Block*
P1018. Perdre, *par Pierre Mertens*
P1019. Les Exclus, *par Elfriede Jelinek*